Ex/Mulher

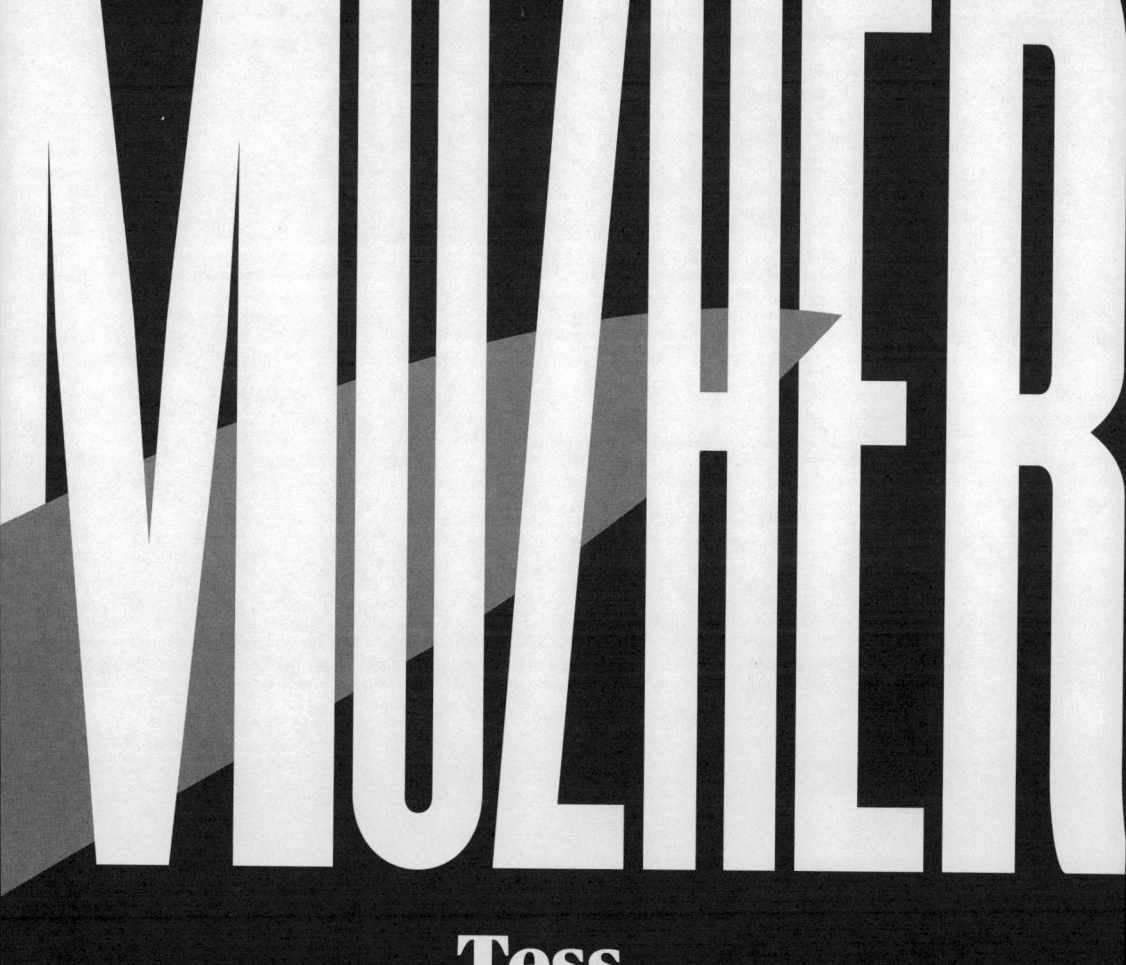

Título original: *One in Three*

Copyright © Tess Stimson, 2020
Os direitos morais da autora foram assegurados.

Direitos de edição da obra em língua portuguesa no Brasil adquiridos pela Trama, selo da Editora Nova Fronteira Participações S.A. Todos os direitos reservados. Nenhuma parte desta obra pode ser apropriada e estocada em sistema de banco de dados ou processo similar, em qualquer forma ou meio, seja eletrônico, de fotocópia, gravação etc., sem a permissão do detentor do copirraite.

Editora Nova Fronteira Participações S.A.
Rua Candelária, 60 – 7.º andar – Centro – 20091-020
Rio de Janeiro – RJ – Brasil
Tel.: (21) 3882-8200

Dados Internacionais de Catalogação na Publicação (CIP)
(Câmara Brasileira do Livro, SP, Brasil)

Stimson, Tess
 Ex/Mulher / Tess Stimson; tradução Simone Campos. - 1 ed. - Rio de Janeiro: Trama, 2021.
 304 p.

 Título original: *One in Three*
 ISBN 978-65-89132-19-6

 1. Ficção 2. Ficção inglesa I. Título.

21-54573 CDD-823

Índices para catálogo sistemático:
1. Ficção : Literatura inglesa 823
Maria Alice Ferreira - Bibliotecária - CRB-8/7964

www.editoratrama.com.br

  / editoratrama

Para Barbi,
Minha madrasta má-ravilhosa.
Quem poderia imaginar que eu teria tanta sorte duas vezes?

1
HOJE

O sangue dele nos cobre da cabeça aos pés. Sangue arterial, claro e oxigenado. Minha camisa está ensopada. Há sangue na minha boca, nas minhas narinas; chego a respirar sangue, sentindo seu gosto na boca. Salgado e metálico, como se eu tivesse passado a língua em uma grade enferrujada.

Recuo me apoiando nos calcanhares e afasto o cabelo do rosto. Nossa luta de morte nos deixou ambas ofegantes. A três metros de mim, ela manobra para uma posição agachada, seu braço esquerdo pendendo impotente ao lado.

A faca jaz entre nós, em uma poça vívida, cor de rubi. Não tiro meus olhos dela nem por um segundo. O olhar dela escapole para a arma, depois volta a se fixar em mim.

Meu celular está longe do alcance, na bolsa junto à porta. Nem adiantaria chamar uma ambulância, de qualquer modo. Ninguém consegue perder tanto sangue e sobreviver.

Ouvem-se gritos lá fora. Correria. A Casa da Praia fica à parte do hotel principal, mas o som vai longe por cima da água. Alguém ouviu a gritaria. O socorro vem aí.

Vejo que ela também percebe isso. Segurando o próprio braço deslocado, ela se volta rápido para a porta aberta da varanda, ponderando se tem chance. É só o primeiro andar, lá embaixo o solo é macio, de areia, mas a maré está subindo, cortando o acesso ao elevado, e ela não tem condições de escalar o penhasco traiçoeiro. Seu tempo está se esgotando; as vozes já chegaram à nossa porta.

Ela olha para mim, e dá de ombros de leve, como quem diz: *ganha-se aqui, perde-se ali*, e por fim se recosta na ponta do sofá e fecha os olhos.

O burburinho lá fora se intensifica. A porta estremece, depois se estilhaça. Dois homens irrompem no recinto, com uma turba de faces pálidas às suas costas. Vejo choque em seus olhares ao absorverem a carnificina da cena. Um deles se volta e fecha a porta, não sem antes um celular espocar seu flash no meio da multidão.

Talvez agora as pessoas finalmente acreditem em mim.

CELIA MAY ROBERTS

PARTE 1 DO DEPOIMENTO GRAVADO

Data: 25/07/2020

Duração: 41 minutos

Local: Hotel Burgh Island

Realizado por agentes de polícia de Devon & Cornwall

POLICIAL	Este depoimento está sendo gravado. Sou o detetive inspetor John Garrett, agente responsável pela equipe criminal que investiga a morte violenta de Andrew Page ocorrida hoje cedo, no Hotel Burgh Island. Hoje é sábado, 25 de julho de 2020, e, segundo meu relógio, são 15h40. Qual o seu nome completo?
CR	Celia May Roberts.
POLICIAL	Obrigado. E pode me confirmar sua data de nascimento?
CR	Não vejo a relevância disso.
POLICIAL	É só para registro, sra. Roberts.
CR	Quatorze de fevereiro de 1952.
POLICIAL	Obrigado…
CR	Deseja mais alguma informação? Meu número de sapato? Meu signo? Não fui eu que matei meu genro. Em vez de perder tempo comigo, o senhor devia…
POLICIAL	Sra. Roberts, devo fazer um aparte. Não por grosseria, mas é muito importante registrar essa introdução; perdoe a interrupção.
CR	[Inaudível.]
POLICIAL	Entendo que este depoimento seja um grande aborrecimento para você, sra. Roberts. Aceita um chá antes de continuarmos?
CR	Não, obrigada. [Pausa.] Me desculpe. Não quis ofender. É que… todo mundo adorava o Andrew. Isso não entra na minha cabeça.

POLICIAL	Tudo bem, sra. Roberts. Podemos fazer uma pausa sempre que precisar.
CR	Creio que prefiro acabar logo com isso, para poder ficar com minha filha e meus netos.
POLICIAL	Certo. Também em nossa presença está…
POLICIAL	A detetive sargento Anna Perry.
POLICIAL	Sra. Roberts, sei que é difícil, mas você poderia nos dizer o que…
CR	Caroline o matou.
POLICIAL	Você se refere à atual esposa dele, sra. Caroline Page?
CR	Sim.
POLICIAL	Você chegou a testemunhar de fato…
CR	Quando cheguei, essa mulher estava bem do lado dele, com a mão toda suja de sangue. Aliás, ela inteira estava suja de sangue. Vocês tinham que ter levado ela presa…
POLICIAL	Tinha mais alguém na cena?
CR	Minha filha, mas…
POLICIAL	Sua filha Louise Page? Ou seja, a ex-esposa do sr. Page?
CR	Sim.
POLICIAL	O que ela estava fazendo quando você chegou?
CR	Ela estava no chão com o Andrew. Com a cabeça dele no colo.
POLICIAL	Então, só para ficar claro, sra. Roberts. Você não chegou de fato a *ver* Caroline Page esfaquear o marido. E não havia ninguém mais no recinto, a não ser a sua filha e a sra. Page? Você não viu ninguém entrando, nem saindo da Casa da Praia?
CR	Havia uns zeladores do lado de fora, impedindo as pessoas de entrar. E é claro que muita gente chegou junto comigo. Deu para todos ouvirem muito bem a gritaria — dava para ouvi-la quase que na ilha inteira. Min estava lá, e meu filho, Luke…
POLICIAL	Mas ninguém estava de fato *dentro* da Casa da Praia quando você chegou, a não ser essas duas mulheres?

CR   Já falei, a Caroline...

POLICIAL   Se possível vamos nos ater apenas ao que você viu, sra. Roberts. [Pausa.] Talvez seja bom, antes de mais nada, voltarmos ao motivo de todos vocês estarem no Hotel Burgh Island?

CR   [Pausa.] Meu marido e eu estávamos comemorando nossas bodas de ouro.

POLICIAL   Parabéns.

CR   Obrigada.

POLICIAL   Então vocês organizaram uma espécie de confraternização em família?

CR   Sim, estávamos planejando desde o verão passado.

POLICIAL   E de quem foi a ideia de chamar seu ex-genro?

CR   Andrew faz parte da família. Isso nem sequer foi uma questão.

POLICIAL   Você também convidou a nova esposa dele? Como sua filha recebeu essa notícia?

CR   Já faz quatro anos que eles se divorciaram. Não era a primeira vez que elas compareciam ao mesmo evento social. Jantamos todos juntos há algumas semanas, depois da peça das crianças na escola. Louise é mais forte do que parece.

POLICIAL   Segundo sua nora — Min, não é? Ela nos contou que Louise e seu filho, Luke, imploraram para você não convidar o sr. Page e a esposa.

CR   A *mim* Louise disse que, por ela, tudo bem.

POLICIAL   Sra. Roberts, esse evento seria um pouco mais do que uma peça escolar, não é? Um fim de semana inteiro numa ilha, numa festa familiar privada, com a mulher que havia tirado, com todo o respeito, o marido dela. O emocional deve ter ficado abalado, não?

CR   Já disse, Louise *queria* que Caroline viesse.

POLICIAL   Mesmo que a polícia tenha sido chamada, no mês passado, para apartar uma discussão entre as duas?

CR	Louise disse que queria fazer as pazes, pelo bem das crianças.
POLICIAL	Você não acha que pode haver outro motivo para ela querer a presença do ex-marido e da atual esposa na celebração?
CR	Qual, por exemplo?
POLICIAL	Bem, isso é o que estamos tentando entender, sra. Roberts. [Pausa.] E *você*, tinha algum outro motivo para convidar Caroline Page e seu marido, sra. Roberts?
CR	[Inaudível.]
POLICIAL	Sra. Roberts?
CR	Ora, pelo amor de Deus. Se arrependimento matasse… não é mesmo, inspetor?

Sete semanas antes da festa

2
Louise

Todos na família recebem o convite formal para a festa da minha mãe. Impresso em papel vergê, com tipografia em alto-relevo imitando caligrafia rebuscada, tudo do bom e do melhor. Bella deixou o nosso em lugar de destaque, sobre a lareira da cozinha, apoiado no cachorro de argila que fez aos cinco anos de idade para Andrew no Dia dos Pais. Ele levou o bicho para o trabalho e o exibiu para todos os colegas, crente que ela seria uma espécie de prodígio da escultura. Ele não o levou consigo sete anos depois, quando saiu de casa.

A tipografia em relevo me segue pela cozinha feito os olhos da *Mona Lisa*. Eu a ignoro enquanto tiro os pratos do lava-louças, abrindo armários e fechando gavetas com o ritmo que a prática traz, me reconfortando com o alinhamento preciso das canecas, as tigelas encaixadas tão certinhas, a conformidade militar das facas e garfos e colheres em seus compartimentos segregados. Tudo em seu lugar.

Tudo menos eu.

Bagpuss trança o corpo pelas minhas canelas, impaciente para tomar café da manhã. Despejo um pouco de ração seca em sua tigela, que é só o que ele consegue segurar no estômago hoje em dia, e faço um cafuné nas suas orelhas.

— Pronto, Bags. Não vá comer muito depressa.

O gato se estica artrítico para alcançar a comida, tão velho e flácido quanto seu xará branco e rosa da TV. Reponho a água dele, faço um chazinho e vou para fora. O ar está puro e límpido depois da chuva da noite passada, que estava fazendo falta, mas o novo dia já promete ser de muito calor, neste junho atipicamente abafado. Me aconchego na cadeira-casulo de vime, que fica pendurada na macieira, acomodando um dos pés sob as nádegas, e empurro o solo com o outro. Eu costumava detestar as manhãs antes de Bella e Tolly nascerem, mas hoje em dia valorizo muito essa meia hora de paz antes de o mundo despertar. Me recosto e fecho os olhos. É o único momento que é de fato meu.

O convite me desestruturou mais do que eu gostaria de admitir. Mamãe também enviou um para Andrew e Caz, mesmo eu tendo implorado para ela não fazer isso; agora vou ter que enfrentá-los jogando em casa, no seio da minha família.

De algum modo consegui suportar o dia do casamento deles, há quatro anos, areando com energia meus armários e cozinha enquanto os imaginava enunciando os votos, esfregando o chão do banheiro enquanto os visualizava cortando o bolo, forçando o cortador de grama cego a passar por cima da grama de dois palmos de altura enquanto os via adentrar a pista de dança para sua primeira valsa de casados. Desde então, venho aprendendo com grande custo a tolerar a presença dos dois em peças escolares e eventos esportivos; criei uma casca grossa para minha proteção. Mas desta vez é diferente.

Talvez porque sejam as bodas de ouro dos meus pais, um marco que eu sonhava alcançar ao lado de Andrew. Talvez porque mamãe fosse a última barreira a resistir contra Caz; esse convite significa que ela finalmente quebrou o gelo. Ou talvez eu só precise mesmo de uma boa noite de sono. Hoje fiquei até duas da madrugada corrigindo as provas de fim de período dos meus alunos de comunicação. Teria terminado mais cedo caso ignorasse os erros de ortografia e gramática, mas ainda que eu tenha caído do pedestal de ter tido uma coluna semanal própria em um grande jornal britânico continuo mantendo os meus princípios.

O sol irrompe no horizonte, uma faixa de luz dourada recaindo sobre meu rosto. Andrew tinha razão, penso, abrindo os olhos e encarando as montanhas, uma recobrindo a outra. Apesar das minhas dúvidas iniciais, hoje eu adoro morar aqui.

Ainda o vejo em cima da mureta do jardim, há quase dezessete anos, quando viemos ver a casa pela primeira vez, ele com os braços bem abertos e uma expressão de júbilo no rosto enquanto devaneava sobre como seria nossa vida aqui. Um lugar para nossa bebê crescer segura e feliz, com vento nos cabelos e grama sob os pés. Relutei tanto em sair de Londres naquela época; não por causa da coluna no *Daily Post*, já que eu poderia tê-la escrito de qualquer lugar, mas porque a cidade fazia com que eu me sentisse viva, conectada, como se o mundo estivesse nas minhas mãos. Eu odiava a ideia de desistir de tudo para ir morar em uma casa cara e caindo aos pedaços no meio do nada. Mas Andrew queria tanto, e naquela época eu fazia qualquer coisa por ele. Nunca me ocorreu que eu pudesse vir a morar aqui sem ele.

Meu celular vibra no bolso do meu robe de chambre, me dando um susto. Eu o pego e passo o dedo para a direita, e surge na tela o rosto da minha cunhada.

— Indo dormir ou acordando? – pergunta Min. – Cheguei em casa tem poucos minutos.

Mais parece que ela acabou de voltar de duas semanas no Havaí. Aos quarenta e sete anos, ela é apenas quatro anos mais velha do que eu, mas a julgar pela telinha do FaceTime, eu poderia passar por sua mãe. Meu cabelo pardacento precisa urgente de umas luzes, e meus olhos azul-escuros parecem ter perdido a luz.

— Noite tranquila? – pergunto, colocando meu celular de pé no balcão da cozinha.

— Engavetamento monstro na M23. Horrível – diz Min, deliciada. Sua imagem oscila e sai de quadro enquanto ela leva o celular para o escritório. Ela o deixa sobre a mesa e agita um envelope em frente à tela. – Adivinha o que me apareceu no tapetinho da porta?

Adoro Min. Ela é engraçada, inteligente, e meu irmão Luke é muito feliz com ela. Mas ela não tem limites, e já sei onde essa conversa vai parar.

— Antes que você pergunte, sim, Andrew e Caz foram convidados – respondo, jogando outro saquinho de chá na minha caneca vazia. – Mamãe quer toda a família reunida para o seu grande dia. E você sabe o quanto ela adora o Kit.

— Bem, o Kit eu entendo, mas por que a Celia convidou *ela*?

— Porque o Andrew não viria sem ela.

Min faz uma expressão indignada.

— Essa mulher devia ter o bom senso de não dar as caras – diz ela. – Francamente, não acredito nem que o próprio Andrew tenha a cara de pau de vir.

— Você pode dizer o nome dela, tá. Ela não é o Voldemort.

— Lou, por que você se coloca numa situação dessas? Você não precisa ser a mártir da história. Você pode bater o pé e dizer pra Celia que não quer isso.

Não caio nessa armadilha. Ninguém nunca nega nada à mamãe, nem mesmo Min.

Não é que eu não dê valor à lealdade de Min. Eu nunca teria sobrevivido aos meses brutais após Andrew me abandonar se não fosse por ela, não com uma menina de doze anos traumatizada e um recém-nascido para tomar conta. Min tinha quatro filhos, e o caçula ainda usava fralda naquela época, mas ela me acudia toda vez que eu precisava dela. Ela levava Bella à escola nas manhãs em que eu não conseguia sair da cama, conferia se eu estava comendo direito, e me ajudou a lidar com a devastadora papelada do divórcio: encontrar um advogado decente, encaixotar os pertences de Andrew, voltar a trabalhar. Ela me escutava com paciência enquanto eu bebia vinho aos soluços, tentando entender o que tinha acontecido. E quando parecia que eu ia me afogar no meu próprio desespero, Min me dava um sacolejo com todo o carinho, que era do que eu precisava para recomeçar a vida.

O que ela achou mais difícil de aceitar foi minha necessidade de finalmente deixar o passado para trás e perdoar Andrew. Ver Min hostilizá-lo o tempo todo é quase tão exaustivo quanto mamãe se recusando a aceitar que ele não vai voltar para mim.

Andrew partiu meu coração, mas já se passaram quatro anos. Se eu não abrir mão da amargura, ela vai me devorar. Ele ainda é o pai de Bella e de Tolly, e eles o amam.

Seja lá qual for a opinião de Min, não sou mártir, nem mosca-morta. Apenas aprendi a tolerar a presença tóxica de Caz na minha vida, pois que outra escolha me resta? A mulher se casou com o pai dos meus filhos. O filho deles é meio-irmão dos meus. Eu gostando ou não, isso a torna parte da família.

— Por favor, Min, deixa isso pra lá — falo com cansaço. — É um fim de semana na vida. Acho que conseguimos passar por isso sem ninguém matar ninguém.

— Temos quase sete semanas — diz Min, mudando de tática numa velocidade estonteante. — Estou seguindo uma dieta ótima, você vai amar. Mistura de paleo com Vigilantes do Peso, você vai secar sem nem perceber. Aí empresto algo meu para você usar, mas você é mais alta...

Ouço passinhos no andar de cima, e fecho a porta da cozinha para que não me ouçam.

— Min, não estou competindo com Caz. Isso aí são águas passadas. Ela tem vinte e nove anos e parece uma supermodelo, enquanto meus peitos estão vendo qual chega primeiro ao meu umbigo, e tenho ruga até no lóbulo da orelha. Eu podia fazer regime até dizer chega e ainda assim não teria as maçãs do rosto que ela tem. – Dou um suspiro. – Obrigada pelo incentivo, mas mesmo que eu pudesse bancar uma transformação digna de celebridade, de que adiantaria? Destruir a família do Kit ajudaria quem a essa altura?

– Ia reunir a *sua* família de novo.

– Não, não ia.

O nariz torcido de Min preenche a tela.

– Você é boazinha demais.

Contemplo o convite sobre a lareira. Andrew e eu tínhamos um trato. Um trato que não incluía aceitar convites para comemorações de bodas de ouro dos meus pais, nem sequer passar perto do restante da minha família, aliás. Um trato que ele desrespeitou, ainda que eu tenha dito que haveria consequências.

– Na verdade, Min – digo, virando o convite para baixo. – Não sou tão boazinha assim.

3
Caz

Angie já está no nosso cantinho de sempre no bar do Chelsea Potter quando chego. O pub está lotado, a ponto de derramar gente pela rua, e só depois de vários minutos abrindo caminho consigo alcançá-la.

– Ótimo que é um duplo – digo, com olhar soturno, ao receber dela meu gim-tônica.

Ela ergue o piercing de sobrancelha ao me ver virando o drinque inteiro de uma vez.

– Dia difícil?

– Semana difícil, e olha que ainda é quinta. – Deslizo sobre o banquinho que ela guardou para mim e deixo o celular sobre o balcão caso Andy me ligue. – Você não vai acreditar. Tina Murdoch vai ser meu contato na conta da Univest.

Angie solta um assobio.

– Você tá de brincadeira. Como caralhos ela conseguiu isso?

– A carreira dela deslanchou desde que nos trocou pela Univest. – Sinalizo ao barman que quero outra bebida, torcendo meu cabelo louro comprido para trás e contendo-o com um prendedor prateado, tirando-o do meu rosto. – Só não consigo aceitar o fato de Patrick ter concordado com isso. Depois que ela nos sabotou na campanha da Tetrotek, eu achava que ele nunca mais ia deixá-la chegar perto do nosso prédio.

Angie se estica para pegar uma tigela de pistaches.

– Se ele deu sinal verde, você vai ter que engolir. Acha que vai conseguir trabalhar com ela?

— Até o momento, não. Ela vetou todas as ideias que apresentei, e já passou por cima de mim e foi direto ao Patrick reclamar. Ela está insistindo em contratar um consultor externo de RP. Estou quase querendo que ele me tire da campanha e dê para outro.

— Não, você não quer isso.

— Não, não quero. — Faço cara feia para minha taça. — Não vou deixar Tina ganhar, mas se continuar assim, uma de nós vai parar no necrotério.

Tina Murdoch, minha nêmesis. Da última vez que trabalhamos juntas, ela quase conseguiu que me demitissem. O irônico é que foi ela quem me deu minha grande chance na publicidade, me promovendo para uma campanha grande quando eu estava no meu primeiro ano na Whitefish. Ela se via como minha mentora, e fez questão de demonstrar o quanto era entusiasta da "sororidade" e de ajudar mulheres jovens a ascender na carreira. Um dia ela me apresentou a Andy em um baile de caridade da RSPCA em cuja campanha a Whitefish havia trabalhado — ainda que Andy não se recorde desse primeiro encontro. Mas quando Andy e eu viramos oficialmente um casal, minha relação com a Tina azedou na mesma hora. Suspeito que seja porque ela estava de olho nele, mas seja lá o que lhe tenha descido mal, desde então ela guarda o maior rancor de mim.

Eu nem sequer pensei no *pitch* da campanha para a Univest ainda, muito menos o apresentei, mas Tina está insistindo em receber um plano de mídia por escrito, uma minuciosa estratégia de conteúdo, e um orçamento detalhado por território e mídia, tudo isso até o fim do mês. É impossível, e ela sabe disso. Nolan, nosso diretor de criação, está ameaçando pedir demissão, e o resto da equipe criativa está quase se revoltando. Mesmo que, conforme Andy observou secamente ontem à noite quando acabei de desabafar, no melhor dia eles já sejam bem revoltados.

Angie toca sua taça na minha.

— Foda-se. Já é quase sexta-feira.

— Sim, foda-se.

Ela abre mais um pistache, jogando as cascas de volta na tigela.

— Vai ficar por aqui no fim de semana? Uma banda ótima vai tocar no Borderline no sábado.

Faço uma careta.

— Não posso. Vamos para Brighton.

— Porra, *de novo*?

– É o nosso fim de semana com as crianças.

– Eles não podem vir para cá? Minha irmã poderia ficar de babá à noite.

– Louise não deixa. – Alcanço a tigela de pistache me esticando por cima do balcão. – Ela diz que são muito novos para pegarem o trem sozinhos. Ridículo. Bella está com dezesseis anos. Com a idade dela, eu estava indo de carona até Creta. – Dou um suspiro. – De qualquer modo, não tem espaço nem para dar um espirro na nossa casa, imagine lugar para três crianças. Kit teria que dividir o quarto com Tolly, e Bella acabaria indo para o sofá e deixando as coisas dela espalhadas por todo lado. Pelo menos em Brighton cada um tem seu quarto.

– Deus do céu. Não sei como você aguenta isso.

– Não tenho muita escolha. São os filhos do Andy.

Angie me olha de esguelha, suas sobrancelhas exóticas quase escondidas pelo seu cabelo preto de pontas turquesa. Somos melhores amigas desde o primário em Dagenham, e ela me conhece melhor do que ninguém, incluindo Andy. Nos afastamos um pouco durante a faculdade, quando eu estava em Bristol e ela estudando moda em St Martins, mas voltamos a ser unha e carne desde que retornei a Londres. Não podíamos ser mais diferentes; sou ambiciosa e focada, enquanto Angie nunca pensa além da próxima rodada de bebidas. Sua ideia de manicure é futucar as unhas com um estilete. Mas ela conhecia minha mãe antes do acidente; ela entende de onde venho, e o que tive que fazer para chegar aonde cheguei. Fora Andy e Kit, ela é a única que considero da família.

Angie sabe que ter filhos nunca esteve nos meus planos, imagine então três. Mas Louise deu uma cartada de mestre engravidando do Tolly. Aliás, ela quase conseguiu o que queria.

– Falando no diabo – resmungo, vendo a tela do celular se acender. – A Bruxa Má do Oeste.

– O que ela quer?

– Sei lá. – Falo com leveza, mas já sinto um nó de tensão no estômago. – Está meio cedo para ela fazer cena. Deve ter entornado o vinhozinho mais cedo hoje.

– Ignora, Caz. Deixa cair na caixa postal.

É uma tentação, mas então dou ouvidos à culpa de sempre. Uma vez a outra, sempre a outra. Não importa o quanto Louise aja de forma irracional, nem que *ela* tenha sido o motivo para Andy se separar, e não eu. Sempre vou me sentir em dívida com ela.

– Ela simplesmente vai continuar ligando. O melhor é deixá-la desabafar logo. Você vigia minha bolsa, por favor? – Dou um impulso para sair do banquinho e rumo para os fundos do pub, perto dos banheiros, onde tem um pouco mais de silêncio.

– Oi, Louise.

– É a terceira vez que estou ligando – diz Louise com acidez. – Você precisa ficar com esse telefone ligado. Nunca se sabe o que pode acontecer.

O aperto no meu peito piora. Respira fundo, falo para mim mesma.

– Meu celular *estava* ligado...

– Bem, esquece isso. Não tenho tempo para te ensinar a ser boa mãe. Sei que você deve ter esquecido, mas no sábado tem a peça da Bella. Ela me pediu para ligar e confirmar se o Andrew vem.

Merda. Eu tinha me esquecido completamente.

– É claro que a gente não esqueceu – minto. – A gente não vê a hora.

– É às sete. Vocês precisam chegar cedo se quiserem bons lugares.

– Tudo bem. Vamos chegar com bastante folga.

– Min e eu estamos querendo levá-los ao Coal Shed depois para comemorar – acrescenta Louise. – Fazer algo especial, já que é o primeiro grande papel dela.

E a tal história de estar sem grana? O Coal Shed é um dos restaurantes mais caros de Brighton. Louise está sempre azucrinando Andy para aumentar a pensão alimentícia dela, ainda que ela trabalhe em tempo integral. Acho que ela pensa que estamos nadando em dinheiro. Só podemos pagar por duas casas porque eu já tinha a casa de Fulham muito antes de Andy e eu nos conhecermos. Jamais seríamos capazes de bancá-la hoje em dia. E nossa casa em Brighton está hipotecada até a alma. Andy ganha bem como âncora do *Early Evening News* da INN, mas não é a dinheirama que Louise imagina. É uma emissora a cabo, afinal. Além disso, juntando a pensão de ex-cônjuge, a das crianças e a escola particular, ela arrebanha quase dois terços do salário do Andy.

De repente me ocorre que por acaso aquele é o fim de semana de Andy com os filhos. Eu adoraria um fim de semana só com Andy e Kit, mas meu marido ficaria aborrecidíssimo, e jogaria a culpa em mim.

– Desculpe, mas este fim de semana é nosso, Louise – digo com educação. – Acho que Andy já fez planos de levá-los para jantar.

– Bom, ele pode alterá-los, não pode?

– Ele não os vê há duas semanas – argumento. – Ele quer passar um tempo com eles.

– E o que isso importa para você? Eles nem seus filhos são – grita Louise, toda a pretensão de civilidade se evaporando. – Bella é *minha* filha. Eu é que deveria levá-la para jantar na grande noite dela! Que ela estaria passando com o pai *e a mãe* se não fosse por você.

– Louise, por favor...

– Vou ligar para o Andrew. Deveria ter ligado para ele logo. Não sei o que eu estava pensando. Tenho que falar com o dono do realejo, não com o papagaio.

– Faz isso então – retalio, encerrando a ligação.

Meu estômago se revolve, e sinto uma acidez no fundo da boca. Já basta ter que lidar com a Tina no meu trabalho, mas pelo menos ela não entra na minha intimidade. Já da ex-mulher de Andy, não há como fugir.

Faz mais de quatro anos que eles se separaram, mas Louise não dá o menor sinal de seguir com a vida. Acho até que está cada vez pior. Ataca pelas costas, faz joguinhos, envenena Bella e Tolly contra mim, vive fazendo com que Andy se sinta culpado – basta ela estalar os dedos, e ele vai correndo. E ainda por cima tem essas ligações que ela me faz. Às vezes fica chorando do outro lado da linha, me implorando para deixá-lo "voltar para casa" e para ela; outras, me xinga aos gritos até eu romper em lágrimas e desligar o telefone. Ela é esperta e só me liga quando sabe que Andy está no trabalho, ou filmando alguma externa. Ela sabe que não posso contar nada disso para ele, ou vou parecer a ciumenta da história.

E para piorar, ela se faz de santinha quando está na minha frente. Outro dia, Andy chegou a comentar como estávamos nos dando bem agora. Depois de tudo que ela fez a ele, a nós dois, ele ainda não tem a menor ideia de quem ela é *de verdade*.

Para minha surpresa, de repente meus olhos perdem o foco. Estou tão cansada dessas brigas todas, dessa batalha incessante por dinheiro e filhos. Se eu tivesse a mínima ideia de como ia ser, teria pensado duas vezes antes de me casar com Andy.

Não teria, não. Eu ponho a mão no fogo pelo meu marido. Louise é uma vaca, mas não vou deixá-la me vencer. Só estou cansada, apenas isso.

Pegando minha bolsa do banquinho, pesco uma nota de vinte da carteira e a largo no balcão.

– Foi mal, Angie. Vou ter que ir. Louise está em pé de guerra, e eu tinha me esquecido completamente de que Bella tem uma peça no sábado. Vou ter que trabalhar agora à noite, ou não vou conseguir terminar nada até segunda.

– Ah, tranquilo – diz Angie, dando de ombros. – Entendo. Semana que vem a gente se vê, então?

Estalo um beijo em sua bochecha.

– Você é uma joia.

– Eu sei – ela sorri. – Aquela gata de verde ali perto da janela? Está de olho em mim desde que cheguei. Você está é me ajudando.

Ela me sopra um beijo, e eu vou me espremendo pela multidão até chegar à calçada. Mal dei dez passos quando meu telefone toca de novo.

– Andy, sinto muito – eu suspiro. – Eu não devia ter desligado na cara da Louise. É que estava o maior barulho no pub, e eu pensei que seria mais fácil se...

– Cadê você, porra?

– A caminho do metrô. Devo estar em casa em meia hora...

– Você tinha que ter pego o Kit às cinco – diz Andy, cortante.

Paro no mesmo lugar.

– Você disse que *você* ia pegá-lo.

– Eu disse que ia *tentar* – rebate ele. – Nós combinamos que você ia apanhá-lo a não ser que eu confirmasse que podia mesmo, não lembra? E eu deixei um recado na sua caixa postal dizendo que não ia poder. Você não ouve os recados?

– Ai, meu Deus, me desculpe...

– Acabei de receber uma ligação da cuidadora dele no meio da gravação de uma entrevista. A Greta disse que te relembrou hoje de manhã? Ele precisava ser pego no horário para ela poder chegar a tempo para a aula noturna dela.

– Ele ainda está com ela?

– Pedi à Lily, nossa vizinha, para ir buscá-lo. Ele está com os gêmeos dela esperando você chegar.

Me sinto a pior mãe do mundo enquanto aceno para um táxi.

– Sinto muito mesmo, Andy. Eu tinha que ter olhado o celular. Eu achava mesmo que você é que ia...

– Não é a mim que você deve pedir desculpas. A Greta disse que não vai cuidar mais dele se não pudermos pegá-lo no horário. – Ouço uma pessoa chamando-o pelo nome ao fundo. – Olha, tenho que refazer minha entrevista aqui. Você precisa resolver isso com a Greta. E se ela não quiser mais cuidar dele, você vai ter que encontrar outra pessoa.

Entrando pela porta traseira do táxi, digo nosso endereço ao motorista, olhando pela janela enquanto percorremos a King's Road. Andy não disse que isso jamais aconteceria se fosse com a Louise, não importa o quanto tivesse sido caótica a semana dela, mas ele nem precisava. Ambos sabemos que era isso o que ele estava pensando.

4
Louise

— Você lembrou meu pai para vir amanhã, não lembrou? – pergunta Bella.

Deixo o prato de macarrão argola em frente ao Tolly, e puxo o queijo com torrada de Bella para fora do forno. Até eu ser paga, no fim do mês, é isso ou feijão puro.

— Já falei, querida. Seu pai está fazendo uma matéria externa o dia todo, o celular dele só cai na caixa postal, mas mandei mensagem *e* deixei recado com a secretária dele.

Bella se joga na cadeira da cozinha, as mangas compridas e pretas de seu casaco esbarrando no prato enquanto ela cutuca, desconfiada, o jantar. Não a culpo por essa desconfiança: queijo não deveria ter esse amarelo-vivo.

— Tem molho inglês aí?

Eu lhe passo o frasco.

— Você tem que ligar para Caz e pedir que ela o lembre – acrescenta ela, afogando sua torrada no molho. – Senão, ele esquece.

— Falei com ela ontem, e a lembrei. Seu pai não vai esquecer, querida.

— E ela disse que eles vêm com certeza?

— Ela prometeu que vinham, sim.

Bella me olha de soslaio.

— Você não foi grossa com ela, né, mãe?

Eu hesito em responder. Sou cortês com a nova esposa de Andrew quando preciso ser, mas Andrew e eu sempre combinamos entre nós as visitas de fim de semana dos nossos filhos. Pegar o telefone, por vontade própria, pedir à

Caz que confirmasse se o pai da minha filha não ia esquecer da peça escolar dela, isso reviveu sentimentos sombrios que eu imaginava superados. Pode ser que eu não tenha sido *tão* cortês com ela quanto deveria.

– Claro que não – respondo.

– Você pode ligar de novo para ela? Só para ter certeza?

– Claro. – Desconecto meu telefone do carregador no balcão. – Vigia o Tolly para ele comer a salsicha, não só o macarrão. Volto num minuto.

Saio de casa e caminho até a horta, onde sei que não serei ouvida, e ando de um lado para outro em meio aos pés de fava, telefone na mão. Toda vez que ligo para Caz, parece que estou capitulando mais um pouco, concedendo mais do meu precioso território familiar. Pedir sua cooperação legitima seu papel na criação dos meus filhos. Mas Bella precisa que o pai assista à sua peça. Nosso divórcio veio na pior hora possível para ela, quando estava prestes a ficar adolescente; todo relacionamento que ela tiver com um homem de agora em diante vai seguir o molde do que ela tiver com Andrew. Não quero que minha filha cresça carente e caçando atenção porque ele falhou com ela.

Minhas unhas imprimem meias-luas na palma das minhas mãos. Caz nem conhecia minha filha até ela completar doze anos. Ela destruiu a família do meu filho antes de ele ter dito a primeira palavra. E ainda assim, agora ela tem direito legítimo a eles, à metade de suas infâncias preciosas, que passam tão rápido. Já aceitei o fato de que perdi meu marido para essa mulher, mas a ideia de ela fazer papel de mãe dos meus filhos me atinge bem no coração.

Encontro o número dela, mas, para meu alívio, o telefonema cai direto na caixa postal, e desligo sem deixar recado. Ainda fervilho de raiva com o fato de que Caz é quem vai celebrar a noite importante de minha filha com ela, e eu me obrigo a recordar que o foco dessa vez não sou eu. Andrew vai estar junto de Bella, e isso é só o que importa.

Quando volto para dentro, vejo que Bella saiu da mesa e foi para o quarto, deixando o prato de torrada com queijo intocado em cima da mesa. Tolly está engatinhando no chão, tentando dar suas linguiças a Bagpuss.

– Deixa ele em paz – repreendo-o, salvando o gato e o largando no antiquíssimo sofá coberto de pelo junto à porta dos fundos. – Se comer isso, ele vai vomitar.

– Se eu comer isso, eu é que vou vomitar – diz Tolly.

– É salsicha, não linguiça. Você gosta de salsicha.

– Não gosto, não. Parecem uns piu-pius.

— Bartholomew!

Tolly dá risadinhas, cobrindo a boca com as mãos cheias de furinhos que ainda não perderam a gordurinha de bebê, os olhos castanhos saltitando, travessos. Tento sustentar minha expressão severa, mas é impossível. Tolly se põe de pé e se joga em mim com toda a força, e caímos sentados no sofá, rindo, enquanto Bagpuss pula para fora dele. Meu menininho se aninha no meu colo e faço cafuné nos seus cachos ruivos bravios, rebentando de amores pelo meu filho. Tolly, meu inesperado e lindo filho do outono da vida, se esgueirando por debaixo da cerca pouco antes de eu completar quarenta.

Eu nunca achei que ia ter outro filho depois dos problemas que tive com a primeira gravidez. Tive dois abortos espontâneos antes de conceber Bella, e aí minha bolsa estourou com apenas trinta e cinco semanas de gravidez. Depois de setenta e duas horas de contrações que iam e voltavam, medicações e apelos para empurrar com força, para arfar, para respirar fundo, para tentar mais uma vez, por fim fui levada às pressas à sala de operações para a cesariana de emergência que devia ter sido realizada dois dias antes. Bella nasceu perfeita, saudável, com dois quilos e oitocentos gramas; depois do *check-up* inicial, ela nem sequer teve que ficar na incubadora. Mas eu tinha perdido muito sangue, e tantas tentativas de empurrar com força haviam praticamente me virado do avesso. Você não vai mais poder ter filhos, alertou o obstetra. Não que fosse algo provável de qualquer modo.

Eu tinha uma bebê saudável e linda nos braços, e sempre que sentia uma tristeza mais duradoura a respeito da turba de crianças que eu não mais daria à luz, bastava olhar nos olhos azul-escuros dela que eu ficava cheia de gratidão pelo que eu *já* tinha.

Daí, cinco anos atrás, um belo mês eu não menstruei. Na época, não prestei muita atenção; o *Post* estava passando por uma grande reestruturação – leia-se: um passaralho – na tentativa de, como outras instituições midiáticas remanescentes, competir com veículos noticiosos on-line, e com tudo o mais que estava acontecendo na minha vida, meu estresse estava no pico. Mas aí deixei de menstruar outro mês, e de repente o cheiro de ovo começou a me parecer insuportável. Minha silhueta foi de Olívia Palito a Jessica Rabbit da noite para o dia. Alguém me atirara uma boia justo quando eu pensava que ia me afogar.

Desde o começo, eu bem sabia que a probabilidade da gravidez chegar a termo não era grande. Minha idade e meu histórico não eram um bom presságio, e além do mais, comecei a ter sangramentos de escape com dez semanas. O meu obstetra insistiu que eu parasse de trabalhar, e repousasse o máximo que pudesse. Sair do *Post* tinha sido arriscado, mesmo que por apenas alguns meses, com tantos postos sendo cortados e freelancers com sangue nos olhos dispostos a trabalhar por metade do meu salário e sem benefícios; mas não hesitei. Só me importava o meu filho. E de algum jeito consegui manter Tolly em segurança. Cheguei ao segundo trimestre, e ao terceiro. Tudo parecia andar bem. O bebê parecia saudável, todos os meus exames e tomografias vinham normais. Cheguei à semana trinta e cinco, depois à trinta e seis, e à trinta e sete.

Com trinta e oito semanas, eu estava deixando Bella na escola quando caí dura no meio do parquinho. Não fosse pela rápida interferência de outro responsável, um médico que reconheceu os sinais de pré-eclâmpsia, é quase certo que Tolly e eu teríamos passado desta para melhor.

Mal lembro dos dez dias seguintes. Tenho algumas memórias etéreas da ambulância que me levou ao hospital, de sirenes e de luzes e de Andrew, branco feito cera, correndo junto da maca no corredor enquanto me levavam depressa para a operação, segurando minha mão com tanta força que pensei que ele ia quebrar meus dedos. Tolly veio ao mundo de uma rápida cesariana, em segurança e boa saúde, mas foi uma batalha para me estabilizar com a pressão nas alturas e o sangue que se recusava a coagular apropriadamente. Em certo ponto, como meus órgãos começaram a parar, os médicos disseram aos meus pais e a Andrew para se prepararem para o pior. Ele chegou a trazer Bella para se despedir de mim. Não imagino como deve ter sido para ela, uma criança de doze anos, enfrentar a morte iminente da mãe.

O rosto de Andrew foi a primeira coisa que vi quando recobrei a consciência. Ele dormia profundamente na poltrona a meu lado, cabeça apoiada em um casaco amarfanhado, ainda segurando minha mão como se jamais fosse soltá-la. Ele parecia cansado, grisalho e dez anos mais velho do que quando eu o vira pela última vez.

Ele abriu os olhos assim que me mexi.

– Louise?

Se eu tinha qualquer dúvida de que ele me amava, se evaporou naquela hora. Eu só o vira chorar duas vezes antes disso: na morte de sua mãe, e no parto de nossa filha.

– Não fique falando – disse ele, ansioso, levantando de um pulo e me servindo um copo de água da jarra ao lado da minha cama, segurando-o junto da minha boca. – Precisaram entubar você. Sua garganta vai doer por um tempo.

– O bebê...

– Está ótimo. Em casa com a Min. Ela está tomando conta dele enquanto eu fico aqui com você. – Ele se sentou na cama junto de mim e pegou de novo na minha mão, tomando cuidado com o cateter intravenoso espetado nela. – Pensei que tinha perdido você – disse ele com voz embargada. – Meu Deus, Lou, nunca mais faça isso comigo, eu não ia aguentar perder você. Eu te amo tanto.

De repente o quarto estava cheio de médicos, verificando fichas e monitores e fluidos intravenosos, ajustando coisas e dedilhando iPads, testas franzidas de concentração. Eu me recostara nos travesseiros e eles se atropelavam ao meu redor, sorrindo exaurida enquanto Andrew beijava a minha mão. Nosso filho estava bem. Nossos filhos não teriam que crescer sem mãe. Nossa família havia sobrevivido, e seríamos mais fortes do que nunca depois do que acabávamos de atravessar juntos. Ia ficar tudo bem.

Uma semana depois, Andrew me deixou.

5
Caz

Meu salto direito se parte assim que saio da escada rolante da Sloane Square. Caio para a frente, braços abanando, tentando manter meu equilíbrio.

– Puta que pariu!

A maré de trabalhadores é impiedosa. Manquejo para ficar ao lado do fluxo antes que me pisoteiem, apoiando uma das mãos na parede e dobrando meu joelho para trás para conferir o estrago no salto. Totalmente estropiado. Mesmo que tivesse um sapateiro por perto, e não tem, o salto não descolou, e sim quebrou ao meio. Não vai ter conserto. São meus sapatos de senhora, comprados em loja de departamentos, aqueles com que consigo de fato *andar*. Agora vou ter que passar o resto do dia me equilibrando nos saltos agulha que deixo no trabalho para saídas à noite com o Andy.

Ajeito a bolsa de volta no ombro e vou mancando por toda a King's Road. Nem cheguei a tomar meu primeiro café e meu dia já foi por água abaixo. Primeiro o convite, largado de manhã no nosso tapetinho da entrada feito um cocozão em papel vergê, e agora mais essa. Maldita Celia Roberts. Ela deve ter me azarado com algum feitiço via convite, algo envolvendo penas de galinha e sangue de virgens.

AJ, ansioso, está à minha espera na recepção. Ele me acompanha enquanto passo o cartão pela barreira cromada e sigo para os elevadores.

– Por onde você andou?

De mau humor, soco o botão de chamar o elevador.

– Meu Deus. Não são nem oito horas ainda. Qual é o incêndio?

– Patrick está fazendo o possível para apagá-lo. Você vai ver quando chegar à sala de conferência.

– AJ, não estou a fim de brincar de charada.

– Tina Murdoch está aqui.

Olho para ele alarmada.

– Você só pode estar de brincadeira. A reunião com o cliente é só na semana que vem.

– Tina adiantou. – Ele olha para o meu sapato. – O que aconteceu com você?

– Você não lê a *Vogue*? Saltos de alturas diferentes são a sensação do momento. Você não acredita o que precisei fazer para conseguir um par.

– Sério?

Adoro AJ, ainda que ele não seja lá nenhum Einstein. Mas hoje ele parece mais disperso do que de costume, e de repente noto a vermelhidão suspeita dos seus olhos.

– Está tudo bem com você? – eu pergunto.

– Estou ótimo – responde ele rápido.

– AJ...

– Wayne e eu tivemos meio que uma briga. Não foi nada, juro. Briguinha de namorado. Vamos, melhor a gente se apressar. Patrick está esperando.

No nosso andar, o escritório tem um ar de navio-fantasma. Todos já estão aglomerados na sala de conferências tipo aquário do outro lado do saguão. Patrick me vê trocando de sapatos atrás da minha mesa, e gesticula para que eu entre logo na reunião. Odeio escritórios de plano aberto.

AJ enfia uma pasta na minha mão e andamos rápido até a sala de conferências. Quando Patrick me deu essa campanha, jamais me ocorreu que eu acabaria trabalhando para Tina. Há sete anos, quando ela ainda trabalhava na Whitefish, ela quase mandou minha carreira pelos ares. Eu era gerente assistente de *branding* dela na Tetrotek, um cliente grande, e estávamos havia meses trabalhando em um *pitch* novo para eles. Dois dias antes da data de apresentarmos, uma agência de publicidade rival, a JMVD, apresentou um *pitch* que era quase palavra por palavra idêntico ao nosso. Presumindo que *nós* é que éramos os plagiadores, a Tetrotek saiu e foi para a JMVD, e houve uma minuciosa investigação interna na Whitefish para encontrar o culpado do vazamento.

Eu é que tinha sido vista almoçando com o diretor comercial da JMVD duas vezes no mês anterior; almoços a que Tina tinha me pedido pessoalmente para comparecer, e depois negou tê-lo feito. Ela armou bem armado para que eu levasse a culpa, porque tinha descoberto meu namoro com Andy. Patrick ficou por um fio de me demitir, e demorei para readquirir, a muito custo, minha reputação e o respeito dele.

– Certo, Caz – diz Patrick, enquanto me sento –, por que você não começa nos dando um panorama geral do ponto em que está a campanha?

– Bem, ainda está no começo – enrolo. Eu nem tive chance de conversar com a equipe de criação ainda. Olho de relance para Nolan Casey, nosso diretor de criação, buscando ajuda, mas ele está cautelosamente olhando em outra direção. – Assim que tivermos uma ideia mais clara do que a Univest está querendo...

– Mas você é a diretora de contas – diz Tina, melíflua. – Não é sua função me dizer o que eu vou querer?

Para mim, já deu.

– Como você sabe, a Univest tem marcado alguns gols contra ultimamente – digo com acidez. – Aquela história das fábricas explorando trabalhadores por uma miséria na Índia ganhou muito espaço na mídia. Depois teve aquele escândalo do xampu sem parabenos, e o *recall* do amaciante orgânico...

– Obviamente, tudo isso foi antes de eu assumir como diretora de marketing – diz Tina, petulante.

– Agora vocês precisam reestabelecer a confiança – rebato. – A política da JMVD, quando a conta estava com eles, era ignorar esses desastres de RP e focar na qualidade das marcas deles, mas acho que estão errados. Precisamos é falar desse elefante no meio da sala, pedir desculpas e seguir em frente.

– *Pedir desculpas?*

Patrick faz um gesto para Tina se acalmar.

– Vamos ouvir o que ela tem a dizer.

AJ me cutuca e eu retiro da pasta que ele me deu um leque de gráficos coloridos, de barra e de pizza, abrindo-os sobre a mesa de conferências de faia. Não tenho ideia do que representam, porque ainda não tive a chance de olhar para eles, mas ninguém presta atenção neles mesmo, nunca.

– Vocês não são o único conglomerado a sofrer reveses dessa magnitude. Porém, quanto mais vocês ignorarem, mais a ferida vai infeccionar. – Aponto os gráficos como se tudo de que falo estivesse bem na nossa frente. – Depois que o Barclays pediu desculpas aos clientes pelo papel que teve no escândalo da manipulação da taxa Libor, o problema deixou de existir. A Toyota, o Goldman Sachs, até o Facebook: todos eles pediram desculpas enquanto corporações como forma de lidar com problemas de *branding*, e todos se recuperaram rapidamente por causa disso.

– Discordo – corta Tina. – Se pedirmos desculpas, só vamos conseguir chamar a atenção para o assunto e dar mais gás para essas histórias. Nossas marcas são as primeiras do mercado. Precisamos focar nos pontos fortes delas e deixar esses problemas perderem força sozinhos.

Como é que essa mulher foi parar na chefia da divisão de marketing de uma das maiores empresas internacionais do país? Ela é incapaz de identificar uma tendência de mercado mesmo que esteja debaixo do seu nariz feioso e metido a besta.

– Hoje em dia não existe isso de marca "de primeira" – digo, sucinta. – Seus clientes estão morrendo pouco a pouco, e a geração seguinte não é fiel a nenhuma marca. As mídias sociais mudaram as coisas. A era do mídia *push* específico a respeito de um tema único acabou. As marcas precisam conversar com os clientes vinte e quatro horas por dia para conquistar sua fidelidade. E a base de qualquer relacionamento é a honestidade.

Fico olhando-a nos olhos, desafiando-a a me contradizer. Nós duas sabemos que eu não estou falando de publicidade.

– É por isso que eu queria a Caz nessa campanha – intervém Patrick. – Você e eu fazemos parte de outra geração, Tina. Precisamos pensar como esses jovens.

Tina fica bege, e AJ quase se engasga com seu frapê caramelado. Passamos mais uma hora e meia às voltas com aquilo, mas Tina está perdendo o jogo, e sabe disso. Pôr em questão sua relevância para a próxima geração foi uma jogada de mestre do Patrick. Ele é o CEO por um motivo, ainda que, aos cinquenta anos, ele seja um artefato arqueológico no meio publicitário. Ele conhece as *pessoas*, e é esse o segredo deste jogo.

Mas a minha vitória é de Pirro. Posso até ter vencido essa batalha, mas ainda vou ser obrigada a trabalhar com Tina. Ela vai armar um cavalo de guerra contra todo *pitch* que eu criar, porque não pode deixar barato. Meus próximos seis meses vão ser um tormento. Sinto um princípio de dor de cabeça só de pensar.

Patrick acompanha Tina até o elevador, e eu pego dois comprimidos de paracetamol da minha gaveta para engoli-los a seco, depois bato em retirada até o banheiro e me tranco em uma cabine. Adoro o meu trabalho; trabalhei duro para chegar aonde cheguei. Entrei aqui há cinco anos sabendo quase nada de publicidade, já que passei os três primeiros anos da minha carreira em RP. Mas prestei atenção e fui aprendendo; trabalhei dezesseis horas por dia, sete dias por semana, e não tirei uma folga sequer nos meus primeiros dois anos de agência. Cuidar do cliente é uma função que exige muito; os donos da agência querem faturar mais; o pessoal da criação quer mais tempo, receber aprovação rápida e com poucas mudanças; os clientes querem tudo e para *ontem*. Apesar do fiasco da Tetrotek, o Patrick confiou a mim os clientes mais importantes da empresa. Me recuso a deixar que Tina Murdoch sabote tudo que lutei tanto para conquistar.

Abro a porta da cabine, e dou um pulo ao ver Tina apoiada nas pias, à minha espera.

– O que você quer? – pergunto com frieza.

– Quero você fora dessa conta.

Abro a torneira.

– Não vai rolar. Você ouviu o Patrick. Ele quer que eu fique na conta.

Ela se intromete na minha frente e fecha a torneira que abri.

– Patrick pode até estar comendo na sua mão, mas a mim você não engana – diz ela. – Pede para sair dessa conta, ou você vai se arrepender.

Me escoro na pia enquanto ela sai do banheiro estrepitosamente, meu coração pulando no peito. Pratico o exercício de respiração que meu terapeuta me passou, tentando me acalmar. Não vou deixá-la me atingir. Sei o que estou fazendo, e sou boa no meu trabalho. Vou conseguir sair dessa.

Meu pulso por fim desacelera. Aprumo a coluna, e tiro o cabelo do rosto. AJ está esperando do lado de fora do banheiro quando saio, e me comprometo comigo mesma a arrumar um tempo semana que vem para entender melhor o que está acontecendo com ele. Ele é o homem mais leal que já conheci, e merece uma gentileza. Eu jamais sobreviveria a um mano a mano com Tina Murdoch se não tivesse AJ ao meu lado.

– E então? – diz ele, enquanto volto para a minha mesa em um passo lépido. – Você tem algum plano?

Eu sempre tenho um plano.

ANGIE LARK

PARTE 1 DO DEPOIMENTO GRAVADO

Data: 28/07/2020

Duração: 41 minutos

Local: Delegacia de Polícia de Kingsbridge

Realizado por agentes de polícia de Devon & Cornwall

(cont.)

POLÍCIA E você é a melhor amiga de Caroline Page, sra. Lark?

AL Eu a conheço desde que a gente estava na escola primária. Posso dizer com certeza que ela não mentiria a respeito de uma coisa dessas.

POLÍCIA Quando foi essa discussão, exatamente?

AL Não sei. Há umas três semanas? Talvez quatro. [Pausa.] Vocês devem ter um registro; Caz registrou ocorrência.

POLÍCIA E até…

AL Não que alguém tenha *feito* alguma coisa. Caz alertou vocês do que Louise era capaz, mas nenhum policial a levou a sério.

POLÍCIA Levamos todo relato de ocorrência muito a sério, sra. Lark. Mas até a discussão entre elas no mês passado, nunca tinha havido problemas?

AL [Risadas.] Você está de brincadeira?

POLÍCIA Não, sra. Lark, não estou. Não vejo graça nenhuma em um assassinato.

AL Veja bem, Caz não é nenhuma santa. Ela mesma admitiria isso a você. Tecnicamente, Andy ainda estava casado quando eles começaram a ficar. Então você pode imaginar que Louise não era lá muito fã da Caz. Mas, depois que saiu o divórcio, a mulher se comportou como louca. Ela

	não deixou os filhos conhecerem Caz até ter passado, tipo, um ano. Ela não conseguia esquecer Andy. Se acabou, acabou, sabe?

POLÍCIA Então, como você caracterizaria a relação entre as duas?

AL Uma merda; é assim que eu caracterizaria.

POLÍCIA Pode desenvolver mais?

AL Tudo aquilo sobre Caz nos jornais é mentira. Não acredito que Louise tenha a cara de pau de se fazer de viúva tristonha quando foi ela quem o matou!

POLÍCIA Se for possível, se atenha aos fatos, sra. Lark, em vez de especular…

AL Eu já vi como Louise age. Ela passa uma imagem de boazinha e sensata, não é? De mãe do ano. Mas acreditem, por baixo dessa máscara ela é totalmente psicopata.

POLÍCIA De que forma?

AL Bem, para começar, ela costumava ligar para Caz a qualquer hora do dia e da noite, berrando e chorando ao telefone. Sabe, Caz é durona, mas ela já está aturando isso há anos; qualquer um ficaria desgastado.

POLÍCIA Você testemunhou essas ligações?

AL Eu estava junto quando Caz recebeu algumas, sim. Mas Louise sabe o que está fazendo. Ela nunca ligava quando Andy estava por perto.

POLÍCIA Você ouvia sobre o que elas conversavam?

AL Nem precisava. Minha melhor amiga acabava chorando, e ela não chora com facilidade. Não eram só telefonemas. A diaba da Louise também é *stalker*. Ela não deixava Caz em paz. Aparecia na casa dela, no *trabalho* dela, e depois alegava que era *Caz* quem a estava assediando. Eu pensei que hoje em dia havia leis anti*stalker*?

POLÍCIA Há sim…

AL Ela é fichada, vocês, sabem, não?

POLÍCIA "Ela" seria…?

AL *Louise.*

POLÍCIA   Sim, claro.

AL   Ela já foi pega por *stalking* antes. Caz disse que um sujeito teve que pedir uma medida protetiva.

POLÍCIA   Isso foi quando?

AL   Não sei os detalhes. Olha, vocês não têm computador na delegacia, não? Deem uma procurada.

POLÍCIA   Sra. Lark, está tudo bem com você? Parece um tanto abalada. Não quer fazer uma pausa?

AL   Desculpe. É que… [Pausa.] Eu sei que Caz é minha amiga e tal, e seria típico eu dizer isso, mas ela, tipo, é o oposto da mulher dramática. Estou há meses dizendo para ela: denuncia essa Louise, mas ela não queria, falava que só ia piorar as coisas. Mas essa mulher odiava Caz… [Pausa.] Desculpe.

POLÍCIA   Podemos fazer um intervalo se você quiser.

AL   Desculpe, não, eu… eu vou ficar legal.

POLÍCIA   Roy, você traz um chá para a sra. Lark? Para a gravação, o detetive sargento Steve Roy vai sair da sala.

AL   Falei para Caz não ir àquela droga de festa — sabia que ia dar algum galho.

POLÍCIA   Por quê?

AL   Os ânimos vinham se alterando. Desde que…

POLÍCIA   O detetive sargento Steve Roy voltou à sala.

POLÍCIA (SR) Pronto. Cuidado, está muito quente.

AL   Obrigada. É que… ninguém acreditou em Caz e olha o que aconteceu. Louise é muito verossímil, mas acreditem em mim, ela tem outro lado; sinceramente, acho que ela é uma desequilibrada. Quer dizer, aquela coisa toda do gato, e aquela patacoada que ela arrumou na peça da escola. Que *papelão*!

Seis semanas antes da festa

6
Min

Quando desço as escadas sábado de manhã, Luke está todo enrodilhado no sofá, com um menino encaixado em cada braço. Os três estão cobertos de Coco Pops, a caixa de cereal vazia no chão testemunhando o nutritivo café da manhã que tomaram. Casa de ferreiro, espeto de pau: os filhos da médica têm os piores hábitos alimentares das redondezas.

– Não acredito que dormi até essa hora – exclamo. – Já passa das oito. Vocês deviam ter me acordado.

Meu marido estica o pescoço para se desviar de mim e continuar vendo a televisão.

– Você fez plantão dobrado. Estava precisando dormir.

– Ô mãe! Você está na frente.

– O que vocês estão vendo? – pergunto, olhando de relance para a tela.

– Stranger Things – responde Sidney, do alto de seus sete anos.

– Luke! Não é assustador demais para eles?

– A gente gosta de assustador – responde Archie, se enterrando ainda mais nos braços do pai.

Pego a caixa de cereal do chão e abro as cortinas, ignorando os protestos indignados dos meninos quando a penumbra soturna se esvai.

– Cadê os gêmeos?

Luke finalmente entrega os pontos e pausa a TV.

– Ainda não é hora do almoço. Onde você acha que estão?

Dom e Jack deixaram, sem o menor esforço, de levantar às cinco da manhã para dormir até meio-dia assim que o relógio deu a hora da puberdade. Meu lado sádico sente o maior prazer em sacudi-los para ir à escola hoje em dia, muitas vezes com direito a água fria, depois de uma década sendo rudemente expulsa da minha cama antes de o sol raiar.

– Prometi que ajudaria sua mãe com a festa hoje – eu digo. – Você fica de olho para os gêmeos irem ao futebol no horário?

– Ela precisa de ajuda com o quê? Faltam semanas para a festa.

– Ela convidou Andrew e *aquela mulher* – respondo, indignada. – Alguém tem que fazê-la cair na real!

– Ah. Então não é bem *ajudar*. É mais interferir.

Sidney tenta se apossar do controle remoto.

– Pai! Aperta o *play*!

– Eu e sua mãe estamos tendo uma conversa – diz Luke, segurando o controle longe do alcance de Sidney. – Sério, Min, minha mãe é que sabe quem ela convida ou deixa de convidar. Se eu fosse você, não me meteria.

– Eu sei que não – respondo irritada.

Luke Roberts é a própria definição de um bom homem. Ele ama a família, é trabalhador – só não sei em quê, nunca entendi muito bem, algo insondável em TI, acho – e me compra flores no meu aniversário, no nosso aniversário de casamento e às vezes até sem um motivo em especial. Eu o amo de corpo e alma há mais de trinta anos, desde que ele entrou na aula de biologia e tropeçou na minha mochila, literalmente caindo aos meus pés. Mas chega a dar nos nervos como ele é tão neutro a respeito de tudo. *Nada* o perturba. Ele nunca escolhe um lado, nunca emite uma opinião. O que tem seu valor, mas nem todos podemos ser a Suíça, ou o mundo estaria infestado de nazistas.

Não estou dizendo que Celia Roberts seja nazista, é claro. Mas ela seria capaz de comandar a Gestapo com a mão nas costas. Tudo bem que ela teve que ser forte para sobreviver ao que aconteceu com sua família; poucas mulheres seriam capazes de passar por uma tragédia daquele tamanho e continuar de pé. Mas isso não é desculpa para deixá-la fazer o que quiser impunemente. Essa loucura com Andrew tem que acabar. Já faz *quatro anos*. Não é saudável ficar dando falsas esperanças à Lou. Ela jura que já superou o Andrew, mas não superou não, nem um pouco. Ela nem sequer tentou namorar desde que ele a deixou. Todos sabemos como ela pode ser *intensa*, e meu medo é que, com essa festa, Celia tenha preparado o terreno para um final nada feliz.

Deixo os meninos com seu programa de TV distópico e vou de carro até a casa de Celia e Brian. Eles moram na mesma casa bonitinha de pedra nos subúrbios de Steyning há quase quarenta anos; Lou e Luke cresceram ali. Celia tem muita sorte de os dois filhos morarem tão perto dela – algo que minha mãe, sozinha em Yorkshire, nunca se cansa de me lembrar.

Quando eu chego, minha sogra está ajoelhada à beira de um canteiro. Ela larga a pá de jardim e se levanta assim que me vê.

– Min, que alegria te ver por aqui – exclama ela, reclinando a bochecha para que eu a beije. – Eu estava esperando sua visita?

– Devia estar – respondo secamente.

– Aceita limonada, querida? Fiz hoje de manhã mesmo. Podemos ir para os fundos e aproveitar o solzinho.

Eu a acompanho pela lateral da casa. Brian dá um tchauzinho simpático em minha direção, mas não vem falar comigo. Ele tem aperfeiçoado a arte de se camuflar no ambiente há décadas, e, tal como o filho, não emite uma opinião há anos.

Celia serve um grande copo de limonada fresquinha para nós duas, e nos acomodamos em um par de cadeiras de vime na varanda, como se estivéssemos em um episódio de *Downton Abbey*. Meus olhos chegam a marejar quando a limonada ácida desliza pela garganta, mas está uma delícia, especialmente em um dia quente desses.

– Você fez canteiros de tomate novos – falo, reparando de repente no retângulo de terra escura e argilosa cercada por antigos dormentes de trilho na ponta do gramado. – Que maravilha. Você queria um canteiro elevado faz tempo. Quando mandou fazer?

– Andrew veio aqui no fim de semana passado e fez para mim – diz Celia.

– O *Andrew* que fez?

Celia toma um gole da sua limonada.

– Não precisa ficar tão surpresa assim. Ele não tem frescura de sujar as mãos.

Não foi isso o que eu quis dizer, e ela sabe muito bem.

– Sim, mas por quê? O que ele estava fazendo aqui?

– Ele costuma nos visitar quando está por perto. Ele e Brian gostam de ir tomar cerveja no White Horse domingo à tarde. Ele se ofereceu para ajeitar o canteiro faz umas semanas, quando Brian estava sentindo o ciático.

Sinto uma onda de indignação com isso.

– Você não acha isso meio... *esquisito*?

– Por quê? Ele é uma mão na roda com coisas de casa. Fez tudo sozinho em dois dias.

Ela está se fazendo de boba de propósito. Adoro minha sogra, mas às vezes ela *irrita* a gente.

– Não consigo te entender, Celia, sinceramente! – exclamo. – Como você é capaz de trocar uma palavra com esse homem depois do que ele fez com a Lou? Parece até que você está do lado dele!

– Min, querida, bondade sua se preocupar tanto com a Louise – diz ela com firmeza. – Mas não sei se essa sua mentalidade ajuda muito. Andrew ainda faz parte da família. A gente não perdeu o amor que tinha por ele quando ele perdeu o que tinha pela Louise. Ele é muito bom com Brian e comigo. Gostamos muito dele. E ele é o pai da Bella e do Tolly.

Não aguento. Eu simplesmente *não aguento*. Andrew é tão charmoso e bonitão que todo mundo morre de amores por ele, até Celia, mesmo agora, depois de tudo que ele fez. Se ela soubesse como ele é *de verdade*, não ia querer que ele e Lou reatassem. Ia pegar o garfo de jardim, assassiná-lo e enterrá-lo no canteiro mais próximo.

– Não é justo! – protesto, irada. – O Andrew não pode abandonar a Lou e continuar vendo você! Tem que haver um pouco de... de *vergonha na cara*! De consequências! Não se pode destruir a vida de outra pessoa e seguir com a sua como se nada tivesse acontecido!

Celia pousa seu copo e pega nas minhas mãos, que estão até quentes em comparação com as dela, e, de repente, minha visão embaça. De fato ela é uma segunda mãe para mim: conheço-a há mais da metade da minha vida, desde que eu era adolescente, e já passei muito mais tempo com ela do que com minha própria mãe, cujo temperamento frio e distante é tão diferente – e incompatível com o meu. Por fora, Celia pode até ser a epítome do estereótipo da inglesa serena que sabe conter suas emoções, mas já a conheço o bastante para entender a paixão desenfreada que ela nutre por pessoas e causas em que acredita. Sei que ela faria de tudo por Luke, por Lou e por mim; e é esse o problema. Ela não percebe que está só *piorando* as coisas.

– Min – diz Celia –, sua fidelidade a Louise é maravilhosa. De verdade. Mas Andrew não é o diabo encarnado. Não estou dizendo que foi certo o que ele fez...

– Ah, pelo menos nisso nós concordamos!

Ela me lança um olhar duro.

– Você não acha, querida, que talvez esteja se importando com isso um pouco *demais*?

Isso faz com que eu me controle. Não quero que Celia pense coisas esquisitas de mim; afinal de contas, sou casada com o filho dela.

– É essa festa – respondo. – Já é horrível ter que ver aquela mulher em eventos como a peça da Bella, mas convidá-la para um momento especial, em *família*, como é o caso das suas bodas... É como se você estivesse dando o selo de aprovação para eles. – E acrescento com fervor: – Você entende isso, não *entende*, Celia?

Ela solta as minhas mãos, e volta a segurar sua limonada.

– Uma gota de mel apanha mais moscas que um tonel de vinagre, querida.

– O que você quer dizer com isso?

– Que você não precisa se preocupar – responde ela calmamente. – Está tudo sob controle.

Reconheço a expressão no rosto de Celia; eu a vejo nos rostos de meus quatro filhos sempre que estão para aprontar alguma.

– Celia – digo, desconfiada, enquanto o telefone dela toca. – O que *exatamente* você está tramando?

7
Louise

Meto a mão na buzina e confiro o relógio de pulso outra vez, mesmo já sabendo que estamos atrasados. No banco de trás, Tolly pula deliciado em sua cadeirinha, batendo palmas:

– Faz de novo, mamãe, faz de novo!

Soltando meu cinto de segurança, abro a porta do carro e me apoio na janela aberta para gritar na direção da casa:

– Bella! Temos que ir!

– Estou indo – Bella grita.

Passam mais cinco minutos até por fim ela aparecer. Está usando um jeans que tem mais buracos que tecido, e uma camiseta preta de manga comprida que nunca vi antes, e que ostenta a frase "SEXTOU – Segunda melhor palavra que começa com sex". Seu pai teria um piripaque se a visse usando isso, mas agora não dá mais tempo de ela trocar de blusa.

– Está vinte e oito graus – me obrigo a falar brevemente, enquanto ela se joga no assento do carona. – Não está com calor?

– Não – ela corta.

Puxa um gorro de lã da mochila, e prende o cabelo embaixo dele, até que só estejam aparecendo uns poucos fios escuros na frente. Há uma linha forte de kajal embaixo dos seus olhos, também recobertos de sombra cinza-escura, tudo borrado. Mais parece que ela dormiu de maquiagem embaixo da ponte. Tenho a sabedoria de não dizer nada, ainda que me parta o coração ver minha menina linda fazer todo esse esforço para disfarçar sua beleza. A melhor amiga dela, Taylor, é exatamente igual, as duas se vestindo da forma mais andrógina e monocromática possível, feito duas figurantes de filme distópico. Pelo menos é melhor do que *cropped* com microssaia. E é só uma fase, tento me consolar, suspirando por dentro. Ela vai crescer e vai passar.

Dou partida, e o motor engasga como de costume, antes de, refugando, ganhar vida. E, de repente, ele para outra vez. Tento de novo, mas o motor dá um grunhido agourento e morre. Da terceira vez, ele nem sequer reage.

– Mãe! – grita Bella. – Não posso me atrasar!

– Já estamos atrasadas – digo, aborrecida. – Não fui eu que nos deixou esperando por vinte minutos.

– Tenho que estar lá em dez! É o ensaio geral, não podem começar sem mim!

Resolvo não discutir, sabendo como ela está nervosa. Ela ficou de pé metade da madrugada ensaiando as falas, e hoje de manhã vomitou a torrada cinco minutos depois de comê-la. Foi a mesma coisa quando fez o teste GCSE verão passado.

– Eu sei, querida – respondo. – Não estou fazendo de propósito.

– Faz tempo que o carro está fazendo esse barulho esquisito! Você devia ter mandado ele para o conserto!

– Não tenho dinheiro para consertá-lo, Bella.

– Meu pai te dá dinheiro, não?

– Não é da sua conta, querida – digo com delicadeza.

– Se o nosso carro quebrar, é, sim!

Minha paciência acaba.

– Bella, não fala assim comigo. – E saio do carro de novo. – Não é o fim do mundo. Vamos só ligar para a escola e avisar que você vai atrasar um pouco. Essas coisas nunca começam na hora, mesmo. Vou ligar para a Vó Cé e pedir para ela te levar – acrescento, me esticando para alcançar o banco de trás e soltar Tolly de sua cadeirinha. – Ela chega aqui em dez minutos.

– Já estou velha demais para chamá-la de Vó Cé – resmunga Bella, disparando em direção à casa.

Tenho uma recordação instantânea de Bella quando era bebê, um querubim sorridente de maçãs do rosto rosadas balbuciando Vó Cé – porque Vovó Celia era muito comprido. O contraste com a adolescente agressiva e cheia de rancor pisando duro à minha frente é doloroso. Eu teria aproveitado ainda mais aqueles anos de ouro da infância dela se eu soubesse como acabariam rápido.

– Certo – eu suspiro, soltando Tolly na direção do corredor e apertando a discagem rápida para falar com minha mãe. – Isso você conversa com a sua avó. Oi, mãe – acrescento, logo que ela atende. – Estou com uma pequena emergência aqui. Você me faria um enorme favor? O carro não está ligando e Bella precisa ir para a escola para o ensaio geral e já estamos atrasadas. Ela está fora de si. Fiquei pensando se...

– Mas claro – diz minha mãe.

Bella se vira e olha feio da base da escada.

– Não estou fora de mim *nada*!

Faço *shh* para ela com o dedo:

– Ah, mãe, obrigada, você salvou nossa vida.

Bella vai para o quarto batendo os pés, sem dúvida para informar às amigas em detalhes a última injustiça monstruosa que acabara de sofrer. Abro a porta dos fundos para Tolly poder brincar lá fora, enquanto o observo com ternura pela janela da cozinha, o telefone preso entre o pescoço e o ombro ao mesmo tempo em que jogo água quente nos pratos sujos do café da manhã.

– Vou levar seu pai também – diz mamãe no meu ouvido. – Ele pode dar uma olhada no seu carro enquanto levo Bella para a escola.

– Você tem certeza de que meu pai não se incomoda com esse trabalho?

– Claro que não. Ele só está arrancando as rosas murchas da roseira. – Eu a ouço chamá-lo, com instruções abafadas para se arrumar para sair. – Andrew devia ter te dado o Range Rover, e ficado com o Honda para ele – acrescenta ela em tom de reprovação. – Não me sinto bem pensando em você e nas crianças arriscando a vida nessa lata velha.

– Não é lata velha, mãe – digo baixinho, sabendo onde isso vai parar. – É só um pouco velho. Se meu pai conseguir pôr para funcionar de novo, sei que conseguimos nos virar com ele mais um tempo.

Lá fora, Tolly está chutando uma bola de futebol de um lado para outro, feliz. Não fica nem um pouco chateado de brincar sozinho. Ele é a luz que contrasta com a escuridão da Bella, o sol que contrasta com a sombra. Dou tchauzinho para o meu filho, meu coração se aquecendo no peito ao vê-lo sorrir e acenar de volta.

– Nicky ficou todo prosa quando comprou o primeiro carro – mamãe diz de repente. – Trabalhou o verão todo, foi guardando dinheiro. Vivia com o carro na rampa da garagem, lavando e polindo e mexendo na mecânica. Não deixava mais ninguém dirigi-lo, nem o seu pai. Tudo que ganhou cortando grama e colhendo fruta naquele verão, gastou no carro.

Ela faz uma pausa, mas não sou boba de interromper. Tentar rebatê-la lembrando que eu não sou o Nicky, que um raio não cai duas vezes no mesmo lugar, só vai aborrecê-la. E quem sou eu para mandar na forma que ela pensa e em como se sente? Nunca perdi um filho.

– Só vendo, mesmo – diz mamãe, dando risada. – Sinceramente, era de cair o queixo. Uma das portas era marrom e o resto verde, mas seu irmão sentia orgulho como se fosse uma Ferrari. Tinha um par de dados de pelúcia azuis pendurados no retrovisor. Nicky não queria saber de tirar; achava engraçado. – Ouço-a sorrir só pelo som da sua voz. – Ele dizia que eram "retrô".

Tolly agora está deitado de bruços, cutucando alguma coisa na grama, seu cabelinho de estopa brilhando vermelho e ocre ao sol. Fico contemplando meu filho, incapaz de imaginar o mundo sem ele.

Eu tinha quase treze anos quando Nicky morreu. Meu irmão mais velho, engraçado, amoroso, invencível, teve a vida roubada num instante por um motorista bêbado. Toda aquela energia e potencial haviam sumido para sempre. Tinha apenas dezoito anos. Havia passado recentemente para a Imperial, onde estudaria física, e havia se apaixonado pela primeira vez. Era capitão dos times de rúgbi e críquete da escola, odiava cogumelos, adorava marcenaria, e sabia as letras de todas as músicas já gravadas pelo Sting. Eu era para ser sua irmã caçula chata, ele nem sequer deveria registrar minha presença, mas apesar disso ele sempre arrumava tempo para mim.

Sei que, quando alguém morre jovem de forma trágica, todos só enxergam suas virtudes, nenhum defeito. Mas Nicky era dessas pessoas que iluminam a sala. Era alguém sem um lado obscuro, sem maldade. Ele via apenas o melhor das pessoas, e era isso que devolvia para elas.

Sua morte mudou nossa família para sempre. Luke perdeu o irmão mais novo e melhor amigo. Os dois tinham apenas dezesseis meses de diferença; para Luke, foi como perder metade de sua alma. Creio que boa parte do motivo para ele ter se casado com Min, sua primeira namorada, quando os dois tinham apenas vinte e um anos, foi por não suportar ficar sozinho. Eu perdi meu protetor, a pessoa que eu mais admirava em todo o mundo. E meus pais – meus pais perderam o filho.

O enterro foi no dia do meu aniversário de treze anos, mas ninguém nem percebeu que dia era até ter passado, inclusive eu. Minha infância terminou naquele dia. Minha primeira menstruação foi no meio do velório; me lembro de estar sentada no banheiro de casa, olhando para o sangue na minha calcinha, sem a menor ideia do que fazer. Mais parecia que meu corpo inteiro estava de luto. Minha mãe já tinha passado pela menopausa e não tinha se lembrado de comprar absorventes para mim, então fui obrigada a enfiar uma flanela entre as pernas. Por anos, a cada mês eu era lembrada da perda do meu irmão da forma mais sangrenta e brutal.

Mamãe se tornou alguém a quem era impossível dizer não. Se ela queria sua família estilhaçada com ela no Natal, em aniversários, no Dia das Mães – especialmente no Dia das Mães –, a gente ia. Luke e eu nunca tivemos chance de criar nossas próprias tradições de festas com nossos filhos. A perda do Nicky foi um baque estarrecedor, que impactou a vida de todos nós, até mesmo a de crianças que nem eram nascidas quando ele faleceu.

– Você precisa que eu busque a Bella de novo depois do ensaio? – pergunta minha mãe.

– Não, não se preocupe. Vou pedir a alguma outra mãe para deixá-la aqui depois. Sei que a mãe da Taylor não vai se importar. Muitíssimo obrigada, mãe.

– Por nada, Louise. Afinal, não é como se eu tivesse muito mais o que fazer.

Cai um silêncio impregnado de metade de uma vida em luto.

– Seu pai está aqui com o carro – diz mamãe, seu humor soturno indo embora tão rápido quanto tinha chegado. – Já já chegamos. A coitada da Bella deve estar tendo um troço.

– Obrigada mais uma vez, mãe.

– E não se esqueça de usar uma roupa bem bonita hoje à noite – acrescenta ela como quem não quer nada. – Talvez aquele vestido azul-claro do qual Andrew sempre gostou?

– É um pouco exagerado para uma peça de escola.

– Ah, mas o Andrew não te falou? Vamos todos jantar no Coal Shed depois. Ele que convidou. Até breve, querida.

Fico olhando para o telefone espantada. Como é que ela conseguiu uma coisa dessas? Caz deve estar botando um ovo pela boca.

De repente, penso: Min tinha razão. A minha mãe *está* tramando alguma coisa.

8
Caz

— Você concordou com o quê?

Andy abre a geladeira e pega um energético, engolindo metade da garrafa em uma golada. Não teço comentários sobre a inadequação nutricional de terminar uma corrida revigorante de oito quilômetros e emendar em uma dose mortífera de cafeína com açúcar. Não estou em posição de reclamar da eficácia da campanha publicitária que o hipnotizou, levando-o a achar que energéticos são saudáveis porque sua mãe costumava lhe dar quando ele estava doente.

— Não se preocupe — diz ele alegremente. — A Celia já fez reserva no restaurante. Demos sorte: alguém cancelou de última hora, então há lugar para todos. Sorte dobrada, na verdade, já que é sábado à noite.

Fecho com força o meu laptop.

— Andy, pensei que o combinado era celebrarmos em família.

— Todos são da família. — Seu cabelo, mais grisalho agora do que quando nos conhecemos, está todo suado e espetado, mas graças ao milagre da tecnologia contemporânea, a camiseta e os shorts caros de microfibra estão perfeitamente secos. — Luke e Min não poderão ir porque vão ter que pôr os meninos mais novos na cama, então vai ser só a Celia e o Brian.

— E a Louise.

— Bem, é óbvio, a Louise.

O que me impede de dizer algo de que vá me arrepender é Kit, que entra correndo na cozinha, brandindo um pote de iogurte vazio na mão. Pelo menos um terço do conteúdo está espalhado pela sua cara e pela blusa do pijama.

– Ainda tô com fome, mãe. Posso comer outro?

– Você já comeu dois – respondo.

Ele faz charme, recostando-se grudento na minha perna, piscando aqueles cílios que, em um menino, são um desperdício.

– Por favor, mamãe. Só mais um? Eu te deixo trabalhar em paz.

Andy vira o bico da sua garrafa de Lucozade para mim.

– Eu te falei. Todo chantagista sempre volta querendo mais.

Em um rompante súbito de afeição, puxo Kit e o ponho no colo, apertando-o com força, sem me importar com o estrago que o iogurte fará na minha camisa de seda. Meu filho pode não ter sido planejado, mas agora que ele veio, eu o amo com todo o meu ser.

– Chega de iogurte, menino. E chega de chantagem. Já acabei de trabalhar.

– Vou só tomar uma chuveirada rápida – diz Andy, pisando no calcanhar dos seus tênis para descalçá-los, e deixando-os, emborcados mesmo, no meio do piso da cozinha. É um dos seus hábitos menos charmosos. – Depois é melhor irmos andando, senão vamos nos atrasar com o trânsito.

Fico fervilhando de raiva, pensando nesse tal jantar até chegarmos a Brighton. Para minha ligeira surpresa, eu até estava animada para essa ocasião em que sairíamos sozinhos com Bella. Ela sabe ser uma pedra no sapato, é turrona, irritadiça e egocêntrica, mas nela há algo de vulnerável e solitário que reverbera em mim. Sou filha única de mãe solteira; sei como é se sentir isolada e sozinha. Talvez Bella tenha mais família do que deseje, boa parte do tempo, mas apesar de toda a atenção negativa que ela procura atrair para si, ninguém de fato a *nota*. Ela não passa de um problema a ser resolvido. Ela não é fofinha como Tolly e Kit, nem falsamente perfeita e confiante feito as patricinhas hidratadas daquela escola particular privilegiada e metida a besta que frequenta. Ela afasta as pessoas de propósito, e para isso procura ser desagradável. De várias maneiras, ela é a pior inimiga de si mesma. É mais uma coisa que temos em comum.

Nos primeiros dois anos do meu relacionamento com Andy, Bella nem me olhava na cara. Eu cheguei até a flagrá-la cuspindo no meu café uma vez. Ela me culpava pela separação dos pais, e Andy nunca ia lhe contar a verdade sobre o que Louise fez. Mas as coisas vêm mudando entre nós nesses últimos meses. Bella é feito um gato. Se eu a ignorar, e fingir que não me importo se ela vier ou não se enrodilhar no meu colo, ela vai vir para perto de mim, eu sei.

Nunca fui muito boa com crianças pequenas; amo Kit de todo coração, mas passar o dia inteiro com um tirano nanico que acha soltar pum muito engraçado é infernal. Mas adolescentes eu entendo. Sentem que o mundo está contra eles, que ninguém os leva a sério, em sua raiva, frustração e vontade de se destacar ao mesmo tempo que estão desesperados para se encaixar – ah, aí sim é a minha praia.

Dou um pulo quando Andy estende o braço dentro do carro e põe a mão na minha coxa.

– Está tudo bem? – pergunta ele. – Você está tão calada.

– Estou bem – digo rapidamente. – Só cansada. Trabalho, o de sempre.

Andy põe a mão de volta no volante.

– Não consegui dizer não para Celia – suspira ele. – A mulher está com quase setenta anos. Não sei quantas comemorações em família ela ainda vai poder presenciar.

Celia é forte como um touro. Ainda corre todo dia de manhã, e vem competindo há anos no Tough Mudder para os Acima de Cinquenta de West Sussex, terminando sempre entre os dez melhores na corrida de 10 km. Eu já a vi jogar pás de esterco nas malditas rosas dela sem nem suar. Ela vai enterrar todos nós.

– Você sabe quanto a família significa para ela – acrescenta Andy, quando não replico nada. – E você e Louise se dão até bem, hoje em dia, não é? Além disso, faz bem às crianças nos ver todos juntos.

– Eles vão nos ver durante a peça.

– Não é a mesma coisa, é? E faz tempo que você não vê a Celia e o Brian. Vai ser bom revê-los com mais calma.

O meu marido é um homem inteligente. Ele é incrivelmente bem-informado; filho único de um técnico de radiotransmissão da BBC e uma bibliotecária, foi um filho tardio e não planejado, nascido quando a mãe estava com quarenta e quatro anos e o pai avançado na casa dos sessenta. Ele cresceu escutando o World Service e lendo *The Times* junto com *Beano*. Nos vinte e dois anos como repórter da INN, ele já cobriu de tudo, desde os ataques de 11 de setembro até a guerra civil no Sudão, entrevistando presidentes, papas, inúmeros políticos e incontáveis celebridades do *showbiz*. Ele sabe de cor a capital, a média pluviométrica e o PIB de todos os países do mundo (todos os 195, se você incluir a Santa Sé e o Estado da Palestina). Fala cinco idiomas, inclusive árabe e farsi, e sabe até um pouco de língua de sinais. Mas às vezes pode ser incrivelmente burro.

Celia Roberts me odeia, e, francamente, no lugar dela, eu também me odiaria. Ela adora o Andy; pelo menos na visão dela, ele substituiu seu filho perdido. Ela não quis culpar nem a ele nem à doida da filha pelo divórcio; bem mais fácil me considerar uma destruidora de lares ardilosa e jogar a culpa toda em cima de mim.

Nas poucas vezes em que já nos encontramos, ela nem se incomodou em ocultar o que pensa. Se ela fosse mãe do Andy, eu teria que colocar minha armadura e aguentar calada. Mas ela é ex-sogra dele! Andy e Louise estão *divorciados*. Não há nenhum motivo neste mundo para eu ter que vê-la, ainda mais para ser tratada como a merda na sola do seu sapato.

Por ora deixo estar, não quero discutir na frente do Kit, mas quando chegamos à casa em Brighton, desconto minha fúria arejando o local e trocando todas as roupas de cama. Andy escapole para o escritório. Sei que ele vai ligar para Louise. Ele está com aquele ar familiar de cachorro arrependido.

Meus planos eram usar um simples jeans skinny preto hoje à noite, com uma frente única prateada que eu sei que o Andy adora, mas, de repente, penso melhor. Vou entrar no auditório da escola como uma mulher marcada. Vou ser a outra, a esposa-troféu. Sei por experiência própria como vai ser: os olhares gélidos, as conversas que silenciam quando passo, depois recomeçam quando ainda nem terminei de me afastar. Louise é uma mãe popular; conhece a maioria das outras mães, foi da APM, e até organizou o jornalzinho da escola alguns anos atrás. Ser odiada é exaustivo. Nunca vou fazer amigos naquele lugar, mas também não preciso me esforçar para piorar minha má reputação.

Remexendo no meu guarda-roupa, tiro um terninho Chanel de tweed rosa-claro que comprei pelo preço de custo depois que fizemos um ensaio fotográfico para a *Vogue* no ano passado. É meio aprumado e no estilo Jackie O, não faz muito o meu estilo, mas eu sabia que serviria para uma ocasião como essa. Que irônico: até conhecer Andy, nunca liguei para o que pensavam da minha roupa. Me vestia para mim. Herdei os seios empinados e as pernas bonitas da minha mãe, e eu gostava de ostentá-los. Mas depois que nos casamos, venho ficando encabulada de usar roupas que mostrem demais o meu corpo. Não quero parecer uma piriguete junto do Andy.

Meu marido fecha a cara quando sento com ele na sala de estar, onde ele e Kit estão juntinhos no sofá assistindo a *Pedro Coelho* pela enésima vez.

– É um pouco exagerado para uma peça escolar, não é?

Olho para a minha própria roupa.

– Não gostou?

– Não é meu visual favorito pra você – diz Andy, ambíguo.

– Você tá esquisita – concorda Kit. – Parece velhinha.

– Era exatamente o visual que eu queria – digo, irritada. Desligo a televisão, ignorando o brado de protesto de Kit. – Vamos. A gente precisa ir andando. Louise falou para chegarmos cedo para pegar um bom lugar.

– Espera aí. Você não está se esquecendo de nada, não? – pergunta Andy. Ele espera um segundo antes de dar um sorriso. – Se a gente procurar seu colar de pérolas, com certeza a gente acha...

Bato nele com uma almofada.

– Não ria. Isso é culpa sua.

Ele se defende da almofadada, e toma minha mão.

– Não deixa a Celia te atormentar – diz, de repente sério. Ele me puxa para o seu colo e abraça minha cintura apertado. – Use o que bem quiser, Caz. Você não precisa se vestir para ela nem para mais ninguém.

– Para você é fácil falar.

– Desde quando você dá a mínima para o que os outros pensam?

Ele tem razão. Celia Roberts e a máfia das mães moralistas nunca vão gostar de mim mesmo. Por que insistir em empurrar essa pedra montanha acima?

Vou correndo lá em cima e visto novamente o jeans skinny com a frente única e um par de saltos doze. Os olhos de Andy se iluminam quando desço as escadas.

– Aí sim – diz ele.

– Vem comigo então, meu marido-troféu – respondo, pegando a bolsa.

O estacionamento da escola da Bella está surpreendentemente cheio quando chegamos. Louise não estava brincando, penso eu, enquanto Andy dá voltas pelo lugar procurando uma vaga. Não são nem seis e meia, e já parece que quando entrarmos vamos ter que assistir à peça de pé.

Mas assim que abrimos a porta do auditório, somos barrados por um fluxo de gente saindo. Encontro o olhar de Andy, confusa. Talvez tenha havido uma matinê. Quisera eu saber disso; preferia ter vindo no horário anterior para o Kit não ter que jantar tão tarde.

– Com licença – digo, detendo uma mulher de vestido florido que parece vagamente familiar. – Teve uma sessão mais cedo?

– Bem, era às quatro, se é disso que está falando.
– Ah. Não sabia que haveria duas apresentações.
Ela me olha como se eu fosse louca.
– Não há.
– Mas não começa às sete...
– *Começou* às quatro – diz ela abruptamente, dando meia-volta para se juntar ao tropel de pais batendo papo e deixando o auditório.
Eu me volto para Andy, sem saber o que dizer.
– Você está de sacanagem? – exclama Andy. – A gente *perdeu a peça*?
– Louise me falou que começava às sete!
– Você deve ter se confundido. Meu Deus, Caz. Por que não anotou?
– Eu *não* me confundi, não! Ela me disse o horário errado de propósito!
Kit me puxa pela mão.
– Já acabou? A gente pode ir jantar agora?
– É claro que ela não te disse a hora errada de propósito – corta Andy. – Ela não é a mulher do *Atração fatal*. Você obviamente se confundiu.
Ele aparenta não estar acreditando nem desacreditando de mim, mas vejo pela sua expressão que não acredita que cometi um erro inocente. Ele pensa que eu sabotei de propósito a noite de Bella.
Bem como Louise queria.

9
Louise

— Estão deixando para muito em cima da hora – murmuro, virando o rosto para olhar para trás do meu assento. – Já são quase quatro horas. A peça vai começar num minuto.

— Andrew vai chegar – diz mamãe, confiante.

— Bem, então vão ficar lá para trás. O teatro está lotado.

Mamãe põe a mão no ombro de Tolly vendo-o se ajoelhar no assento da cadeira entre nós duas.

— Vê se para quieto, Tolly. A gente devia ter guardado lugar para eles, Louise. Tinha três aqui do nosso lado.

Minha cunhada passa por trás de mim para falar direto com mamãe.

— Não, Celia, a gente não tinha nada que ter guardado lugar para eles. Já não basta a Lou ter que se sentar para jantar com aquela mulher. Sinto muito não podermos ir – ela diz para mim, voltando a seu lugar. – Não me importo em deixar Dom e Jack cuidando dos irmãozinhos umas duas horas agora que estão com quinze anos, mas não a noite toda. Ou eles se matam ou põem fogo na casa.

— Está tudo bem – cochicho.

— Não está, não – sibila Min em resposta. – Sinceramente, Lou, você não pode deixá-la continuar te tratando assim.

Queria que Min tivesse conhecido minha mãe antes da morte do Nicky. Não só por que mamãe era feliz, de verdade, de um jeito que você não dá valor até ser passado. Quando seus filhos são saudáveis e estão seguros, quando seu casamento é bom e você tem uma casa para morar e comida na mesa, isso te permite ficar triste por causa de umas fotos de férias que voltaram da revelação embaçadas, ou porque sua bancada de cozinha nova riscou. Minha mãe se preocupava com Nicky, com Luke e comigo, é claro, do modo como toda mãe se preocupa com os filhos; ela nos aconselhava a usarmos capacete para andar de bicicleta e a não aceitar doces de estranhos, e insistia para ligarmos para ela se fôssemos nos atrasar para chegarmos em casa. Mas seu estilo maternal era de parcos cuidados, tal e qual ela fora criada. Ela nos deixava livres para cometermos nossos próprios erros, subir em árvores e abrir o pulso, não querer passar protetor solar e se queimar.

A morte do Nicky a transformou em outra pessoa. Ela não chegou a nos superproteger, ainda que essa reação fosse perfeitamente natural. Em vez disso, ela nos puxou para perto, para *bem perto*; ela se intrometeu em todo aspecto de nossas vidas como jamais fizera antes, tão protetora e territorial quanto uma tigresa.

Quando Luke não conseguiu a vaga para estudar física no Imperial College, sua primeira opção de faculdade, sem nem chegar à etapa da entrevista, nossa mãe foi de carro até Londres no dia seguinte e invadiu a secretaria de ingresso com os boletins escolares dele na mão, batendo boca até concordarem em recebê-lo. Ele ficou morto de vergonha, mas nossa mãe nem ligou. A vergonha não fazia mais parte do seu vocabulário, e nem de sua experiência. Ela se importava apenas em conseguir para nós o que ela sentia que precisávamos, advogando em nosso favor quando não pudéssemos ou não quiséssemos advogar em causa própria.

É por isso que ela se recusa, até hoje, a aceitar que Andrew é uma causa perdida. Ela luta por nós, quer queiramos ou não. Ela já viu demais, passou por coisas demais; a ela só resta pôr as vidas de seus familiares nos eixos. Não posso tirar isso da minha mãe.

Para papai o luto foi diferente. Antes da morte de Nicky, ele e mamãe dividiam nossa criação, mas depois do que aconteceu, ele cedeu todo o trabalho para ela. Olho-o de relance enquanto ele mexe em sua câmera antiquada. Ele ainda usa a mesma que usava para nossas peças escolares, e contraio o rosto enquanto ele testa o flash, deixando um ponto brilhante feito Hiroshima na retina de todo mundo à volta. Ao lado dele, Luke ergue seu iPhone novo e aperta Gravar, verificando se a luz está boa. Tal pai, tal filho, excetuando o tipo de tecnologia. Eles sobreviveram à perda de Nicky como eu, misturando-se com o ruído de fundo, e deixando mamãe brilhar sozinha no holofote de sua dor.

As luzes diminuem e, de repente, se faz silêncio, fora alguns programas sendo folheados e pigarreios empolados. A diretora, sra. St George, entra no palco e faz os comentários habituais sobre quanto todos trabalharam e como o apoio da APM foi fundamental, mas não estou prestando atenção. Bella vai ficar destruída se o pai não vier. Quando a diretora pede a todos para que desliguem os celulares e o público remexe nas bolsas, aproveito para dar mais uma olhada na plateia, tentando localizá-lo. Se ele estiver aqui, deve estar bem lá no fundo.

Então a cortina sobe, e Antonio entra no palco com seus camaradas shakespearianos. Rezo para Bella não congelar em cena nem esquecer as falas, e aguardo ansiosa sua entrada em cena. Depois de todo o drama para chegar ao ensaio geral de manhã, ela ficou com os nervos à flor da pele. Deixou cair o delineador de olho quando estava se maquiando hoje à tarde, e só por isso já rompeu em prantos.

Mas assim que ela entra e engrena, confiante, no seu primeiro monólogo, percebo que vai se sair bem. Tanto ensaiei as falas com ela que as sei de cor e salteado: "... a vontade da filha viva dobra-se aos preceitos de um pai morto."

Minha mãe me cutuca a costela, e faço silêncio.

Duas horas e meia depois, tenho lágrimas nos olhos e me ergo, junto com toda a plateia, para aplaudir de pé, batendo palmas e gritando bravo até as mãos doerem e a garganta ficar rouca. Durante a peça, cheguei a esquecer completamente que Pórcia era minha filha. Ela é bonita, charmosa, inteligente, espirituosa: a heroína mais encantadora de Shakespeare. Não passa de uma apresentação escolar, e falas foram esquecidas, deixas foram perdidas e algumas atuações não foram lá muito boas – Antonio era menos expressivo que uma mesinha de centro –, mas Bella foi uma revelação, e se digo isso como mãe dela, é só porque ela estava parecendo *outra pessoa*. Nunca a vi brilhar como acabou de brilhar nesse palco. A mocinha taciturna e introvertida com que moro não entrou em cena. Em seu lugar estava uma mulher confiante e genial: uma diva teatral, no sentido próprio da palavra. Sinto como se estivesse vendo minha filha pela primeira vez.

– Ela não estava incrível? – brada Min, enquanto seguimos para a saída em meio à multidão enlouquecida.

– Maravilhosa – respondo, procurando Andrew com afinco. Não é possível ele ter perdido uma coisa dessas. Bella estava extraordinária. – Vocês estão vendo Andrew?

– Ali! – grita Tolly, se afastando de mim. – Papai!

Tento inutilmente segurar meu filho enquanto ele força passagem pela multidão, pedindo mil desculpas enquanto esbarro em ombros e piso em dedões.

– Espera, Tolly!

Ainda não vejo Andrew, mesmo que Tolly obviamente o tenha visto. Quando chegamos às portas do vestíbulo da entrada, o elenco vem correndo pelo corredor lateral que dá acesso aos camarins, ainda vestido a caráter, entre gracejos e risadas, para se reunir com seus orgulhosos pais no auditório. Bella vem correndo na nossa direção, de mãos dadas com sua amiga Taylor, e com um sorriso de orelha a orelha. Ela pega Tolly do chão num só movimento, balançando-o de um lado para outro, entusiasmada com seu triunfo.

– Vocês me viram? – grita ela. – Me viram lá no palco?

– Difícil não te ver – digo, com um sorriso. – Você estava excelente, querida. Simplesmente maravilhosa. Não te disse que ia se sair bem? Você também, Taylor. Adorei o seu Bassânio. Você estava excelente.

– Obrigada, sra. Page – diz Taylor. – Ah, olha minha mãe ali! Até mais, Bel.

Bella não consegue esconder sua exaltação, e adoro vê-la assim.

– Falei bobagem no começo da cena um do segundo ato, mas acho que ninguém percebeu.

– Nem acredito que era você lá em cima – digo com honestidade. – Você estava incrível, Bella. Deixou todo mundo impressionado. Daqui é direto para o Oscar.

– Cadê meu pai? – pergunta ela, olhando por cima do meu ombro enquanto Celia, Min e Luke forçam passagem pela multidão para nos alcançar.

– Estou vendo ele! – grita Tolly, apontando.

Andrew e Caz estão de pé no saguão, conversando com a mãe de Taylor. Eles devem ter assistido à apresentação lá de trás. Não pode ter sido uma experiência confortável com aqueles saltos agulha ridículos que Caz está usando. Ela mais parece vestida para ir a uma boate, não a uma peça de escola.

Meu coração derrete quando Andrew se vira para mim. Por um fragmento de segundo, estou de novo com vinte e quatro anos, entrando no bar em frente ao estúdio de TV da INN, e dando de cara com o homem mais lindo que eu já vi na vida. Agora, como na época, é como se a multidão à nossa volta desaparecesse, deixando só nós dois no recinto. Quando nos conhecemos, Andrew estava com trinta e poucos anos, era alto, de cabelos castanhos e estava vestido mais formalmente do que a maioria dos homens de sua idade, de terno cinza – logo descobri que ele era repórter, e que aquele era seu figurino televisivo – e gravata frouxa ao redor do pescoço, o paletó pendurado casualmente por cima do ombro num dedo em gancho. Ele estava olhando em volta quando deixei a porta pesada bater atrás de mim, e percebi a admiração e o interesse em seus olhos âmbar leoninos, e que sua boca formara um meio sorriso. O sangue fervilhava nas minhas orelhas e eu cheguei a sentir um frio na barriga. Até hoje o sinto. Acho que vou sentir até o dia da minha morte.

Andrew apoia a mão na lombar de Caz e murmura algo em seu ouvido, e a dor que eu achava que tinha domado surge tão aguda quanto no dia em que Andrew me deixou.

Bella põe o irmãozinho no chão, e Tolly atravessa uma floresta de pernas para chegar ao pai.

– Você tá atrasado! – grita ele. – Você perdeu *tudo*!

De repente, há um silêncio. Olho para Andrew, presumindo que vai dizer que só estavam fora da nossa vista, lá no fundo, mas ele só dá de ombros.

– Erramos o horário. Sinto muito, mesmo – acrescenta ele, momento em que o rosto de Bella desaba sob a maquiagem teatral. – Estou ouvindo todo mundo dizer como você estava maravilhosa. A estrela da peça...

Ela nem espera ele terminar. Com um choro sentido, dá meia-volta e sai correndo em direção ao auditório.

Andrew faz menção de ir atrás dela, mas Min bloqueia sua passagem.

– Acho que você já fez estrago suficiente – diz ela com frieza.

– Como você pôde errar o horário, Andrew? – grito furiosa. – Falei para a Caz que era às quatro umas três vezes!

– Você falou sete horas – protesta Caz.

– Deixa de ser ridícula – corta minha mãe. – Peças de escola são sempre à tarde, para os irmãozinhos virem assistir sem ter que ficar acordados fora de hora. Você veio ano passado, Caroline. Devia saber disso.

Andrew olha feio para a esposa.

– A Caz obviamente se enganou. Vou atrás da Bella pedir desculpas. Sei que ela vai entender.

– Eu *não* me enganei – diz Caz com firmeza. – Achei mesmo estranho, mas Louise insistiu que esse ano seria à noite. Foi por isso que te falei para reservar a mesa para as nove e meia.

Andrew hesita, e vejo a dúvida repentina em seus olhos. Será possível que ele me ache capaz de ser tão mesquinha e traiçoeira?

Mas eu sei qual é a resposta para essa pergunta. Já avisei antes, até cansar, e agora que a loba está à minha porta – no seio da minha família –, ninguém quer acreditar em mim.

10
Caz

Sentada na cabeceira da mesa, fico remexendo minha salada. Eu deveria estar me sentindo inocentada, mas mesmo que seja Louise a errada da história, ainda assim me sinto a vilã.

Andy passou quarenta minutos acalmando Bella e convencendo-a a vir conosco para o jantar, mas a mim não pediu nem uma mísera desculpa. Em vez disso, a caminho do restaurante, no carro, alegou que Louise e eu precisávamos "nos comunicar melhor" da próxima vez, e depois se recusou a tocar novamente no assunto. Mesmo eu tendo lhe mostrado uma prova irrefutável de que ela está tentando me sabotar, ainda assim ele inventa desculpas para ela.

Não sei por que eu esperava algo diferente. Nos últimos quatro anos, Louise tem feito Andy comer na sua mão. Basta ela estalar os dedos que ele vai correndo.

E nem é só com a ex-mulher que tenho que dividi-lo. Ele fez parte da família Roberts por dezessete anos, e o divórcio não mudou isso. Mesmo quando não é nosso fim de semana com os meninos, Andy vive na casa deles, consertando prateleiras tortas na sala ou levando Brian para tomar cerveja. Faz algumas semanas, ele passou o fim de semana inteiro fazendo um novo canteiro de tomates, pelo amor de Deus. Mas se eu fizer alguma objeção, fico tachada de vaca, ciumenta e irracional.

Eu sei que limites de relacionamentos são coisas complicadas, mesmo que duas pessoas não estejam mais compartilhando a mesma vida. Entendo que, quando há crianças na parada, os pais precisam estar envolvidos na vida delas e nunca tive problema com isso. Mas só porque sou a segunda esposa do Andy, não significa que eu deva sempre ficar em segundo lugar.

De repente, ouço um alvoroço do outro lado do restaurante, e olho para lá. A mulher de vestido florido na escola de Bella acaba de entrar com sua filha, Taylor, e o resto de sua parentada, e estão todos dando tchauzinhos entusiasmados para Louise. Meu coração aperta. Que maravilha. O fã-clube de Louise bem ali. Era tudo o que eu precisava.

A Mulher Florida vem correndo até nossa mesa, e Louise e Andy se põem de pé com um salto para abraçá-la com parabéns mútuos. Cada um passa um braço em volta de Bella, e eu fico aqui, sentada e ignorada, enquanto todos tiram fotos dos três com os celulares. Então Andrew passa um braço por trás de Bella e outro por trás de Taylor, que está claramente deslumbrada com ele, e começa a presepada toda de novo. O marido da Mulher Florida rasga seda para a atuação de Bella, prenunciando aulas de teatro e o Oscar, e todos ficam lambendo mutuamente suas crias em um festival do qual estou inteiramente excluída. É como se eu nem estivesse presente.

A única pessoa mais desconfortável do que eu é Bella. Ela baixa a cabeça, enfiando as mãos por dentro das mangas compridas da blusa, fazendo cara de quem preferia que o chão a engolisse. Ter a capacidade de se esconder sob uma persona no palco é muito diferente de ficar sob os holofotes na vida real. Eu imaginava que Louise e Andy já tivessem percebido isso.

Levanto da minha cadeira e vou até lá para resgatá-la.

– Bella, por que você e a Taylor não levam os meninos lá fora cinco minutinhos para tomarem ar?

Nem precisei falar duas vezes. Enquanto as crianças escapam porta afora, fico parada junto à mesa feito uma idiota, esperando alguém reconhecer minha presença.

– Rebecca, Hugo, creio que ainda não conhecem a Caroline – diz Celia, finalmente, com um sorriso venenoso. – É a *segunda* esposa do Andrew.

Meu marido não é mórmon nem muçulmano. Ele não pertence a nenhum grupo religioso que pratique a poligamia. Andy estava divorciado, e desimpedido, quando trocamos alianças. Eu sou simplesmente a *esposa* dele e pronto, sem necessidade de maiores descrições.

Rebecca me dá um sorriso gélido que não chega aos seus olhos, e eu a vejo dar um discreto puxão na manga do marido enquanto ele faz menção de apertar a minha mão, e logo em seguida ele recolhe o braço obedientemente.

Quando todos por fim se dispersam, volto ao meu assento. Bella retorna com os meninos, e Kit senta ao meu lado, e Tolly do outro; Celia deu um jeito de não deixar nenhum adulto sentado perto de mim, de forma que não tivesse ninguém com quem conversar a noite toda. Quando Brian se estica para se sobrepor ao neto e estender uma opinião hesitante sobre a probabilidade de chover, Celia se sobrepõe a ele, e ele não tenta de novo.

Geralmente não sou dada à autopiedade, e nem esperava ser o centro das atenções na noite de Bella, mas essa refeição está nos custando – *me* custando, uma vez que Louise já engole toda a renda disponível do Andy – uma fortuna, e estão todos me tratando como um inseto que o gato trouxe para dentro.

E de repente, como que por um milagre, a noite é redimida.

Quando estamos de saída, Bella fica para trás dos pais e me agradece com timidez, seu cabelo escuro tapando o rosto.

– Eu sei que minha mãe às vezes é meio... você sabe – acrescenta ela, remexendo acanhadamente na fivela da pulseira do relógio. Ela é a única adolescente que conheço que usa relógio de pulso à moda antiga. – Eu sei que ela não te disse o horário da peça errado de propósito.

Todo o terrível fiasco que foi essa noite valeu a pena, só por isso.

– Eu também sei que foi sem querer – minto. – Foi só uma confusão, nada mais.

Bella dá de ombros:

– Acho que sim.

– Vem logo, Bella – Louise chama alto. – Hora de ir pra casa. Seu irmão precisa ir para a cama.

Fico perplexa: é o *nosso* fim de semana com as crianças. Eu me volto para Andy:

– A Bella e o Tolly não vêm para casa conosco?

Ele nem consegue me olhar nos olhos.

– Louise achou melhor eles irem para casa com ela, já que Bella ficou tão chateada por perdermos a peça – diz ele. – Ficamos com eles no fim de semana que vem.

– Mas eu reservei uma partida de Escape Room para amanhã de manhã – protesto. – Já está tudo pago. Agora já é tarde para cancelar.

– Sinto muito, mas não vai dar para nós. Talvez se Bella não tivesse tido uma noite tão *estressante* – diz Louise acidamente.

Fico brava a ponto de literalmente não conseguir emitir uma palavra. Vou para o nosso carro pisando duro, sem me incomodar de esperar nem por Andy, nem por Kit. Andy tomou algumas taças de vinho, ou seja, eu é que vou dirigir, e fico olhando rígida pelo para-brisa enquanto ele se despede com beijinhos da ex-esposa e da família dela, com o Kit dormindo no colo. Não é só o desperdício de dinheiro que me dá nos nervos. Estou mais do que por aqui com Andy permitindo que essa mulher mande nas nossas vidas. Por que ele *nunca* consegue bater de frente com ela?

– Hoje você foi um tanto quanto desagradável – diz Andy, enquanto prende Kit na cadeirinha e entra no carona.

– *Eu*?

– Sssh. Vai acordar o Kit.

– Como assim *eu* fui a desagradável? – exijo saber, num furioso sussurro.

– Você mal falou com as pessoas a noite toda. E quando Becky e Hugo Conway vieram dar os parabéns a Bella, você os interrompeu. – Ele puxa seu cinto de segurança. – Eu sei que você e Bella não se dão muito bem, mas a noite era *dela*. Você podia ter feito um esforço maior.

Minha raiva é tanta que quase bato em um poste enquanto dou ré.

– A gente acabou de gastar quase setecentas libras em um jantar em que as únicas duas pessoas que conversaram comigo a noite toda tinham quatro anos de idade! – rebato. – E eu interrompi os Conway porque vocês estavam constrangendo terrivelmente a Bella. Ela detesta ser o centro das atenções...

– Não me venha com essa. Todo mundo falou como ela estava maravilhosa!

– *No palco*, sim. No palco, ela pode se esconder atrás do personagem que está representando. E não é verdade que eu não me dê bem com ela. Ela foi a única pessoa que teve a delicadeza de me agradecer pelo jantar.

– Que pena que não conseguimos chegar a tempo da peça dela, então – murmura Andy.

– Se você pensa que vou à porcaria da festa da Celia depois desse...

– *Eu* vou – corta Andy. – Você pode fazer o que quiser.

Passamos o resto do caminho até em casa em silêncio. Angie me avisou há anos, quando Andy e eu nos casamos, que eu não ia me casar apenas com ele, mas não a levei a sério. Eu sabia que teria que assumir os filhos dele, é claro, mas jamais me ocorreu que teria que lidar com a família inteira de sua ex-esposa.

Ninguém jamais escolhe se apaixonar por um homem casado. Há cinco anos, quando Andy avançou um sinal vermelho e bateu na lateral do meu Fiat Uno, não encarei a aliança de casamento em sua mão esquerda enquanto trocávamos os detalhes do seguro como: *Nossa, que ótimo desafio para eu encarar*. É claro que fiquei a fim dele; ele era gatíssimo, só se eu fosse cega. Mas eu nunca fui uma dessas mulheres que se sente poderosa na posição de amante, se imaginando ingenuamente como uma figura carregada de poder carnal mágico, superior à esposinha sem sal que faz o supermercado e leva as crianças à escola.

Mas eu também sabia que, quando ele me ligou no dia seguinte me chamando para um drinque como "desculpas pela inconveniência", o convite não era nada inocente.

O casamento dele já tinha acabado, mas eu não sabia disso na época, e fui assim mesmo. E quando eu saí daquele bar em Covent Garden, já estava a meio caminho de me apaixonar. Já tinha ouvido a expressão "andando nas nuvens" antes, mas naquela noite compreendi pela primeira vez o significado. Sentia como se estivesse flutuando dez centímetros acima do chão, tão alegre que não sentia nenhum peso. Eu não fazia a menor ideia de onde estava me metendo.

Segunda esposa. Segunda melhor. Segunda opção.

Minha gravidez do Kit não foi nada de mais, ainda que Andy tenha feito o máximo para parecer empolgado, porque já vivera tudo aquilo antes. Nosso casamento foi uma cerimônia simpática e elegante no cartório de Kensington and Chelsea, mas não foi o casamento de branco em uma igreja com que eu sonhava desde pequena, porque Louise já tivera o dela nesses moldes. Nunca fomos a Veneza, nem à África do Sul, nem ver a aurora boreal, porque ele já tinha ido a esses lugares com ela. Ele foi infiel a mim: descumpriu as promessas que nos fizemos quando dormiu outra vez com Louise, mas, porque eu era a amante, porque ele era de Louise antes de ser meu, eu engoli tudo e o aceitei de volta.

Não fui eu o motivo da separação deles, mas de alguma forma sempre senti que a culpa era minha. Então decidi aturar a ladainha de segundas vezes em vez de primeiras; a culpa e as concessões, as indiretas venenosas e a hostilidade sem disfarce. Engoli tudo com um sorriso estampado na cara, aceitando tudo aquilo como o preço por amá-lo. Sempre acreditei que, dando tempo ao tempo, Louise seguiria adiante com sua vida, e Andy acabaria sendo todo, inquestionavelmente, meu.

Mas o que demorei até este momento para entender é que não é só Louise quem está atolada no passado. *Andy* é quem não consegue abrir mão dele.

Encosto o carro na rampa do lado de fora de nossa casa, observando meu marido sair, e pela primeira vez desde aquela noite em Covent Garden, em vez de andar em nuvens, sinto meus pés firmemente plantados no chão.

WILHEMINA JANE POLLOCK

PARTE 2 DO DEPOIMENTO GRAVADO

Data: 25/07/2020

Duração: 34 minutos

Local: Delegacia de Polícia de Kingsbridge

Realizado por agentes de polícia de Devon & Cornwall

(cont.)

Apresentações de praxe foram realizadas.
Continuação do depoimento.

POLÍCIA   Perdoe a interrupção, dra. Pollock. Alguém já lhe serviu chá?

WP   Por favor, me chamem de Min. Estou bem, obrigada. Olha, isso ainda vai demorar muito? Deixei meus quatro filhos com meu marido e preciso voltar logo.

POLÍCIA   Vou tentar ser objetivo. Estamos com certa falta de pessoal aqui. Não vou te prender mais tempo do que preciso…

[Toca o celular.]

WP   Merda, perdão. Meu marido. Pensei que estava no silencioso.

POLÍCIA   Precisa atender?

WP   Não, tudo bem.

POLÍCIA   Dra. Pollock — Min —, estávamos falando sobre a relação da sua cunhada com o sr. Page. Você diria que o divórcio foi amigável?

WP   Claro que não. [Pausa.] Desculpe, não quis ser rude. Mas se as pessoas conseguissem resolver amigavelmente, não precisariam de divórcio, não é?

POLÍCIA Então eles não se davam bem?

WP Não, não, agora eles se dão bem. Merda. Quer dizer, eles *se davam* bem. [Pausa.] Desculpe. Ainda não consigo acreditar que Andrew esteja morto. Eu não era muito fã dele, mas ele não merecia uma coisa dessas.

POLÍCIA Você quer fazer uma pausa?

WP Não, estou bem.

POLÍCIA Então seria correto afirmar que as coisas ficaram complicadas logo após o divórcio, mas que atualmente o sr. e a sra. Page se davam bem?

WP Até demais.

POLÍCIA Em que sentido?

WP [Pausa.] Não importa.

POLÍCIA Dra. Pollock, estamos investigando um assassinato. Tudo importa.

WP É só que... [Pausa.] Ah, você sabe. O Andrew fazia a Lou comer na mão dele. Eu vivia dizendo a ela para seguir com a vida, mas... [Pausa.]

POLÍCIA A sua cunhada ainda sentia algo por ele?

WP Ela nem pensaria duas vezes em aceitá-lo de volta.

POLÍCIA Você crê que essa seria uma possibilidade? De que eles voltassem a ficar juntos?

WP Não sei. Mas com certeza ele dava sinais contraditórios.

POLÍCIA Como assim?

WP Olha, é que ele ficava... não sei. Era difícil para ela, só isso. [Pausa.] Ela leva as coisas muito a sério. Especialmente depois do que aconteceu em Oxford com o orientador dela... Bem, disso vocês sabem.

POLÍCIA A sra. Page acreditava que haveria uma reconciliação entre ela e o sr. Page?

WP Todo mundo achava que o divórcio foi um grande erro. O próprio Andrew disse isso.

POLÍCIA Ele lhe disse isso?

WP	Não com todas as letras. Mas disse que queria poder voltar atrás e fazer diferente.
POLÍCIA	E você entendeu que ele se referia a ter se arrependido do divórcio?
WP	Estava óbvio que ele queria dizer isso.
POLÍCIA	Ele disse mais alguma coisa?
WP	Só que ele ia dar um jeito naquele caos todo nesse fim de semana.
POLÍCIA	Que caos?
WP	Não tenho ideia. Foi só o que ele disse. "Esse caos todo." Nas palavras dele.
POLÍCIA	O que você acha que ele quis dizer?
WP	Eu já te disse, não sei.
POLÍCIA	Quando você teve essa conversa com o sr. Page?
WP	Pouco depois que ele voltou da praia na noite passada. [Pausa.] Meu Deus. Foi a última vez que falei com ele.
POLÍCIA	Como ele lhe pareceu?
WP	Não sei. Um pouco contrariado. Creio que já ouviu o que aconteceu durante o jantar?
POLÍCIA	Posso ouvir de você, sra. Pollock?
WP	No começo, estava tudo indo bem. Louise estava de bom humor, ainda que eu não entenda como ela conseguiu não esganar a Caz… Desculpe. Modo de dizer. Enfim, bem no final do jantar, Caz disse uma besteira que deixou todo mundo aborrecido, e a Lou foi embora. Andrew foi atrás dela, e eles discutiram alto na praia. Todo mundo ouviu.
POLÍCIA	A sra. Page não mencionou isso.
WP	Bem, provavelmente não foi nada sério. Não quero fazer parecer maior do que foi. Depois eu vi o Andrew, e ele me disse que os dois tinham resolvido tudo.
POLÍCIA	Você sabe o motivo da discussão?
WP	Não. [Pausa.] Para ser honesta, depois de tudo que se passou nessas últimas semanas, estou surpresa é de ter demorado tanto para alguém aparecer morto.

Cinco semanas antes da festa

11
Louise

Chris já está à minha espera em uma mesa de frente para a praia quando chego ao Venezia, cutucando seu iPad. Uma grande taça perspirante de vinho branco está à sua frente, na mesa. Ela posiciona seus enormes óculos escuros no alto da cabeça quando me aproximo dela, dispensando meus pedidos de desculpa.

— Foi bom você se atrasar, querida — diz ela alegremente enquanto lhe dou um beijo na bochecha. — Assim tive tempo para terminar de ver os meus e-mails. E essa é a minha segunda taça, se estiver querendo me alcançar.

— Só se você quiser que eu vá presa na volta para casa.

— Chame um Uber. De que vale um fim de semana longe das crianças se você não aproveitar?

Eu me sento e estico as pernas, virando o rosto para o sol. O Venezia é mesmo um dos restaurantes mais aprazíveis de Brighton, bem em cima da praia, com sua vista romântica para o mar. Eu devia vir aqui mais vezes.

Eu devia fazer várias coisas mais vezes.

Um garçom me traz um copo de água com gelo, e pedimos: mexilhões West Country em molho de vinho branco para mim, e ravióli com trufas negras para Chris, que, irritantemente, continua esbelta e usando o mesmo tamanho 36 de quando estávamos na escola. Não que seja de propósito; sua filha, Alyssa, que está na turma de Bella, herdou a ossatura grande do pai e pesa mais de oitenta quilos, e vê a silhueta de supermodelo da mãe como um insulto pessoal.

– Então, fiquei sabendo que depois da apresentação houve um verdadeiro show à parte – diz Chris, quando o garçom deixa uma cesta de pão na mesa entre nós. – Agora me arrependo de não ter ficado mais.

Eu me sirvo de um pãozinho multigrãos.

– Bella mal falou comigo durante a semana. Como se fosse culpa *minha* o pai dela ter aparecido com três horas de atraso.

Estou mais magoada do que quero admitir com a frieza de Bella comigo. Sei que seus filhos te odiarem faz parte da descrição do cargo de mãe, mas até uns meses atrás, Bella e eu éramos tão próximas. Agora, se ela me dá bom-dia, é muito. Não sei por que ela começou a se afastar de mim, mas coincidiu com um degelo no relacionamento dela com Caz. Aquela mulher arrumou algum jeito de jogar minha filha contra mim.

A única coisa boa daquela noite infeliz foi que, por algumas horas, durante o jantar, Andrew e eu fomos capazes de nos orgulhar da nossa filha juntos.

Essa é uma das coisas que ninguém nunca fala sobre divórcio. A falta de dinheiro, as disputas pela custódia, a dor de ver seu marido com outra; isso, você espera. Mas há tantas outras pequenas amarguras além dessas. Bella foi uma criança tão desejada; uma manifestação ambulante do amor, capaz de caminhar, contar piadas, virar estrelas no chão e ir à universidade. A alegria de criar uma filha a dois era algo que eu tomava como certo, até ser tirada de mim. É claro que ainda nos orgulhamos de Bella, é claro que ainda a amamos, mas é algo que agora temos que fazer separados. Sei que Andrew odeia isso tanto quanto eu.

Chris garfa um pedaço de ravióli.

– Você vai estar por aqui na semana que vem? – pergunta ela. – Estou com ingressos para Wimbledon. Eu ia levar Alyssa, já que Jeff está trabalhando, mas ela pensa que estou tentando influenciá-la a voltar a fazer exercício.

– Queria poder. Mas estou tentando arrumar uns serviços extras para fazer no verão. Não tenho condição financeira de tirar férias.

– Pensei que férias de verão eram uma das grandes vantagens de ser professora?

– Sou apenas contratada. Não recebo nada no verão, a não ser que dê aulas particulares por fora, o que, na minha matéria, é quase impossível. – Dou um suspiro. – Eu sei que devia ter economizado para nos ajudar a segurar as pontas, mas não tem me sobrado nem um centavo.

– Você não pode voltar para o *Post*? Com certeza eles podem te aproveitar, com seu histórico.

– Não é assim tão fácil. A maioria dos meus contatos já saiu de lá. O *Post* acabou com boa parte dos cargos permanentes, e os substituiu por *freelancers*. – Descarto uma concha de mexilhão na tigela ao lado do meu prato, e lambo a ponta dos dedos. – Se eu estivesse morando em Londres, seria diferente, mas é um pouco "longe dos olhos, longe do coração". Eu tenho dado algumas ideias, mas é difícil emplacar uma pauta quando você não está lá e os editores não conhecem a sua cara. Estou longe do mercado desde que Tolly nasceu. Quatro anos é um bocado de tempo nessa profissão.

– Então o que você vai fazer? – pergunta Chris.

– Devo conseguir alguns trabalhos aqui e ali, o bastante para não irmos morar debaixo da ponte. Algumas revistas vão querer que eu cubra férias. E uma das mães da APM me ofereceu trabalho como relações-públicas da escola.

– Você detesta RP!

– Pois é. Mas não estou podendo escolher muito. Hoje em dia RP rende mais que jornalismo.

– Será que você consegue simplesmente mudar de ramo assim?

– Já trabalhei com isso antes. É basicamente o mesmo serviço. Você só deixa de lado a imparcialidade para favorecer seja lá qual marca você estiver promovendo.

– Então, deixe eu sondar um pouco por aí – diz Chris, solícita. – Talvez eu consiga algo para você.

Ela insiste em pagar a conta ao final, e, ainda que seja humilhante, eu deixo. Somos amigas há trinta anos, e nesse meio tempo nossas situações financeiras passaram por altos e baixos. Nossa amizade está acima de qualquer dinheiro. Mas mesmo assim odeio não conseguir bancar o meu padrão de vida. Estou com quarenta e três anos, e já trabalho há mais de duas décadas. Eu devia ser capaz de pagar um almoço.

Duas gotas de chuva gordas se espatifam no recibo do cartão assim que Chris o entrega ao garçom. Olhamos para cima e vemos o sol desaparecer abruptamente sob uma massa sinistra de nuvens cinzentas.

– É a semana de Wimbledon – suspira Chris. – Melhor irmos andando. Vai cair um toró daqueles.

Ela ainda nem terminou de falar e uma metralhadora de gotas de chuva atinge o passeio, e em seguida, em questão de segundos, o temporal desaba de vez. Nos despedimos rapidamente com um abraço, e Chris se enfia num Uber enquanto eu saio correndo pela rua até o carro, com minha bolsa de palha na cabeça fazendo as vezes de guarda-chuva. O improviso é tão eficaz quanto parece, de forma que, quando entro no carro, estou encharcada.

Deixo minha bolsa arruinada no banco do carona e agito o pano úmido do meu vestido, fazendo uma careta ao me ver no retrovisor. Meu rímel escorreu e meu cabelo está pavoroso, grudado na minha cabeça. Não que faça diferença; ninguém me espera em casa a não ser o Bagpuss.

O resto do fim de semana se estira diante de mim feito uma espreguiçadeira, um vazio no tempo que faço força para preencher. Eis mais uma coisa que ninguém te fala sobre o divórcio: a tremenda solidão. Antes de ter filhos, eu curtia minha própria companhia, e muitas vezes passava o fim de semana inteiro sozinha, lendo um bom livro ou apurando uma matéria. Mas redesenhei a minha vida para incluir Bella e Tolly, e agora sua ausência é quase uma dor física.

Eu me junto ao engarrafamento de sábado à tarde no trajeto para a cidade. Hoje de manhã, Bella me mandou mensagem pedindo para eu deixar seu laptop na casa do pai; ela vai fazer um trabalho em grupo com Taylor, e tinha deixado o computador em casa.

Mesmo na velocidade mais alta, meus limpadores de para-brisa têm dificuldades para aguentar a chuva torrencial, e espio as nuvens cada vez mais baixas ao parar em um cruzamento, mordendo meu lábio de preocupação. O telhado da minha cozinha começou a vazar no inverno passado, e mesmo que meu irmão tenha feito um remendo para segurar as pontas até eu poder bancar o conserto definitivo, um dilúvio desses pode destruir tudo. Eu devia tê-lo consertado na primavera, mas todos os orçamentos davam várias centenas de libras. Um dinheiro que eu simplesmente não tenho.

Por fim, uma brecha no tráfego. Tiro meu pé do freio, e com uma previsibilidade deprimente, o motor morre. Com um suspiro, desligo a ignição e tento de novo. Nada.

Um carro buzina atrás de mim, e eu ligo meu pisca-alerta, tentando mais uma vez religar o carro. Sem absolutamente nenhum sucesso. Estou bloqueando o fluxo; vou ter que ligar para uma oficina. Sabe Deus quanto isso vai me custar.

O motorista do utilitário esportivo atrás de mim mete a mão na buzina de novo, e eu abro a porta do meu carro e pulo para fora, furiosa, sob a chuva:

– Escuta aqui, meu carro quebrou! – grito. – Dá a volta! Ou tá difícil?

O motorista do utilitário sai também do seu carro:

– Quer uma ajuda?

– Andrew!

Ele gesticula para os carros passarem por nós e abre o capô.

– Deixe ver se eu consigo consertar.

Mas nem mesmo o toque mágico de Andrew o revive desta vez. Ele fecha o capô, enxugando a chuva dos olhos.

– Quero que você o manobre para lá – diz ele, apontando para um pátio ao lado da estrada. – Eu empurro.

Felizmente, o Honda é leve. Não dá muito trabalho empurrá-lo para que deixe de atrapalhar o trânsito.

– Obrigada – digo a ele, depois de sair e trancar o carro. – Vou ver se consigo alguém para vir aqui rebocá-lo. Deixe te entregar o computador da Bella, antes que eu me esqueça. Seria muito incômodo você me dar uma carona até o ponto de ônibus?

– Não diga besteira. Você está toda molhada. Venha à minha casa se secar.

Eu hesito. Já deixei várias vezes as crianças na casa de Andrew e Caz, mas nunca entrei, e nem quero. Mas estou encharcada até o osso, e não consigo pensar em uma desculpa razoável para não aceitar a oferta de Andrew.

– Venha – insiste. – Tenho um amigo, Tom, dono de uma oficina aqui perto. Vou ligar pra ele e pedir para rebocar seu carro e ver o que pode fazer. Ele não vai cobrar, me deve um favor.

– Se você acha uma boa – respondo.

– Claro que acho uma boa – replica Andrew.

12
Caz

Saio do florista com passos decididos e uma braçada de lírios Casablanca, abrindo meu guarda-chuva enquanto corro até meu carro. As flores são um tanto extravagantes, eu sei, mas não consegui resistir ao vê-las no caminho de volta da mercearia.

O fim de semana foi muito bom. Levamos os três meninos para assistir ao último filme da Pixar, depois para comer pizza, e Bella parou de se fazer de emo e ficou implicando com os irmãos feito uma adolescente normal. Além disso, ela acordou numa hora razoável hoje de manhã, e até se ofereceu para vir comigo à feira de sábado sem nem o pai ter que lembrá-la disso. Ela não estava especialmente falante, mas a verdade é que nunca está. Gosto do fato de que ela só fala quando tem algo a dizer. E quando a vendedora estava pesando os tomates e se referiu a ela como minha filha, Bella não a corrigiu. Eu sabia que estava chegando a algum lugar com ela. É só questão de ser paciente.

Passando o buquê para meu braço esquerdo, destranco meu Audi e deposito as flores com cuidado no centro do banco do carona. Andy já deve ter trazido o peixe com batatas fritas quando eu chegar em casa, e estou animada para uma noite tranquila em família, mesmo que fosse melhor se Bella não tivesse convidado Taylor para nos visitar. A menina está caidinha pelo Andy, ainda que eu pareça ser a única a enxergar isso.

– Cheguei! – cantarolo, enquanto entro pela cozinha. – Cadê todo mundo?

– Aqui – brada Andy da sala de estar.

Deixo os lírios na pia e remexo embaixo dela à procura de um vaso.

– Eles ainda tinham hadoque, ou você comprou bacalhau mesmo?

Ele não me responde, e vou entrando na sala de estar com o vaso na mão. Sentada no meu sofá, junto do meu marido, sem a menor cerimônia, está Louise.

– O carro da Louise quebrou no caminho para cá, quando ela ia trazendo o computador da Bella – diz Andy, parecendo meio sem jeito. – Por acaso, eu estava bem atrás dela quando o carro morreu. O motor não dava nem sinal de vida. Tom teve que levar de reboque para a oficina. A pobre Louise estava toda molhada, então a convidei para cá para se secar.

– Que sorte a dela – digo entre os dentes.

– Não foi? – responde Louise.

Não acredito nem um pouco que isso seja coincidência. Ela deve ter ficado parada em uma rua transversal por horas, esperando Andy sair, antes de fazer a ceninha do "carro com defeito". Minha vontade é de dar na cara de idiota dessa presunçosa.

– Você podia ficar para o jantar – diz Andy para ela. O braço dele repousa casualmente atrás do sofá, e ela sorri para mim de dentro do círculo protetor daquele abraço frouxo. – Comprei mais peixe e batata frita do que precisávamos. Os meninos nunca terminam a porção deles, mesmo.

– Andy – digo, séria. – Posso dar uma palavrinha com você?

Ando a passos largos para a cozinha, trêmula de raiva. Como é que ele não vê o que ela está fazendo? Ela se apossou do fim de semana passado, e olha ela aí de novo, se metendo no nosso momento em família.

Andy fecha a porta da cozinha depois que entra.

– Olha, sei que não é o ideal, mas que mais eu poderia fazer?

– Ah, sei lá. Deixá-la ligar para o seguro, feito uma pessoa normal?

– Caz, não vou deixar a mãe dos meus filhos plantada na beira da estrada durante um temporal – diz ele com rudeza. – A gente morava a dois minutos do local. Vamos jantar numa boa, e depois ela vai. Que é isso, qual o problema?

Se eu fizer escândalo, Louise vai conseguir exatamente o que quer. Semana passada eu cometi esse erro, e ela acabou parecendo a vítima, a boazinha, e eu o exato oposto, senão coisa pior.

– Tudo bem – falei. – Vamos comer o peixe com batatas fritas enquanto Tom olha o carro dela, e, se ele não conseguir consertá-lo ainda hoje, podemos chamar um Uber.

– Na verdade, já disse a ela que pode ficar com o Range Rover.

– Andy! Vou precisar dele na semana que vem para pegar a cômoda do quarto do Kit. Por quanto tempo você o emprestou a ela?

Ele parece constrangido.

– O Honda já deu o que tinha que dar. E se o carro tivesse quebrado quando ela estivesse com a Bella e o Tolly? – Ele assume um tom defensivo. – Nós temos o Audi. O Range Rover fica parado aqui por semanas, e mesmo quando estamos aqui, mal o usamos. Podemos andar até o metrô, e aquele trambolho é impossível de estacionar, mesmo. Ficar sem ele vai ser até menos dor de cabeça.

A questão não é o carro. É o jeito como Andy se deixa manipular por Celia e por Louise que me deixa fula da vida. Quando tem mulher da família Roberts na jogada, ele é um bunda-mole.

– Você *deu* o carro para ela? – digo, incapaz de abafar minha raiva. – Você não acha que deveria ter me consultado antes sobre algo tão importante? Isso afeta tanto a você quanto a mim! Tinha que ter sido decisão nossa, conjunta.

– O Range Rover era nosso desde antes de você e eu nos conhecermos – diz Andy, com certa truculência. – Não é da sua conta se eu o dou a Louise ou deixo de dar.

– E o Audi era meu. Isso não quer dizer que eu possa doá-lo à sociedade protetora dos animais sem te consultar antes.

Nós nos encaramos com raiva. Nesses anos todos, a guerra acerca de Louise já esquentou e esfriou várias vezes, sempre por causa de assuntos domésticos. Periodicamente, fazemos uma trégua, e obtemos alguns meses de paz e quietude; até que Louise arremessa uma nova granada bem no meio da gente, demandando dinheiro para o aparelho de Bella ou mudando o combinado para as férias de verão quando já compramos passagens aéreas, e aí voltamos à estaca zero.

A porta da cozinha se abre.

– Desculpe interromper – diz Louise, sem a menor cara de contrita.

– Você não interrompeu nada – diz Andy. – A gente ia só botar o peixe nos pratos. Caz, você pega o vinagre e o molho inglês?

– Desculpem, mas não posso ficar para o jantar – diz Louise. – Acabei de receber uma mensagem horrível do Gavin, o dono da fazenda em frente à minha casa. Ele disse que meu alpendre da cozinha está desabando com a chuva. Não posso deixar isso acontecer; ele está louco para arrumar uma desculpa para condenarem a casa.

– *Condenarem*? – exclama Andy. – Mas por que uma coisa dessas?
– Ele quer que eu venda a parte de baixo do picadeiro do estábulo a uma construtora. Assim vão ter acesso às terras dele para construir um condomínio. Eu me recusei, e ele não gostou nada. Olha, melhor eu ir embora. Você sabe como aquele alpendre está podre, tem vigas completamente carcomidas. Preciso voltar e ver o que está acontecendo.
– Eu vou com você – diz Andy.
– Ah, não tem necessidade...
Andy enfia a sacola morna cheia de peixe com batata na minha mão.
– Não diga bobagem, Louise. Não vou te deixar sozinha resolvendo uma situação dessas, especialmente se você for encarar um fazendeiro vingativo louco pra arrumar confusão. No mínimo, temos que jogar uma lona por cima do alpendre até conseguirmos alguém para consertar. Caz pode olhar as crianças por uma ou duas horas.
– E o jantar? – protesto, acompanhando-os até o saguão.
Ele olha para mim como se eu fosse uma imbecil.
– Depois eu janto.
Bella e Taylor já estão esperando junto à porta da frente, os cabelos de ambas ocultos sob gorros pretos idênticos, mochilas sobre os ombros estreitos.
– Vocês também vão? – exclamo. – E o peixe com batatas de vocês?
– Estou sem fome – diz Bella.
Tolly vem correndo escada abaixo:
– Esperem por mim!
Louise bagunça o cabelo do filho.
– Quer voltar com a mamãe, querido? Podemos ficar juntinhos no sofá e assistir *Viva*, quer? Ou prefere ficar aqui com a Caz? Sei que ela encontra algo para você fazer.
Tolly se joga contra as pernas da mãe. Ele tem quatro anos; é pura marmelada:
– Quero ir com você, mamãe.
– Bella, pensei que você ia querer vir comigo àquela feira de antiquários legal amanhã cedo – digo, tentando não soar muito suplicante. – Eles fazem umas joias *steampunk* lindas. Você ia adorar.
Ela dá de ombros, girando sem parar o anel do polegar. Não sei o que Louise lhe disse quando saímos da sala, mas está claro que foi o suficiente para ela voltar para dentro da concha.

Andy abre a porta do carro para Louise com uma familiaridade que me apunhala o coração.

– Eu te mando mensagem, Caz, para você saber o que está acontecendo. Volto em uma hora; duas, no máximo.

Fico olhando Louise entrando no *meu* carro com o *meu* marido, com a sensação de que acabo de ser assaltada. Como é que ela consegue?

Ele ainda não mandou nenhuma mensagem três horas depois, quando finalmente ponho Kit para dormir. Jogo o peixe com batatas intacto no lixo, detestando a insegurança que me corrói o estômago. Sei que meus sentimentos por Louise não são racionais, mas também sei como Andy ficou dividido, num vaivém frenético entre nossas casas por um ano, até que por fim a deixou. Agora somos casados, temos nosso próprio filho, mas como posso ter *certeza* de que ele não vai voltar para ela?

Espero até as dez, determinada a não parecer carente e ciumenta, mas por fim não suporto mais e mando uma mensagem. Quando ele não me responde dentro de vinte minutos, mando outra, e, por fim, às onze, eu me rendo e ligo para ele.

Ele não atende.

13
Louise

Andrew e eu não ficamos assim sozinhos com as crianças há mais de quatro anos. Deveria ser constrangedor, mas, estranhamente, parece apenas confortável e familiar. Dou uma olhada por cima do meu ombro: Bella e Taylor estão grudadas nos celulares, e Tolly cochila apoiado no encosto da cadeirinha, as pálpebras tiritando até quase fechar.

— Não precisava me levar em casa — falo, enquanto Andrew vence a estrada estreita para Petworth. A chuva cai ainda mais forte agora, e estou satisfeita por ser ele a dirigir em vez de mim. — Não me importaria de pegar um táxi.

— Já falei, este carro agora é seu — diz Andrew. — A gente nunca usa mesmo. Você devia ter ficado com ele logo no início, em vez do Honda. Ficamos em Londres na maior parte do tempo e ele fica estacionado do lado de fora. Além disso, os meninos passam muito mais tempo com você. Não sei por que não pensamos nisso na época.

Min pensou nisso. Meu advogado no divórcio pensou nisso. Até mesmo minha mãe, juro por Deus, deixou bem clara sua opinião sobre o assunto. Mas o problema com a natureza antagônica do divórcio é que, uma vez que os advogados entram na parada, até as pessoas mais racionais se tornam teimosas feito mulas e negociam ferrenhamente coisas de que nem fazem questão. Andrew nunca gostou do Range Rover. Ele sempre o achou péssimo de manobrar, e vivia me dando sermão sobre como ele bebia gasolina. Ele só lutou para ficar com ele porque, naquela época, brigávamos até por colherinhas de café.

Não posso culpar apenas o Andrew pelo inferno daquele divórcio. Eu estava magoada, e de luto, e minha vida tinha sido virada de cabeça para baixo.

Eu também joguei sujo. Deixei a vida dele mais difícil do que precisava no que diz respeito aos nossos filhos. Não me orgulho disso, mas o acesso a Tolly e Bella virou minha arma mais cara, assim como a dele era o dinheiro. Nós dois saímos moralmente queimados dessa história.

Andrew entra em nossa viela esburacada, esparramando a água das poças profundas que teriam atolado meu pobre Honda. Antes mesmo de chegarmos em casa, já vejo o estrago no alpendre. Eu me alarmo ao ver uma das vigas curvada para fora, sob a pressão do telhado rombudo acima dela, como se estivesse grávido de algum alienígena. Rezo para o problema ser apenas no alpendre, não na cozinha.

Andrew sai de um pulo na chuva torrencial.

– Bella, leve seu irmão lá pra dentro – grita ele, pegando nosso filho mole de sono da cadeirinha e entregando-o para a irmã, que o protege do dilúvio o melhor que pode e anda com dificuldade para a casa, com Taylor. – Louise, você tem alguma coisa nas dependências que possa ajudar a escorar essa coluna do alpendre?

– Nada que vá aguentar direito – grito em resposta, mal conseguindo ouvir as minhas próprias palavras embaixo do aguaceiro. – Talvez um daqueles obstáculos para cavalos?

Corremos para a parte de trás da propriedade, passando pela horta, até o que já foi um picadeiro de hipismo, muito antes de termos comprado a casa. Já estou molhada até a calcinha, e mesmo que não esteja frio, tremo tanto que meus dentes batem. O picadeiro agora está com mato alto até a cintura, mas alguns dos antigos obstáculos e postes ainda estão ali. Livramos um deles das ervas daninhas, tirando a terra e as minhocas. A chuva o deixa escorregadio, mas, em dois, damos um jeito de rebocar o obstáculo de hipismo por trás da cabana até o alpendre.

Ao mesmo tempo, é estranho e totalmente natural estarmos trabalhando em conjunto, como se os últimos cinco anos jamais tivessem acontecido. Não é de admirar que Caz tenha lutado tanto para impedir uma situação como essa. Algum sentido visceral deve tê-la alertado de que a atração do familiar, o hábito do amor que havia durado mais de uma década antes de ela interferir, era mais letal do que a paixão jamais poderia ser. Especialmente quando não foi a morte desse amor o que nos separou, mas sim a falsidade e a manipulação de Caz.

Quando entramos, nossa aparência é tão ruim e ridícula que começamos a rir.

— Acho que você esqueceu um ou dois casacos aí em cima – digo, espremendo a água do cabelo sobre as lajotas. – Vou dar uma procurada enquanto você vai ao sótão olhar o telhado.

Não preciso procurar. Sei exatamente onde estão as roupas de Andrew. Quando ele partiu tão de repente naquela noite terrível, há quatro anos, uma semana depois de Tolly nascer, levou apenas as roupas que combinavam com sua nova vida metropolitana e sofisticada, com a loira glamorosa pendurada no braço. Jeans pretos caros, pulôveres de caxemira, roupas esportivas de marca: as roupas que eu percebera se insinuando gradualmente no guarda-roupa dele nos doze meses anteriores. Ele abandonou os suéteres Aran que haviam sido parte indissociável de sua vida comigo.

Remexo o fundo do meu armário, puxando uma calça jeans e uma camisa xadrez da prateleira mais alta. Até acaricio a flanela macia por um momento. Parte de mim sempre soube que um dia ele ia voltar para usá-los.

Quando chego ao patamar da escada, Andrew retorna do sótão, espanando poeira e gesso das mãos.

— É no mesmo ponto – diz ele, referindo-se à velha infiltração no telhado que nosso inspetor imobiliário indicou há dezesseis anos. – Dessa vez, só um remendo não vai bastar. As telhas estão no prego. A ardósia está tão mole que desmancha só de tocar. Aquele trecho inteiro precisa ser trocado. – Ele arrasta a mão pelos cabelos molhados em um gesto tão familiar que meu coração se aperta. – Mudei a manta isolante de lugar, porque está empapada e pesando no seu teto, o que pode piorar as coisas. Vamos cruzar os dedos para aguentar até podermos ir lá fora resolver isso.

Eu lhe entrego a muda de roupas secas.

— Quer tomar um banho quente? Seus lábios chegam a estar roxos.

— Mal não ia fazer – admite ele. – E quanto a você?

— Isso é um convite?

Assim que as palavras deixam minha boca, fico vermelha até a raiz dos cabelos, absolutamente envergonhada. Perdi o direito de dizer esse tipo de coisa para o meu marido quando ele se casou com outra.

Mas ele dá risada, uma verdadeira gargalhada, e com isso aquela polidez excessiva de desconhecidos, que empenava nossa relação já há quatro anos, se dissolve.

— Não se preocupe, sua virtude está a salvo. – Dou um sorriso. – Vou tomar banho depois de você. Jogue suas roupas molhadas para fora da porta do banheiro que eu as ponho na secadora. E vê se não usa toda a água quente.

Alguns minutos depois, Andrew joga o jeans e a camisa ensopados no patamar. Eu os apanho e desço com eles, dando uma espiada na sala de estar pela fresta da porta. As três crianças estão juntinhas no sofá em frente à TV. Nenhum deles nem sequer olha para mim. Eu os deixo aproveitar, me detendo no corredor um momento para ficar ouvindo o chuveiro correr no andar de cima. Sei que isso não é a realidade. É uma visita breve e nostálgica ao passado de nós dois, e nada mais. Mas agora, meu marido está lá em cima, meus filhos estão aqui ao lado, e pela primeira vez em tanto tempo meu mundo parece estar em ordem.

Abro a porta da secadora na cozinha, e automaticamente começo a conferir os bolsos antes de jogar tudo lá dentro. Paro abruptamente quando encontro o celular de Andrew em seu jeans. Ainda não há chamadas não atendidas, mas faz quase duas horas que saímos; logo Caz vai assobiar para Andrew voltar.

Coloco o celular no modo silencioso e o escondo embaixo de uma pilha de panos de prato. Eu só quero ficar com ele mais um pouco, ser uma família de novo, ainda que só por algumas horas. Faz bem à Bella e ao Tolly passar um tempo com o pai, sem aquela mulher por perto.

Tiro uma torta de cordeiro do congelador – prato preferido do Andrew – e a levo ao micro-ondas para descongelar. Alguns minutos depois, ouço risadas na sala; Tolly soltando gritinhos ao receber cócegas, a risada lenta e grave de Andrew, e a rara alegria de ouvir Bella rindo também. Deve fazer mais de dois anos que não a ouço rir assim.

Pouco depois, Andrew entra descalço na cozinha, trazendo consigo uma fila de crianças coradas feito o Flautista de Hamelin.

– Ei, Lou. Taylor está dizendo aqui que está pensando em ser jornalista – diz ele, indicando a adolescente com a cabeça. – Pensei que você talvez pudesse dar umas dicas.

– Claro – respondo, olhando para ela enquanto ponho a mesa para cinco. – Você se interessa por jornais ou revistas, Taylor?

A menina, constrangida, gira um grande anel prateado no dedo:

– Sem querer ofender, sra. Page, mas estou meio que mais interessada em TV.

– É compreensível – suspiro eu. – Os jornais impressos são uma espécie em extinção. Se há algum futuro para o jornalismo, é on-line. Mas se está pensando em telejornais, é com Andrew que você deve conversar.

— Pai, por que você não mostra a INN para ela? – sugere Bella. – Ela podia vir ficar na nossa casa em Londres, e você podia levá-la à redação para conhecer todo mundo.

— Ai, meu Deus, ia ser o máximo! – exclama Taylor.

— As férias estão quase chegando, não? – diz Andrew, encontrando uma garrafa de Pinot Grigio na geladeira e remexendo em uma gaveta da cozinha em busca do saca-rolhas. – Por que você não vem passar um dia no estúdio, Taylor? Ver a produção do programa de cabo a rabo?

— *Sério?*

— Talvez consiga até alguém da reportagem para levá-la junto numa cobertura, se o dia estiver devagar de notícia.

— Seria, tipo, *maravilhoso*!

Sirvo o jantar para cinco na mesa da cozinha. As crianças ficam atraídas por Andrew feito limalha de ferro por um ímã. Tolly tagarela sem parar, enquanto Bella limpa o prato pela primeira vez em meses. Usando seu velho pulôver e sua calça jeans gasta preferida, Andrew parece mais novo e mais tranquilo do que o tenho visto há anos.

— Caramba, estava ótimo – diz ele, afastando a cadeira e pegando Tolly no colo. – Você faz a melhor torta de cordeiro do mundo.

— Obrigada – digo, sorrindo.

— É melhor eu ligar para Caz. Já passa das dez. Ela deve estar se perguntando por onde eu ando.

— É melhor mesmo – concordo.

Um breve silêncio.

— Talvez ela já esteja dormindo – acrescenta ele. – Ela não ligou, então obviamente não está preocupada. Ainda que eu não saiba bem onde larguei o celular...

— Tem *crumble* de ruibarbo na geladeira – informo.

— Ai, assim você me mata. Como dizer não para o seu *crumble* de ruibarbo?

Eu me levanto da mesa e abro a geladeira, no mesmo segundo em que começa um estrondo trovejante. Por um momento, penso que é a tempestade.

— O teto! – grita Andrew de repente.

Ele levanta da mesa de um pulo, Tolly nos braços, e empurra as duas meninas na direção da porta. Eu me jogo na direção deles, atravessando o cômodo, e nós cinco ficamos olhando do umbral incrédulos enquanto o teto por fim se rompe, deixando cair canos enferrujados e lascas de madeira feito confete. O ar se preenche de pó de gesso, irritando a garganta, e um pouco tarde demais Andrew nos empurra para o corredor e bate a porta da cozinha. Ouvimos com uma espécie de respeito o que parece o som do fim do mundo.

Por fim, dá-se o silêncio.

– Esperem aqui – avisa Andrew às crianças, deixando Tolly no chão.

Cautelosamente, nós dois espiamos pela porta da cozinha. O teto ruiu inteiro, destruindo metade do cômodo. Cacos de louça e de vidro e vigas quebradas recobrem o piso. O desabamento derrubou até mesmo uma parte da parede; a água da chuva já está invadindo tudo pelo buraco. Parece que fomos bombardeados com um lança-granadas.

Andrew me enlaça com um dos braços enquanto avaliamos o estrago, em choque:

– Vai ficar tudo bem – diz ele.

Não consigo sufocar um meio soluço. Não é nem pelas implicações financeiras, nem pela ameaça do fazendeiro; é que essa cozinha é nossa casa já faz dezesseis anos. Na parede que acaba de virar uma cachoeira, as marcas a lápis indicando a altura de nossos filhos estão se apagando. Tolly deu seus primeiros passos no piso que agora está sob uma pilha de escombros.

Andrew me puxa contra seu corpo, bem quando estou voltando meu rosto cheio de lágrimas para ele. Por um momento, nossos olhares se fixam um no outro. Ele se inclina na minha direção e me beija, e todas as terminações nervosas do meu corpo se iluminam com a lembrança da paixão. Nós nos encaixamos. Sempre foi assim.

Apoio a palma da mão na frente da sua camisa de flanela tão familiar:

– Fica – eu peço.

14
Caz

Ele fica fora a noite toda. A noite toda, sem um telefonema ou mensagem. Eu estou quase torcendo para ele ter se acidentado a caminho de casa, em vez de pensar no que ele pode ter ficado fazendo com ela.

Não deixo de perceber a ironia: deve ter sido assim que Louise se sentiu quando ela descobriu que ele estava comigo. Fico rolando pela cama vazia sem conseguir dormir, consumida por um ciúme ácido. Já foi ruim quando Andy voltou para ela há quatro anos, depois que ela engravidou de Tolly. Mas nessa época, apesar de suas promessas, eu sabia que ele não era inteiramente meu, não para valer. Eu ainda nutria certa culpa residual, a sensação de que merecia a incerteza e a agonia de ficar me perguntando se algum dia ele voltaria para mim.

Mas agora é mil vezes pior. Sou esposa dele. Temos um filho juntos. Como é que ele pode fazer isso comigo?

Do mesmo jeito que fez com ela, suponho.

– Vá até lá – ordena Angie, quando telefono para ela à meia-noite, incapaz de dormir. Hoje é sábado; ela está em alguma boate por aí, e mal consigo ouvi-la com a música bate-estaca ao fundo. – Você não é uma esposinha murcha, descalça e grávida que não sai da cozinha. Vá lá e ponha-a no lugar dela.

– Não posso. Estou com o Kit.

– Ponha ele no banco de trás. Ele vai dormir o tempo todo.

– Não vou até lá arrastar o Andy para casa feito uma desvairada – digo irritada. – Eu não daria esse gostinho a ela.

– Bem, troque as fechaduras, então. É o que eu faria.

Para ela é fácil falar. Angie nunca gostou muito do Andy, ainda que não tenha dito um *A* contra ele desde que nos casamos. Mas ela odiou os meses em que ele vivia feito bola de pingue-pongue entre nós duas, detestava aquele homem que, não contente em deixar uma mulher infeliz, queria deixar duas. Aqueles meses que passei esperando Andy decidir entre mim e Louise foram os piores da minha vida; foi como ser esfolada aos poucos, em dolorosas tiras. Quando por fim ele abandonou Louise, magoado, amargurado, irado, ele jurou que nunca mais queria saber dela.

Apesar do que ela pensa, não fui eu quem fez questão de ferrar com ela no divórcio: foi o Andy. Ele queria fazê-la sofrer. Também foi ele quem insistiu que nos casássemos no minuto em que seu divórcio saiu. Eu preferiria esperar, deixar as águas rolarem entre um casamento e outro, mas ele estava decidido. Mesmo na época eu sabia que isso tinha menos a ver com me amar e mais a ver com fazer Louise sofrer. Ele a odiava tanto que não tinha espaço para mais nada.

Mas odiar exaure a pessoa, pois demanda muita energia. E havia crianças na jogada. Precisávamos, todos nós, encontrar uma forma civilizada de nos portarmos uns com os outros, pelo bem deles. Agora é difícil de acreditar, mas eu fiquei aliviada de verdade quando Andy parou de se referir à Louise como "aquela piranha", e começou a conversar com ela quando ela vinha apanhar os filhos na nossa casa no domingo à noite. Por um breve instante, pensei que estávamos nos tornando uma família dessas modernas, híbridas, que conseguem simplesmente seguir com a vida.

Eu devia ter me mancado: Andy não é capaz de simplesmente manter uma relação cordial com Louise. Para ele é tudo ou nada. Amor e ódio são lados da mesma moeda. Ela sempre conseguiu mexer com ele, e nada do que fiz foi capaz de mudar isso. E aqui estamos, com Louise mexendo os pauzinhos, e Andy correndo para a casa dela toda vez que ela precisa que troquem alguma lâmpada. Há quatro anos, ela está só esperando uma oportunidade, um momento propício. E agora ele chegou.

Fico contemplando o teto, meu estômago embrulhado de ansiedade. Não consigo imaginar minha vida sem Andy. Se ele voltou para ela, não sei como eu juntaria meus cacos depois.

Acho que acabei caindo num sono agitado, porque acordo de supetão, e está de dia. Eu me ergo abruptamente na cama, o coração aos pulos, ouvindo movimento no andar de baixo. Por um momento, me pergunto se alguém arrombou a casa, mas aí ouço a voz de Andy.

Meu alívio inicial por ele estar de volta é instantaneamente substituído pela gana de pular da cama e marchar escada abaixo, exigindo saber por onde ele andou. Eu me obrigo a deitar de novo, respirando fundo até conseguir controlar minhas emoções. Não posso ir direto na jugular. Ele voltou, ou seja, não estamos terminados. E além disso ouço a voz de Bella e Tolly; ele nunca os traria aqui se estivesse planejando voltar para Louise, não é?

Minha pulsação diminui. Talvez eu tenha exagerado, afinal de contas. À luz da manhã, meu violento ataque de ciúmes parece menos racional. A tempestade *de fato* continuou a noite toda; chegou até a derrubar árvores, de tão forte. Louise mora no meio do mato. A recepção do celular ali é irregular, na melhor das hipóteses. Talvez ele não tenha querido se arriscar voltando de carro no meio da madrugada, a estrada cheia de galhos caídos, e não tenha conseguido ligar para me avisar. A alameda pode ter alagado. Ou...

– Acordada? – sussurra Andy, enfiando a cabeça pela porta.

Transformando minha expressão em uma de boas-vindas, jogo as pernas para fora da cama. Mas meu pedido ponderado para saber do paradeiro do meu marido durante a noite morre na minha boca assim que vejo a horrorosa camisa de lenhador de flanela e a calça jeans de tiozão.

– Que diabos você está vestindo?

Ele olha para baixo, conferindo.

– Minhas roupas encharcaram de chuva. Colocamos tudo na secadora, mas aí acabou a luz, então acabei tendo que usar umas roupas velhas que deixei na casa da Louise.

Não suporto vê-lo usando aquilo. Traz lembranças tristes demais.

– Deixa eu te dar algo decente para vestir – digo, abrindo o guarda-roupa. – Não dá para você sair por aí usando isso...

– Estou bem – diz ele, impaciente. – Olha, me perdoe eu não ter ligado ontem à noite para avisar que ia dormir lá. A noite foi um inferno. A porcaria do teto da cozinha desabou inteiro, e meu celular acabou soterrado nos escombros. Graças a Deus nenhum de nós se machucou.

Quem me dera a casa ter desmoronado em cima de Louise, feito a Bruxa Má do Leste, deixando apenas os seus sapatinhos de rubi.

– Estava preocupada com você – digo, sem me voltar para ele.

– Eu sei, me desculpe. Como eu disse, ficamos sem luz, então não pude ligar para você nem da linha fixa. Mas você sabia onde eu estava, então eu sabia que não ia se preocupar.

É exatamente *porque* eu sabia onde ele estava que havia ficado louca de aflição.

– Você conseguiu dormir um pouco?

– Deitei com o Tolly por umas duas horas, mas não dormi muito. Estou um caco.

Eu me volto, inspecionando o rosto dele, atenta a qualquer indício de que ele esteja mentindo. Andy é excelente ator: sabe afetar preocupação ou cinismo sempre que necessário, dependendo da matéria que está narrando. Mesmo depois de quatro anos juntos, ainda não consigo saber ao certo se ele gostou mesmo de um prato que eu fiz ou se está sendo apenas educado.

Algo não me cheira bem. Ele está sustentando meu olhar com firmeza *demais*. A expressão dele me parece um tanto familiar...

Mas claro que parece. É a mesma que ele fazia para voltar para Louise depois de ter passado a noite comigo.

Não tenho tempo para processar a informação de que meu marido acaba de mandar nosso casamento pelo ralo. Antes que eu consiga reagir, a responsável por isso aparece na porta do meu quarto feito uma enviada do inferno.

– Desculpe incomodar – diz Louise –, mas pode me dizer onde guarda a roupa de cama extra?

CHRISTINA MURDOCH
PARTE 1 DO DEPOIMENTO GRAVADO

Data: 01/08/2020

Duração: 27 minutos

Local: Delegacia de Polícia de Kingsbridge

Realizado por agentes de polícia de Devon & Cornwall

(cont.)

POLÍCIA	Então, há quanto tempo você conhece Louise Page, srta. Murdoch?
CM	Nossa, não sei. Há trinta anos?
POLÍCIA	E, pelo que você disse, o trabalho foi sugestão *sua*, e não dela?
CM	Sim. Para falar a verdade, não achei que ela estaria interessada uma vez que ficasse sabendo dos detalhes.
POLÍCIA	Mas ela se interessou?
CM	Ela estava precisando do dinheiro.
POLÍCIA	Quando vocês tiveram essa conversa?
CM	Não lembro exatamente. [Pausa.] Almoçamos juntas há umas quatro ou cinco semanas. Louise falou que não recebia salário durante o verão, e estava tentando pegar mais serviços freelancer para se sustentar, e eu disse que talvez pudesse ajudá-la. Ela me ligou uma semana depois ou coisa assim.
POLÍCIA	Então a iniciativa foi *dela*?
CM	Não, como eu falei, ela simplesmente relembrou... Olha, que diferença faz? Não tem nada a ver com o que aconteceu com Andrew. Não era a Louise que estava perseguindo a Caz; era o contrário.

POLÍCIA	Mas ela se mudou para a casa da atual sra. Page, correto? Isso não lhe pareceu esquisito?
CM	A ideia foi do Andrew, e não da Louise. O teto da cozinha desabou depois de uma tempestade, e ela não tinha para onde ir. A casa dos pais dela era pequena demais, e ela não podia bancar um hotel.
POLÍCIA	O sr. Page poderia ter bancado um, provavelmente?
CM	Eu não sei. Suponho que sim.
POLÍCIA	Mas, em vez de fazer isso, ele sugeriu que a ex-mulher e os filhos ficassem na casa dele?
CM	Foi o que Louise me disse.
POLÍCIA	Por que você acha que ele fez isso?
CM	Não tenho a menor ideia.
POLÍCIA	Caroline Page não deve ter ficado feliz com isso, não é?
CM	Acho que ela não deve ter adorado a ideia. Mas ela e o Andrew ficam em Londres a maior parte do tempo. Louise só tinha pegado a casa emprestada por algumas semanas. Não é como se todos fossem morar juntos feito mórmons.
POLÍCIA	Então o plano era que o sr. e a sra. Page voltassem para Londres com o filho, enquanto Louise Page permaneceria com os filhos dela na casa de Brighton até a sua cozinha ser consertada?
CM	Sim.
POLÍCIA	Mas, uma semana depois ou um pouco mais, de repente ela saiu dessa casa. Você sabe o motivo disso?
CM	Louise e Caz discutiram.
POLÍCIA	Foi essa a discussão pela qual a polícia foi chamada?
CM	Não, essa veio depois.
POLÍCIA	Você sabe a razão dessa primeira discussão?
CM	Não ao certo. [Pausa.] Olha, não me sinto bem em falar por ela. Você vai ter que perguntar direto a ela.
POLÍCIA	Faremos isso. Seria correto afirmar, sra. Murdoch…
CM	Senhorita.

POLÍCIA	Desculpe, *srta*. Murdoch, seria correto afirmar que, no geral, Louise e Caroline Page não estavam em termos amigáveis, especialmente nos últimos dois meses?
CM	Sim.
POLÍCIA	E, ainda assim, você achou que empregar Louise Page seria uma boa ideia? Não pensou que estaria colocando mais lenha em uma situação já um tanto inflamável?
CM	Isso não teve nada a ver com a morte de Andrew.
POLÍCIA	Tem *certeza* que não, srta. Murdoch?

Quatro semanas antes da festa

É estranho e desestabilizador estar na casa que pertence a Andrew e Caz. Há tantos objetos reconhecíveis, coisas familiares com que convivi por mais de uma década antes de Andrew levá-las consigo no divórcio: o tapete sírio que compramos juntos, um quadro retratando Bella aos seis anos que encomendei a um amigo como presente de aniversário para Andrew, um par de estatuetas de bronze que foram da mãe dele.

Mas há tanta coisa diferente, fora isso. Andrew mudou de lado da cama; seus livros, óculos de leitura e rádio-relógio à moda antiga ficam agora do lado direito, não mais no esquerdo. Claramente Caz tem certa mania de organização; não há nem sinal dos bilhetes e ímãs na geladeira que costumava haver quando Andrew e eu vivíamos juntos, e todos os balcões de sua cozinha ultramoderna estão antissepticamente limpos. Isso deve irritá-lo profundamente; ele odiava se eu guardasse a cafeteira que ele usava todos os dias, ou guardasse suas pilhas de jornais em uma gaveta. Ele gosta das coisas ao alcance, de ficar rodeado pelos detritos da vida em família. Ou, pelo menos, gostava.

Recupero vários dos meus livros preferidos das prateleiras da sala de estar, e entro no quarto de Kit para escondê-los no fundo da minha mala. Não consigo me obrigar a dormir no quarto de Andrew e Caz, de forma que estou usando o de Kit, ainda que meus pés fiquem para fora de sua pequena cama. Cubro os livros com um casaco e fecho a mala. Andrew não lê nunca: não vai nem sentir falta deles.

Desde que ele se casou com Caz, venho tomando cuidado para não imaginar a vida deles a dois. Eu não queria que o relacionamento deles tomasse vulto a meus olhos. Mas, agora, é impossível evitar. Fico vagando pela casa enquanto Bella e Tolly estão na escola, me atormentando com o cotidiano, com o cenário doméstico do casamento deles. Há fotografias dos dois juntos, ou com Kit, por toda parte. Eu me pergunto se são felizes juntos, ou se aquilo tudo é apenas aparência.

– A meu ver ele parece infeliz – diz Min, devolvendo uma fotografia dos três em uma estação de esqui à mesinha do saguão. – Olhe só para os olhos dele – acrescenta. – Dá para perceber que ele odiou cada minuto.

De fato, ele detesta passar frio.

– Ele sempre se recusou a esquiar quando éramos casados – digo, amargurada. – Mas por *ela*, ele vai.

Min já está subindo as escadas. Eu a acompanho, entrando no quarto de Caz e de Andrew, observando enquanto ela escancara a porta do enorme closet de Caz, bisbilhotando sem o menor pudor.

– Deus do céu! Nunca vi tanto sapato junto. Não me admiro de o Andrew sempre estar chorando pobreza.

– Espera só até você ver os pulôveres dela. – Eu abro uma série de gavetas. – Olha só, tudo organizado por cor. E de caxemira. Não aquela baratinha de loja de departamento, é da legítima...

– Louise, o que você está fazendo nesta casa? – indaga Min subitamente. – Que loucura! Já te disse, te dou dinheiro para você se hospedar num hotel.

– Não posso aceitar seu dinheiro.

– Tudo bem. Ponha no seu cartão. Roube um banco, se preciso for. Mas você tem que ir embora daqui. Não é *saudável*.

Eu sabia que Min levaria a mal minha estadia aqui.

– Não é como se Andrew e Caz estivessem *mesmo* aqui – argumento. – A casa fica vazia a maior parte do tempo.

– E o que você vai fazer quando for o fim de semana deles com as crianças? Ficar segurando vela?

Agora ela não para de me julgar. Sei como parece para quem está de fora, mas não é bem assim. É apenas uma solução prática para um problema logístico, e só.

– Então quanto tempo vai levar essa brincadeira? – pergunta Min, enquanto voltamos para o andar de baixo. – Você já está aqui há uma semana, e a sua cozinha ainda estava parecendo uma zona de guerra quando fui lá pegar sua correspondência.

– Parece pior do que é. O empreiteiro disse que a obra termina em uma ou duas semanas.

– Em tempo de obra, quanto será que quer dizer? – A expressão dela se suaviza. – Olha, eu entendo. Se fosse com o Luke, eu também não ia resistir a cutucar a ferida. Você não suporta vê-los viverem juntos, e ao mesmo tempo não suporta *não* ver como vivem juntos. Mas isso não está te fazendo nada bem, Lou. Por que reabrir cicatrizes antigas? Você precisa se distanciar deles, não ficar perto.

Ela tem razão: não consigo parar de pensar em Andrew desde a noite da tempestade. Eu achava que tinha deixado aquela ânsia constante por ele para trás, mas, depois daquele sábado, parece que voltei para a estaca zero.

Min me conhece bem demais.

– Isso não é por causa do dinheiro, é? – diz ela, adivinhando. – Você consegue bancar uma pensão barata por algumas semanas. O que está acontecendo de verdade?

Não consigo nem olhá-la nos olhos.

– Ai, meu Deus – exclama Min. – Você *dormiu* com ele!

– Não! Foi só um beijo – respondo, rápido. – A gente se deixou levar pelo momento, só isso. Muita nostalgia e vinho tinto. Não vai se repetir – acrescento, mais para mim do que para ela. – Você não pode contar para ninguém. Me promete, Min. Você não vai deixar escapar nem uma palavra, nem para a mamãe. *Especialmente* para a mamãe.

– Deus do céu, Lou. O que te deu na *cabeça*?

Não sei o que responder. Já repassei o beijo mil vezes nos últimos dias, analisando-o de todos os ângulos imagináveis. Tenho quase certeza de que foi o Andrew que tomou a iniciativa, mas fui eu quem pôs a mão na frente da camisa dele e falei para ele ficar. Talvez eu tenha aberto a porta. Talvez ele tenha pensado que eu *queria* ser beijada. Algo aconteceu conosco naquela noite, algo que ambos sentimos. Não que tenhamos conversado sobre isso depois, é claro. Fingimos que nada tinha acontecido.

Eu não seria um ser humano se não sentisse um pouco de prazer secreto ao virar a mesa contra a mulher que roubou o meu marido. Mas isso não teve o gosto bom que pensei que teria. Hoje, Andrew já constituiu uma vida e uma família com Caz; separá-los me tornaria tão ruim quanto ela. Não posso reviver a tortura daqueles meses infelizes em que ele vacilava entre ir embora com ela ou ficar comigo.

Depois que Min se vai, fico sentada à mesa da cozinha olhando para o nada por muito tempo, ponderando o que ela disse. Eu tinha tantas opções além de me mudar para a casa de Andrew e Caz. Poderíamos ter nos espremido na casa dos meus pais; eu poderia ter encarado a poeirada da obra, e ficado em casa pedindo comida por algumas semanas. Mas eu sabia que vir para cá ia aborrecer Caz, fazendo-os brigar.

De repente, fico morrendo de vergonha de mim mesma. Venho me portando feito uma adolescente vingativa. Não sou mais assim. Não faço mais essas coisas. Eu *mudei* desde a época de Roger Lewison. Agora sou mãe e uma jornalista respeitada. Professora universitária. Assim que a cozinha estiver minimamente habitável, preciso ir embora daqui.

Afastando minha cadeira, afasto também o pensamento sobre Roger e começo a olhar a pilha de cartas que Min deixou no balcão. Noto um envelope oficial da Universidade de Sussex, e deixo de lado o resto da correspondência para abri-lo. Geralmente eles não enviam contratos com tanta antecedência, e fico me perguntando se mudaram o horário das minhas aulas.

Desdobro a carta e passo os olhos por ela, e em seguida a releio, com mais demora, e cada vez mais fúria. Sei exatamente quem armou essa para mim.

Bem, se ela pensa que isso vai me assustar, logo descobrirá que teve o efeito inverso. Pode vir quente que eu estou fervendo.

Talvez eu não tenha mudado tanto assim, afinal.

16
Caz

Em teoria, pensar no meu marido na cama de outra é que me daria insônia, mas é a ideia de Louise hospedada na minha casa que me arrepia a espinha. Eu a imagino apalpando as minhas roupas, abrindo gavetas e armários, cuspindo na minha fotografia enquanto fuxica as minhas coisas. Andy diz que estou delirando, claro.

— Ela jamais faria uma coisa dessas — disse ele indignado, quando protestei contra o combinado, como se eu fosse perturbada só por ter cogitado a possibilidade.

Eu já aturei muito nesses anos, Deus é testemunha, mas dessa vez ele passou da conta. Convidar Louise para o nosso lar, pelo amor de Deus! Angie tem razão: qualquer outra mulher o teria posto no olho da rua.

Um e-mail apita na minha caixa de entrada, me distraindo da minha amargura. Eu o abro, e em seguida exclamo, frustrada:

— AJ! Chama a equipe de criação da conta da Vine aqui!

AJ gira a sua cadeira:

— O que aconteceu?

Eu viro a tela do computador na sua direção:

— Veja só.

— Parece bom para mim — diz AJ.

— Mas olha bem de perto mesmo.

Ele se aproxima e espia por cima do meu ombro, depois olha para mim, confuso.

– Você disse que queria diversidade. Mantiba está por cima no momento, todo mundo está trabalhando com ele. Ela. Você sabe o que eu quis dizer. A fluidez de gênero é...

– Não é com modelo que estou preocupada, AJ – respondo depressa. – Veja só a roupa que a pessoa está *vestindo*.

– Você não gosta de pijamas? A Vine queria que as calças parecessem relaxadas, como se você pudesse usá-las o dia inteiro...

– Pijamas *listrados de branco e azul*? – interrompo. – Te lembra alguma coisa?

– Acho que não – responde AJ.

– Bem, talvez a gente conseguisse escapar dessa, ainda que eu já ache perto demais, se não fosse pelo *logotipo de estrela amarela da Vine* no bolso superior esquerdo.

A ficha cai.

– Ai, meu Deus! – exclama AJ.

– Pois é – respondo, retornando o monitor à posição inicial.

– Ficou igualzinho ao...

– Não acho que o visual Holocausto chic tenha chance de *pegar* – eu falo –, mas não vamos pagar para ver, né? Vá lá acender uma fogueira no rabo do pessoal de criação para eles resolverem essa treta, tá? Antes que o *Daily Mail* resolva nos crucificar.

Para meu espanto, os olhos de AJ se enchem de lágrimas.

– Eu sinto muito – diz ele. – Eu te decepcionei. A culpa é toda minha...

– Caramba, AJ. A culpa não é sua, não. – Eu me agacho junto da mesa dele e passo o braço pelo seu ombro, me sentindo péssima por fazê-lo chorar. – Que é isso?! A gente se ligou a tempo. Vai ficar tudo bem. Não precisa entrar em pânico.

– Wayne e eu terminamos – diz ele, do nada. – Está tudo bem. Já faz tempo que isso estava no ar.

Sou uma péssima amiga. Eu devia ter percebido isso antes. AJ sempre foi frágil. Ele foi cruelmente espancado por brutamontes homofóbicos no segundo ano da faculdade de Artes, e largou a universidade por um ano. O pior é que seu namorado na época ainda estava no armário, e chegou a participar do ataque. AJ tem dificuldade em confiar nas pessoas desde então, e demorou muito para entregar o coração de novo.

– Ah, AJ – digo com candura. – Mas que pena. Achei mesmo que vocês iam longe.

Seus olhos embaçam:

– Eu também.

O celular de AJ toca e ele atende.

– Conversamos depois – falo sem som, e ele me faz um rápido sinal de positivo.

Preciso ir tomar um ar. Não fumo desde a faculdade, mas, nos últimos dias, voltei ao hábito dos Marlboros vermelhos, ainda que tenha me limitado ao horário de trabalho por conta de Kit. Pego minha bolsa e desço para o mezanino, abrindo as portas de vidro para a varanda que dá para a rua.

Acendo um cigarro e inalo a dose tranquilizadora de nicotina e produtos químicos carcinogênicos. AJ comeu mosca no caso da Vine, mas eu deveria ter resolvido o malfeito sozinha, coisa que teria pensado se Louise não estivesse ocupando todo o espaço no meu HD mental. Eu ainda não descobri o que realmente aconteceu na noite que Andy passou na casa dela. A desconfiança está me torturando. Estou colhendo o que toda amante planta: tenho certeza de que o homem que eu amo é um mentiroso.

Eu devia ter me afastado de Andy há muito tempo, antes mesmo de nos casarmos, assim que descobri que ele havia mentido para mim. Eu sei. Só não fiz isso por um motivo, o pior e mais antigo motivo: eu o amo.

Não é preciso ser nenhum gênio para entender porque me apaixonei por um homem quase vinte anos mais velho que eu. Mal resolvida com o pai, admito com as mãos para o alto, mas quem não tem questões mal resolvidas de um tipo ou de outro? Meu pai morreu quando eu tinha onze anos. Produtor musical, ele estava viajando com uma das bandas que geria quando o micro-ônibus saiu da estrada. O vocalista e o baixista sobreviveram, para quem sabe um dia entrarem em uma nova banda, mas meu pai, três outros componentes do grupo e o motorista morreram. Depois disso, ficamos só minha mãe e eu, nada de irmãos nem de irmãs para aliviar a barra, apenas nós duas. Mamãe nunca mais se casou, e nem mesmo namorou. Se eu sou um desastre, é a ela que culpo.

Mas agora tenho Kit, e é meu dever para com ele tentar manter a família junta. Se Andy e Louise treparam por nostalgia, não quer dizer que *eu e ele* estamos acabados. Eu consigo deixar isso para trás. Se for só uma vez. Se não voltar a acontecer.

Meu cigarro treme na mão. Apesar da minha bravata, pensar neles juntos é uma tortura. Como é que ele pôde sequer encostar nela, depois do que ela lhe fez? Fui eu quem recolhi seus cacos e o transformei em alguém de novo. Agora ele pode querer esquecer, mas sei bem quanto ela o magooou.

Apago o cigarro no momento em que um táxi preto estaciona na rua, lá embaixo. Tina Murdoch sai dele, olhando para o alto do prédio, e eu me escondo para ela não me ver. Meu Deus. Só me faltava essa.

Patrick está à espera junto aos elevadores quando volto para dentro, momento em que Tina ascende lentamente ao nosso andar no elevador de porta de vidro, feito o Fantasma da Ópera. Assim que ela sai, ele se adianta, mão estendida, mas ela prefere estalar dois beijinhos aéreos próximo ao seu rosto, ao que ele se submete com espírito esportivo.

– Que bom revê-la, Tina.

– Sempre um prazer, Patrick. Oi, Caz. Resolvi vir pessoalmente apresentar minha nova RP à Whitefish – diz Tina, indicando a mulher que paira às suas costas. – Espero que lhe tratem muito bem.

Não sei se rio ou se choro.

– Que bom revê-la, Louise – diz Patrick, abraçando-a calorosamente. – Há quanto tempo.

– Vocês já se conhecem? – deixo escapar.

Louise dá um sorriso frio:

– Nos conhecemos há alguns anos, quando escrevi uma matéria para o *Post* sobre o Patrick.

– Muito mais elogiosa do que eu merecia – acrescenta Patrick.

Minhas unhas se enterram tão fundo na palma das mãos que penso que vão tirar sangue.

– Não tinha ideia de que você trabalhava com RP, Louise.

O sorriso dela não se altera, mas seus olhos parecem granito puro.

– A maior parte dos jornalistas sabe trabalhar com RP – diz ela. – Eu estava com um tempo livre, e a Chris... desculpe, esqueci que no trabalho você é Tina... estava um pouco enrolada, de forma que ofereci uma ajudinha. Somos amigas há muito tempo – acrescenta ela, visivelmente saboreando o momento. – Desde a escola, na verdade. Você não devia saber disso quando ela te apresentou ao meu marido naquele evento da RSPCA.

Sinto um embrulho no estômago. É claro que eu não tinha a menor ideia de que Louise conhecia Tina Murdoch. Andy tinha falado da melhor amiga de Louise, a "Chris", algumas vezes, mas eu nunca a conhecera pessoalmente e nunca me ocorrera pensar em quem ela era. Não é de admirar que Tina tenha tentado fazer me despedirem: eu roubei o marido da sua melhor amiga. Ela devia se sentir culpada por ter sido quem nos apresentara. Obviamente ela havia cavado este emprego para Louise para foder com a minha vida. O buraco é muito mais embaixo do que eu imaginava.

— Louise vai ser meu contato na campanha da Univest – diz Tina, me fuzilando profundamente com o olhar. – Ela tem plenos poderes para tomar todas as decisões necessárias à conta.

— Creio que ter alguém lotado aqui para supervisionar sua estratégia de RP e aproveitar a sinergia com nossa campanha publicitária pode ajudar muito – diz Patrick. – Não é algo que façamos a toda hora, mas nossa agência é relativamente pequena, podemos dar um jeito, e esse tipo de arranjo já me foi útil antes. Olha, infelizmente tenho que zarpar – ele diz a Louise –, pois tenho uma audioconferência com Nova York, mas depois você me põe a par das novidades. Tina, você tem tempo para uma palavrinha em particular?

Com uma última olhada maliciosa para mim, Tina nos deixa a sós. Louise me ignora completamente, indo direto à varanda como se fosse a dona da agência. Demoro um momento para me recompor, mas em seguida corro atrás dela, com tanta raiva que não consigo nem enxergar direito.

— Que *diabos* você está fazendo aqui?

— Que vista bonita – diz Louise, apoiada na grade. – Trabalhar nessa parte da cidade parece maravilhoso. Estou tão animada para...

— Para com essa merda. Por que você está aqui?

— Você que começou – sibila ela, parando com o teatro.

De repente me dou conta de que as pessoas estão nos vendo pelas vidraças que vão do chão ao teto, e abaixo a voz.

— Do que você está falando?

— Você sabe muito bem. A Universidade de Sussex recebeu uma denúncia anônima sobre minha ficha policial, e resolveu que não desejava mais contar comigo no seu corpo de funcionários. – A voz dela endurece. – Meus filhos precisam comer, ou você não pensou nisso? E, além do mais, tenho que dar um teto para eles...

— Dar um teto? Você está morando na porra da *minha* casa!

— Logo vai ser minha – diz ela, fria. – E vou ficar morando lá com o *meu* marido.

Ela se vai, me deixando plantada no lugar. Eu sempre soube que ela me odiava, só não tinha ideia do quanto. Fico pensando se ela não é meio louca.

Uma vez ela foi trancafiada numa ala psiquiátrica depois de atacar a esposa de um ex-namorado; é por isso que é fichada na polícia. Faz muito tempo, mas como é que vou saber que ela não está para cometer outra loucura?

O nó no meu estômago fica mais apertado. Andy, a única pessoa com quem eu poderia conversar sobre isso, o único que deveria me apoiar nessas horas, faz parte do problema. Acho que nunca me senti tão isolada em toda a minha vida.

17
Min

Pensando como médica um pouco, já vi pacientes com descompensação antes. Todos têm essencialmente os mesmos sintomas: a deterioração funcional de um sistema que antes funcionava com ajuda da regulação alostática – no caso de Louise, uma mistura de orientação psicológica, terapia cognitivo-comportamental e tempo. Juntas, essas coisas mantiveram sob controle por anos seu medo visceral da perda – provocado primeiro pela morte traumática do seu irmão, e depois reafirmado pelo que aconteceu com Roger Lewison em Oxford. Porém, creio que uma conjunção de fatores adversos está causando uma súbita e grave decomposição dessas estruturas de proteção. Em termos leigos: suspeito que Lou esteja rumo a outro colapso nervoso.

É uma preocupação que eu tive quando Andrew a abandonou há quatro anos, motivo pelo qual fiquei de olho nela na época. Em retrospecto, acho que as demandas de cuidar de um recém-nascido tiveram o efeito contraintuitivo de protegê-la ao deixá-la ocupada demais para pensar em qualquer outra coisa; ocupada demais para pensar e ponto. Mas agora o passado está no seu encalço, e estou mais assustada do que gostaria de admitir.

Confiro o horário no meu celular, lamentando que o garçom tenha me colocado no meio do restaurante; é irracional, eu sei, mas odeio gente andando às minhas costas. Ele está atrasado. Já estou arrependida, mas minha preocupação, como tentei explicar a Celia, é com a Lou. Nada mais poderia me induzir a cear com o demônio, não importando quanto a colher fosse comprida.

Louise pode racionalizar seus atos quanto quiser, e sem dúvida a tal mulher do Andrew a provocou. Mas agora, falando como sua amiga, e não como médica, tenho que dizer que se mudar para a casa do ex-marido não é normal, não importa a desculpa. Aceitar uma vaga no trabalho da nova esposa dele *não é normal.*

Ouço um rebuliço contido atrás de mim e me viro, então vejo Andy caminhando às pressas para a minha mesa, ignorando os breves olhares de reconhecimento dos outros clientes.

– Me perdoe o atraso – desculpa-se ele. – Maldita linha Circle. – Ele apoia uma das mãos sobre a mesa, mas não se senta. – Você odeia se sentar no meio do restaurante, não é? Deixe ver se consigo outra mesa para você.

– Ah, não preci...

– Com licença – diz Andrew, abordando educadamente um garçom –, seria muito incômodo se nos sentássemos numa daquelas cabines ali, mais para a beirada?

– Fique à vontade, senhor.

– Não precisava – murmuro, enquanto somos rapidamente conduzidos a um canto aconchegante do restaurante.

– Quem não chora, não mama – diz Andrew, sorrindo.

Ele é extremamente belo. Já parece bonito na televisão, mas na vida real tem uma presença, um carisma, muito sedutor. É algo no modo como olha para você, como se só visse você, e *tudo* em você. Mesmo neste momento, é necessário me lembrar bem de quem ele realmente é.

– E então, o que você está fazendo em Londres? – diz Andrew, sem tirar os olhos de mim enquanto o garçom desdobra o guardanapo para ele e o ajeita em seu colo. – Algo do trabalho, ou tirou o dia para se mimar um pouco?

Do jeito que ele fala, a última opção soa sutilmente lasciva. Faço um esforço, e deixo de sustentar seu olhar, bebendo um grande gole d'água.

– Este almoço não é visita social – digo, bruscamente. – Eu sei o que aconteceu na outra noite com a Lou. Estou aqui para te mandar se afastar dela, Andrew. Estou falando sério. Vocês dois estão brincando com fogo, e não vou deixá-la se queimar de novo.

Para minha surpresa, ele joga o corpo para trás e dá risada.

– É isso que eu adoro em você, Min. Direta e franca, como sempre.

– Você está achando *engraçado*?

– É claro que não – diz Andrew, sua expressão de repente séria. – Foi só um beijo, Min. Não foi nada planejado, e juro que não significa nada.

– E Lou, também está achando que não significa nada?

O garçom volta à nossa mesa e entrega um cardápio para cada um. Andrew nem olha o seu antes de depositá-lo sobre a toalha de linho branco.

– Não me expressei bem. É claro que teve algum significado. Mas não vou arrastar Louise para o meu caos pessoal de novo. Da última vez já fiz um estrago enorme. Não devia ter rolado, e sinto muito.

– Sentir muito não adianta. Quero que você prometa que não vai acontecer de novo.

– Isso não é só comigo, Min – diz Andrew. – Quando dois querem... você sabe.

Damos um pulo no mesmo instante ao ouvir um barulho de pratos quebrando do outro lado do restaurante. O salão inteiro silencia de repente e se volta para observar a jovem garçonete em meio a um oceano de pratos derrubados e louça em cacos, parecendo prestes a cair no choro. Antes que qualquer outra pessoa tenha chance de reagir, Andrew salta da nossa cabine para ir ajudá-la.

– Meu Deus, não é um saco quando acontece isso? – pergunta ele, pegando um guardanapo da mesa mais próxima e juntando os cacos de louça maiores nele. – Pelo menos você não fez isso ao vivo, no ar. Você não deve ter idade para ter me visto derrubando um aparador inteiro de cristais valiosíssimos em Highgrove...

Ele continua falando animadamente sozinho com ela enquanto uma falange de funcionários do restaurante recobra a consciência e corre para tranquilizar os clientes cujo almoço agora se encontra espalhado pelo piso. Em minutos, a ordem se reestabeleceu, a sujeirada foi embora e Andrew retorna à nossa mesa.

– Que gesto bondoso – digo, desajeitada. – Acho que você acabou de salvar o emprego da menina, coitada.

– É preciso um caráter complexo para ser verdadeiramente mau – diz Andrew secamente. – Como Celia sem dúvida há de concordar, eu só camuflo bem minha superficialidade.

Dou um suspiro:

– Não acho que você seja verdadeiramente mau. Só egoísta para caramba.

– Já é algum progresso. – Ele ergue a mão para chamar um garçom. – Podemos pedir uma taça de champanhe, dra. Pollock?

– Geralmente eu não bebo na hora do almoço...

— Ah, Min. Vive a vida um pouco — provoca Andrew. — Juro que não conto para ninguém.

Eu vacilo:

— Tá, tudo bem.

Fico desalentada com quanto eu quero gostar dele de novo. *Esse é o homem que traiu a sua melhor amiga*, me obrigo a relembrar. *Também o homem que passou uma cantada em* você *quando já estava tendo um caso com outra mulher*.

Eu nunca contei a ninguém o que houve naquela noite, quando Andrew me levou em casa porque eu tinha bebido demais com Louise e umas amigas na casa deles. Quando ficamos estacionados em frente à minha casa apenas o tempo suficiente para ele tentar me beijar, e quando eu o deixei me beijar apenas o tempo suficiente para nós podermos fingir que eu não tinha interesse.

Ele se estica por cima da mesa.

— Min, eu falei sério. Não quero magoar a Lou mais do que já magoei. Sinceramente eu não tinha intenção de que aquele beijo acontecesse.

— De boas intenções, o inferno...

— Tenho saudade dela — diz ele, simplesmente.

É essa combinação de magnetismo sexual com garotinho desprotegido que o torna irresistível. Ele tem tanto o charme quanto o ego de uma criança. Fico dividida entre o desejo de consolá-lo com um abraço e o desejo de lhe dar um soco no nariz.

— Você a *abandonou* — eu relembro acidamente. — Você perdeu o direito de sentir saudade dela quando abandonou o barco.

O garçom retorna com nosso champanhe e uma tigela de edamame salgado, que ele deposita na mesa entre nós dois. Pedimos uma salada Cobb, e esperamos o homem ir embora para retomarmos nossa conversa. Andrew pega um dos edamames, depois o põe de volta no lugar.

— Eu tinha me esquecido de quando eu e Lou éramos uma equipe — diz ele. — Naquela noite, consertando o telhado juntos, eu me lembrei. Não é tão fácil dar as costas para mais de quinze anos de história juntos. Eu e Caz, nós não temos nada disso.

Olho para ele duramente.

— Andrew, se você está dizendo o que penso que está, melhor parar por aí. Você teve um caso e destruiu a sua família por causa dessa mulher. Agora, bem ou mal, está casado com ela. Você tem o Kit. Cada um se deita na cama que faz.

— E se eu não quiser deitar nela?

– Você está brincando com a *vida* das pessoas – respondo. – Louise mal acabou de colocar a vida nos trilhos depois que você a desmantelou. Não vá tentá-la de novo, Andrew, só porque você pode. Fique longe dela. Não é justo para ninguém.

– Não sinto saudade só *dela* – diz Andrew, ignorando tudo que acabei de falar. – Sinto saudade de todos vocês. Quando fui convidado para aquela festa da Celia, simplesmente voltou tudo. Vocês foram minha família por mais de uma década. – Ele me sorri docemente, de lado. – Não dá para me culpar por às vezes querer isso de volta, dá?

Maldita Celia, penso, em desespero. Aquela ideia maluca de lembrar ao Andrew o que ele está perdendo pode muito bem dar certo. E, se der certo, que Deus nos acuda.

18
Louise

Percebo assim que embarco no trem para Londres que cometi um grande erro. Ontem à noite, passei horas me atormentando para decidir que roupa usar; na universidade, era normal usar jeans, e quando estou trabalhando como autônoma muitas vezes nem tiro o pijama, então tem anos que não me visto para um emprego de verdade. Eu fazia questão de estar vistosa o suficiente para minha primeira visita a uma agência publicitária em Londres. No fim das contas, acabei me decidindo por um conjunto preto de terninho com saia dos meus primeiros anos no *Post* que ainda me cabe mais ou menos, e um par de saltos. Mas a maior parte das outras mulheres no trem está de calça, e não saia, com sapatilhas ou mocassins e blusa de cambraia ou transpassada, dominando tranquilamente o visual business casual. Estou démodé por cerca de duas décadas.

Vir trabalhar de Brighton também é de matar. É quente, o trem vem lotado e abafado, e não tem onde sentar. Fico em pé no corredor apertado, fora do vagão abarrotado, juntamente com meia dúzia de outros trabalhadores, apoiada na porta do banheiro para não cair. Sinto o suor brotando entre os seios e escorrendo pelas costas.

Quando Chris propôs o trabalho na Whitefish pela primeira vez, alguns dias depois do nosso almoço na outra semana, me recusei até a pensar no assunto: eu lhe disse que preferia mendigar na rua a trabalhar com Caz.

– Você mal a verá – insistiu Chris. – Só vai ter que vir a Londres no máximo um dia por semana; de resto, vai trabalhar de casa. Na maior parte do tempo, você vai ficar no meu escritório em Docklands, não na Whitefish. Vai precisar se comunicar com a equipe de lá, é claro, mas vai poder recorrer ao assistente de Caz, o AJ, na maioria das vezes.

Ainda que ela estivesse me oferecendo mais dinheiro do que eu ganhava há anos, e a chance de minar Caz no seu próprio local de trabalho, eu tinha recusado, porque não pretendia declarar guerra àquela mulher.

Mas aí Caz fez com que me despedissem. A carta do chefe de departamento de comunicação de Sussex era educada, mas firme: eu não havia informado a universidade sobre minha ficha criminal, e não tinham escolha senão cancelar o meu contrato referente ao próximo ano acadêmico. *A segurança de nossos alunos... Sentimos muito, mas não podemos correr este risco, não em uma época como esta. Nosso departamento jurídico, espero que entenda.*

Cinco minutos após abrir o envelope, passei a mão no telefone e liguei para Chris. Já está na hora de Caz aprender que todo ato tem consequência.

Porém, agora, ao entrar no escritório da Whitefish, de repente me vejo repensando a atitude de invadir o território dela com tanques e tudo. Sim, ela me provocou, mas agora estou num lugar de conforto dela: ela está jogando em casa, e sei que não vai hesitar em usar essa vantagem.

Já *eu* tenho a vantagem da surpresa. Quase sinto pena ao ver a cara que ela faz ao me ver sair do elevador; ela fica literalmente boquiaberta. Eu me lembro de como me senti quando o editor do *Post* botou uma rival minha dos tempos de faculdade para editar as páginas de sábado que continham minha coluna. Eu me senti atacada no único lugar que sempre considerei meu domínio. Esse deve ser o pior pesadelo de Caz, só que na vida real. Não só estou no terreno dela, como ela acaba de descobrir que sua chefe nova nessa conta é minha melhor amiga, e pior, que também conheço Patrick. Eu a vejo terminar de montar um quebra-cabeça mental instantaneamente: agora sabe por que a tal "Tina" tentou fazê-la ser demitida. Chris sempre se culpou muito por ter apresentado Andrew a ela naquele baile de caridade, mas, conforme lhe digo desde aquela época, é impossível ser culpa dela meu marido ter me trocado por Caz.

Minha simpatia não dura muito. Chris vai infernizar a vida de Caz nos próximos meses; talvez isso a faça pensar duas vezes antes de sabotar minha vida de novo. Mas não penso nem por um minuto que isso vai ser fácil para mim, pelo meu lado. Caz pode estar ressabiada no momento, mas esse mundo glamoroso e descolado pertence a meninas da idade dela, não a mulheres de meia-idade como eu. Basta olhar para seu jeans *skinny* e tênis Superga;

perto dela, me sinto uma relíquia dos anos 90, desatualizada em meus trajes tão formais.

– Relaxa – diz Chris, quando estamos no táxi a caminho do escritório dela no Shard. – Você vai se dar bem. Você dá conta desse trabalho com a mão nas costas.

Agora que entendi melhor o que farei, percebi que vou gostar do trabalho. Escrever com persuasão é uma capacidade transferível, e criar textos que promovem uma marca específica não é lá muito diferente de operar sob a batuta política de um dono de jornal. AJ é claramente um pau mandado de Caz, mas acho que consigo dar conta dele. E, se ele começar a criar muito problema, Chris tem influência suficiente para pedir a Patrick que o mude de conta.

– Não é com o emprego que estou preocupada – digo a Chris. – Me preocupo em acabar abotoando o paletó de madeira. Vai que ela resolve envenenar meu café.

Ela dá risada.

– Não se preocupe. O emprego dá um vale-café do Starbucks de brinde.

É só no trem de volta para Brighton, mais uma vez tão lotado que parece um pesadelo, que me permito pensar em como Andrew pode interpretar essa situação toda. Não quero que ele pense que virei a mulher do *Atração fatal*, primeiro me mudando para a casa de Caz, e agora trabalhando no escritório dela. Vai ser difícil me defender: não tenho provas de que foi Caz quem avisou a Universidade de Sussex e me fez perder o emprego, e se eu a acusar, vou só me encrencar mais.

Min tem razão, percebo de repente: preciso me mudar da casa de Caz e Andrew agora mesmo, esteja a cozinha terminada ou não. Se eu fizer isso, vou tornar mais inofensivo o fato de estar trabalhando com Chris para um dos maiores clientes de Caz. E o Andrew me deve uma. Não ferrei com ele contando a Caz como foi aquela noite da tempestade, coisa que podia ter feito. É claro que eu *nunca* faria chantagem emocional com ele; não sou esse tipo de pessoa.

Espero que ele se lembre de que a lealdade é uma via de mão dupla.

19
Caz

Eu vejo Andy passar o braço pelos ombros de Louise, os dois sentados no sofá, e apertá-la contra o peito. Ela dá risada, dando uma volta sob o abraço dele para olhá-lo nos olhos, e ele a beija, ajeitando uma mecha solta atrás da orelha dela, um gesto terno que me corta o coração. Reconheço o olhar de seus olhos castanhos, que estão quase âmbar devido à expressão apaixonada.

Quem escuta escondido nunca ouve ninguém falar bem de si. O mesmo princípio se aplica a quem olha escondido. Eu devia parar de me atormentar, mas não consigo parar de olhar.

Enquanto observo, Louise chuta as sandálias para longe, depositando casualmente os pés descalços no colo de Andy enquanto se estica para pegar sua caneca. Ele faz um comentário que não consigo ouvir, e ela ri, aparentando ter dez anos a menos do que tem. Então ele pega um dos pés dela e começa a massageá-lo enquanto ela beberica o chá, mas, pouco depois, vai subindo pela panturrilha dela. Ele se detém, tira o chá das mãos dela, e ela trança os braços atrás do pescoço dele, puxando-o para si. Ele a beija de novo, e de repente se volta para a câmera e com um gesto risonho manda Bella parar de filmar com o celular, e a tela fica preta.

Eu revi esse vídeo uma dúzia de vezes desde que o encontrei no perfil do Facebook de Andy ontem. Eu quase nunca olho o perfil dele – ele é meu marido, não preciso ser "amiga" dele em redes sociais –, mas recebi uma notificação de que Louise havia me marcado em uma postagem, e, burramente, saí clicando nela. Eu não devia ter aceitado o pedido de amizade dela há alguns anos, quando estávamos tentando ser "civilizadas". Agora eu a bloqueei, mas o mal já está feito: não consigo desver o vídeo.

Ele foi filmado há cerca de cinco anos, pela Bella: ela começa com uma selfie, na qual fala à câmera "conheça a minha família", talvez para algum trabalho escolar. Ela está com uns dez anos de idade, mas eu não fiz as contas nem percebi *por que* Louise queria que eu visse aquele vídeo específico até revê-lo pela segunda vez. E aí a ficha cai, como um soco no estômago.

Há um vislumbre muito breve, quando Louise se estica para pegar o chá, mas é inconfundível: o contorno nítido de uma barriga de grávida.

Sempre entendi que Andy me traía com Louise. Ele me disse, quando nos conhecemos, que estavam separados legalmente, esperando a lenta burocracia do divórcio caminhar, e ainda que eu soubesse que aquilo era um clichê, exatamente o que todo homem casado diz, eu acreditei nele. Ele tinha o próprio apartamento no centro de Londres, destituído de qualquer toque feminino, e não passamos apenas as noites da semana juntos, mas também a maioria dos fins de semana; uma vez, até passamos uma semana inteira em Barbados. Eu não sabia, nessa época, que Louise estava acostumada com suas viagens a trabalho por dias ou semanas a fio, dando a ele a desculpa perfeita para ficar longe de casa.

Apenas poucas semanas depois da viagem a Barbados, eu vi os dois juntos, totalmente por acaso, na estação Paddington. Eu nunca tinha visto Louise Page pessoalmente, mas a reconheci na mesma hora devido a sua coluna assinada no *Daily Post*, uma que sempre gostei de ler até me apaixonar por seu marido. Ela era mais baixa do que eu imaginava, e mais bonita do que sua foto no jornal. E estava grávida de pelo menos cinco meses.

É claro que eu devia ter terminado tudo com Andy naquela hora. Mas ele estava tão desolado, tão arrependido. Uma noite de nostalgia, alegou, muito vinho, e acabaram dormindo juntos por força do hábito, não por desejo. Na época, ele não estava muito convencido a meu respeito, alegou; achava que eu ia acabar encontrando outra pessoa da minha idade, mais adequada a mim e com menos bagagem. Ele jurou que foi coisa de uma vez, e que ele e Louise tinham concordado que fora um erro. Mas então o exame das vinte semanas havia revelado uma espécie de sombra cardíaca no bebê, que podia indicar síndrome de Down, e o obstetra dela marcara um exame de amniocentese (felizmente negativo) com um especialista em medicina fetal em Londres. Era *para lá* que ele a estava levando quando eu os vira na estação. Eles já não tinham qualquer tipo de relacionamento. Ele só estava fazendo o certo como pai.

Mais uma vez, acreditei nele. Eu me deixei convencer de que ele era um homem bom que havia cometido um erro, e agora estava tentando fazer o melhor possível para sanar sua trapalhada. Cheguei até a amá-lo mais porque ele *não* abandonara Louise, pois sabia que a forma como um homem trata sua antecessora é o melhor prenúncio de como ele vai tratar você.

E o mais importante de tudo: havia acabado de descobrir que eu também estava grávida. Não conseguia gostar da ideia de ser mãe solo, mas, ao mesmo tempo, abortar o bebê de um homem que eu amava loucamente estava fora de cogitação. Todo homem pode errar uma vez na vida, não é? Ele jurava que era a mim que ele amava, e era isso o que realmente importava.

Mas esse vídeo muda tudo. Louise não ficou grávida por causa de uma única noite em que o ex-casal sucumbiu à nostalgia. Estavam visivelmente ainda se relacionando o tempo todo em que Andy e eu estávamos juntos. Ponho o vídeo para passar mais uma vez, pausando-o bem quando Andy está arrumando a mecha atrás da orelha de Louise. Ele a *amava*. Está estampado no rosto dele, claro como o dia. Talvez ele nunca tenha deixado de amá-la. Será que ele me amava também enquanto massageava os pés de Louise no sofá? Ou será que eu era só diversão para ele, uma reserva de sexo e prazer despreocupado e sem filhos? Louise se equiparava a ele no mundo profissional, mas eu o admirava; quase o idolatrava. Como isso deve ter alimentado o ego dele. Meu Deus, como fui idiota. Sou uma mulher inteligente, de sucesso e ambiciosa, e ainda assim caí num dos truques mais velhos da paróquia. Ele jamais teria deixado Louise se ela não tivesse dado um passo em falso. Ele não me *escolheu*. Foi o erro dela que o atirou nos meus braços por inadimplência.

Fecho o meu laptop assim que ouço a porta social se abrir. Não há motivo para chafurdar na autopiedade. Eu sabia que Andy era mentiroso desde que me casei com ele. A questão é: agora que sei que todo o nosso relacionamento se baseia em uma mentira, o que vou fazer quanto a isso? Dou a Louise aquilo que ela quer desde o começo e o abandono? Ou me reconcilio com a ideia de passar o resto da vida com um homem em quem jamais poderei confiar plenamente?

Assumo uma expressão próxima do normal quando Bella e sua amiga Taylor entram na sala de estar.

– Oi – digo, sorrindo. – O filme foi bom?

Bella dá de ombros.

– Normal.

– Comeram alguma coisa na saída? Ou querem que eu prepare algo para almoçarem?

– Fomos ao Pret à Manger – diz Taylor. – Mas obrigada, sra. Page.

– Ai, meu Deus. Me chamem de Caz, por favor. Senão me sinto uma anciã.

As duas ficam sem graça no meio da sala, se entreolhando significativamente. Está claro que querem me perguntar alguma coisa, e eu me resigno a lhes entregar o resto do conteúdo da minha carteira. Nem Andy nem Louise dão qualquer tipo de mesada regular a Bella, e se recusam a deixá-la arrumar um emprego de fim de semana, ou seja, ela precisa pedir dinheiro toda vez que quer comprar um café ou uma camiseta. Ela já está com dezesseis anos: é uma situação humilhante para todos os envolvidos. Fico tentada a programar uma transferência automática pelo app do banco, mas não quero me intrometer na vida da filha alheia tanto assim.

Taylor cutuca a amiga.

– Vai lá, pergunta para ela.

Eu pego minha bolsa.

– De quanto você precisa?

– Não é isso – diz Bella rápido.

Ela gira o anel de prata no dedo, nervosa. Ela e Taylor usam anéis idênticos; até parecem gêmeas, com o jeans escuro rasgado e enormes suéteres pretos, porém, enquanto Bella parece mais nova que dezesseis, Taylor passa fácil por uma moça de vinte e um.

– Vamos – suspiro. – Manda bala. O que você quer?

Bella olha para a porta.

– Meu pai está em casa?

– Ele levou os meninos ao Museu de Ciências. Vão demorar bastante para voltar. – Fico de pé e pego meu casaco das costas da minha cadeira. – Tá, vou levar vocês para dar uma volta. Vamos para a Halva's Patisserie comer um docinho. Aí você me conta exatamente o que está acontecendo – sorrio – e por que não quer contar para o seu pai.

Tranco as fechaduras duplas da porta da frente e despacho as meninas para a rua antes de mim. A casa fica bem ao lado da North End Road, em uma das pequeninas transversais que riscam Fulham, e é lotada de carros estacionados em ambos os lados da rua, um dos principais motivos pelo qual nunca trouxemos o utilitário esportivo de Andrew para Londres. Nossa vizinha de frente, uma senhora doce com uns setenta anos, abre sua porta para jogar o lixo fora assim que passamos por ela, e eu grito para as meninas me esperarem enquanto levo seu lixo para a rua por ela.

– Parece que a farra foi boa, hein, sra. Mahoney? – sorrio, já que o saco tilinta.

– Ah, não me venha com essa, Caz – ri a sra. Mahoney. – São os potes de vidro do Ernie. Você sabe como ele é.

– Sei, mesmo – respondo.

Ernie e Elise Mahoney foram as primeiras pessoas que conheci quando comprei minha casa há oito anos. Era com certeza o ponto perigoso do bairro na época, e minha casa foi invadida três vezes no primeiro ano, quando finalmente me manquei e mandei instalar fechaduras mais seguras e um alarme. Mas, desde então, como as pessoas têm sido cada vez mais empurradas para longe de Chelsea e Belgravia devido ao influxo de oligarcas russos e dinheiro estrangeiro, o bairro foi se gentrificando. As meninas e eu precisamos sair da calçada duas vezes para evitar escavações subterrâneas antes mesmo de chegarmos ao fim de nossa rua; é um espanto que algumas dessas fileiras de casas ainda estejam em pé. Gente de classe trabalhadora feito os Mahoneys, que moram aqui há quarenta anos, agora é minoria.

Vamos desviando do mar de gente que abarrota a Fulham Road e entramos na fila da Halva's, onde Bella me surpreende pedindo uma generosa fatia de cheesecake. Geralmente ela come que nem passarinho, mas Taylor acabou de pedir uma fatia gigante de bolo de limão, de forma que talvez ela esteja só imitando a amiga.

– Pronto. Desembucha – digo assim que sentamos. – O que é que há?

– Você vai dizer que não, mesmo – responde Bella.

Abro um sachê de adoçante e jogo no meu cappuccino.

– Se você não perguntar, nunca vai saber. Em primeiro lugar, é algo ilegal? Porque não vou arrumar maconha pra você, então nem pense em pedir.

– Não tem nada a ver com drogas – exclama ela, parecendo até chocada.

– Então por que é que não quer que seu pai fique sabendo?

– Ele não aprovaria. E minha mãe ia, tipo, *surtar*.

– Mas eu não?

– Você é muito mais legal que a maioria dos pais – diz Bella. – Para falar a verdade, você é foda.

– Presumo que isso signifique algo bom – respondo, seca, dissimulando ter adorado o elogio. – Uma coisa é verdade, você me deixou curiosa. Você precisa da autorização de um adulto para isso? Vai querer que eu assine alguma coisa?

– Ela não precisa da permissão de ninguém – diz Taylor. – Não agora que fez dezesseis anos.

– Eu vou fazer de qualquer jeito – acrescenta Bella, desafiadora. – Você não vai me impedir. É que... – Ela olha para Taylor, depois para mim de novo. – Eu meio que queria que você fosse junto. Só para garantir. Se estiver tudo bem por você.

Tomo um gole do meu cappuccino, ponderando, mais curiosa do que nunca. Eu me lembro de como é ser adolescente: se Bella está decidida a fazer o que quer que seja isso, vai dar um jeito de fazê-lo, quer eu a ajude, quer não. E ter um adulto presente seria uma boa precaução caso as coisas deem errado. Eu não tenho ideia do que ela está planejando, mas dado que se alguém vai fazer bobagem é melhor que haja um responsável por perto, prefiro ir com ela a abandoná-la à própria sorte.

Especialmente porque é *bem provável* que isso deixará Louise possessa.

PATRICK SIMON THATCHER

PARTE 1 DO DEPOIMENTO GRAVADO

Data: 28/07/2020

Duração: 27 minutos

Local: Agência de publicidade Whitefish

Realizado por agentes de polícia de Devon & Cornwall

(cont.)

POLÍCIA   Então você trabalhou com as duas?

PT   Sim. Caz já estava na Whitefish quando eu conheci Louise há cerca de cinco anos. Ela me entrevistou para um perfil no jornal. E depois, claro, Tina a contratou para cuidar do departamento de RP da Univest.

POLÍCIA   Você estava a par da história pessoal delas?

PT   Bem, eu sabia que Caz era casada com o ex-marido de Louise, sim.

POLÍCIA   Você sabia que Andrew Page deixou sua primeira esposa para ficar com Caroline Page?

PT   Caroline... ah, você diz a Caz. Sim.

POLÍCIA   Mas você não achou que seria problemático colocar Louise Page para trabalhar no mesmo escritório?

PT   Louise não faz esse gênero. Ela é uma mulher sensata. Muito inteligente, também.

POLÍCIA   E quanto a Caroline Page?

PT   Veja bem, tem anos esse divórcio. Até onde eu sabia, todo mundo já tinha superado.

POLÍCIA   Caroline Page trabalha para você há oito anos, correto?

PT   Sim.

POLÍCIA	Você poderia me dizer que tipo de pessoa ela é?
PT	Que tipo de pessoa?
POLÍCIA	Ela é confiável? Gostam dela?
PT	Ela é excelente profissional. Faz o que precisa fazer. Nem sempre isso torna a pessoa querida.
POLÍCIA	Ela é temperamental?
PT	Ela não tolera idiotas. Assim como eu.
POLÍCIA	Estou sabendo que você fez uma advertência a ela há algumas semanas. Por que isso?
PT	Tivemos um problema no trabalho. A batata quente ficou na mão de Caz, mas não foi por isso que ela recebeu a advertência. Houve uma cena na frente de um cliente. Não é o tipo de coisa que você possa deixar passar, infelizmente.
POLÍCIA	Perry, você está com o...
POLÍCIA	Há cerca de duas semanas, senhor.
POLÍCIA	Obrigado. Você sabia que ela culpou Louise Page pelo incidente a que você se referiu, sr. Thatcher?
PT	Sim.
POLÍCIA	Essa afirmativa é verdadeira de alguma forma?
PT	Como eu falei, Louise não é dessas.
POLÍCIA	Então você acha que Caroline Page inventou tudo?
PT	Acho que Caz errou, só isso.
POLÍCIA	Você diria que conhece bem Louise Page?
PT	[Pausa.] Não a vi tantas vezes assim. Ela só vem ao escritório uma vez por semana ou coisa do gênero. No resto do tempo, ela trabalha de casa.
POLÍCIA	Você sabia que ela tem ficha na polícia, sr. Thatcher?
PT	[Pausa.] Não. [Pausa.] Não, eu não sabia disso.
POLÍCIA	Ela não revelou este fato quando você a empregou?
PT	Tecnicamente, ela não trabalhava para mim, e sim para Tina Murdoch.

POLÍCIA	Você diria que...
PT	Espere aí. Você tem certeza de que isso está certo? Está falando da Louise, não da Caz?
POLÍCIA	Sim, senhor.
PT	Não acredito nisso. Não combina com ela. Ficha na polícia?
POLÍCIA	Ela foi condenada por desrespeitar uma medida protetiva contra um homem chamado Roger Lewison, denúncia caluniosa e obstrução de justiça.
PT	Você está falando *sério*?
POLÍCIA	Sr. Thatcher, caso estivesse a par dessa informação, ainda assim você colocaria Louise e Caroline Page com tranquilidade para trabalhar no mesmo escritório?

20
Louise

Espero até domingo, quando Bella e Tolly estão em Londres com o pai, antes de fazer nossas malas para sair da casa de Andrew e Caz. A cozinha em casa ainda está por terminar, o que significa que vamos ter que passar aperto por mais um tempo; Tolly não liga, mas Bella não vai aprovar. Ela gosta de ficar na casa do pai, perto do centro da cidade; é fácil encontrar os amigos dela a pé, e como é pertinho da escola, pode dormir mais meia hora. Ela vai ter um chilique quando descobrir que vamos voltar para nossa casa.

Estou guardando uma quantidade absurda de carregadores de celular numa sacola plástica na cozinha quando, alarmada, ouço a porta da frente se abrir.

– Desculpe te pegar de surpresa – diz Andrew, se justificando. – Sei que você só estava esperando eles de noite. Eu queria telefonar antes, mas Tolly...

– Mamãe! – grita Tolly, ultrapassando o pai e se jogando em cima de mim. – Surpresa! Chegamos! Você levou um susto? – Seus braços me envolvem o pescoço. – Não queria que você ficasse mais com saudade da gente – diz ele, com um ligeiro tremor na voz.

Tolly tem apenas quatro anos; nessa idade, uma noite sem ver a mãe já é uma eternidade. Na maior parte do tempo, ele passa o fim de semana com Caz e o pai sem problemas, mas, às vezes, sente saudade de casa, e Andrew tem a sensibilidade de fazer a vontade do filho quando isso acontece, pelo que sou muito grata.

– Obrigada por ter vindo mais cedo para casa – digo, dando-lhe um abraço apertado. – Eu estava morrendo de saudade. Nem dormi direito, ainda que soubesse que você estava se divertindo com o papai.

— Vou achar o Bagpuss — anuncia ele, se afastando bruscamente de mim, já satisfeito. Ai, se ser mãe fosse sempre assim tão fácil. — Acho que ele também ficou com saudade de mim.

O Bagpuss! Ainda bem que Tolly me lembrou. Eu sabia que tinha esquecido alguma coisa.

Bella quase se choca contra o irmão quando ele sai correndo do cômodo.

— Por que nossas malas estão na porta? — quer saber ela. — O que está acontecendo?

— O seu pai e a Caz foram muito legais em nos deixar ficar aqui, mas já abusamos da boa vontade deles — digo com firmeza. — Vamos voltar para casa. Vai parecer um acampamento até terminarem a cozinha, mas...

— Não quero voltar para casa — interrompe Bella. — Eu gosto daqui. Posso ficar, pai? Vou ficar ótima sozinha, juro. E é mais perto da escola, posso pegar o ônibus e...

— Você tem dezesseis anos! — eu corto. — Você não vai ficar aqui sozinha.

— Pai...

— Desculpa, Bell — diz Andrew, encolhendo os ombros. — Dessa vez, concordo com sua mãe.

— Bella — interrompo. — O que é isso na sua boca?

Por um momento, ela fica nervosa, mas depois projeta o queixo.

— Eu botei piercing na língua — diz ela.

Fico olhando para a minha filha horrorizada:

— Você fez *o quê*?

— O corpo é meu — diz Bella, desafiando. O impacto da fala é um pouco prejudicado porque o novo piercing faz com que ela ceceie. — Tenho direito de fazer o que eu quiser com ele.

— Você é uma criança! — grita Andrew, claramente tão abalado quanto eu.

Ela nos olha fixamente, sua boca fechada com firmeza como se fôssemos arrancar o piercing da sua língua. Pela expressão que Andrew está fazendo, parece que isso está mesmo passando pela sua cabeça. Quando nossa menina doce virou essa selvagem fechada e truculenta?

— Ela deve ter ido colocar isso ontem — diz Andrew desconsolado. — Desculpa, Lou. Não imaginei que ela fosse fazer isso escondida.

— Na verdade — diz uma voz atrás da gente —, ela não foi "escondida" a lugar nenhum. Fui eu que a levei.

Caz entra na cozinha, largando sua bolsa Prada creme ridiculamente cara na bancada como se fosse uma sacola de supermercado.

– Pelo amor de Deus – diz Andrew, irritado. – Por que você levaria minha filha para furar a própria língua?

– Ela está com dezesseis anos. Não é ilegal. Ela ia fazer isso de qualquer jeito, então pensei que seria melhor eu ir junto para ver se o lugar era decente e tinha equipamento limpo. – Caz dá de ombros. – E não é igual a tatuagem, não é permanente. Ela pode tirar quando quiser.

– A culpa não é da Caz – diz Bella, veemente. – Ela tem razão. Eu faria de qualquer jeito.

Um olhar de cumplicidade é trocado entre elas. Bella detestava Caz, mas de repente as duas estão unha e carne, e *eu* é que estou de fora.

– Você não tinha esse direito – ralha Andrew com Caz. – Ela é *minha* filha. Quando ela está na minha casa, é responsabilidade minha.

Não deixo de notar a súbita tensão entre os dois. Percebe-se que não é só por causa do piercing de língua. Sei como Andrew é quando está na defensiva. Caz está cometendo um erro: ele não gosta de ficar como o errado da história, e vai dar um jeito de jogar a culpa nela. Se eu tivesse que chutar, diria que Caz viu o vídeo que Bella postou na página do pai semana passada. Bella não teve nenhuma má intenção – o clipe deve ter simplesmente aparecido no *feed* de "retrospectiva" do Facebook dela e ela compartilhou com ele –, mas admito que eu não fui tão inocente assim quando o vi e marquei a Caz na postagem. Talvez ela tenha vontade de reescrever a história agora e fingir para si mesma que Andrew nunca me amou, mas ele *amava*, e aquele vídeo é a prova. Tudo que deu errado entre nós parece advir da entrada dessa mulher em nossas vidas, e ela merece ser lembrada disso sempre que possível.

De repente Tolly ressurge na cozinha, assustando todos nós.

– O Bagpuss vomitou! – grita ele, olhos arregalados, impressionado. – Bem em cima da cama do papai!

– Na minha colcha? – exclama Caz. – De vicunha peruana!

Meu filho para de falar, subitamente indeciso.

– Está tudo bem – digo-lhe rapidamente. – Não é culpa sua. A Caz não está culpando você. Obrigada por nos dizer.

– Você deu atum para ele, mãe? – acusa Bella.

Eu hesito.

– Só um pouquinho. Ele adora lamber a lata.

– Mãe! Você sabe que isso sempre o faz vomitar!

– Presumo que é por isso que ela deu – murmura Caz.

Andrew dá um suspiro.

– Bella, você pode ir lá em cima limpar. Leva o Kit e o Tolly para te ajudar.

Bella está prestes a protestar, mas algo na expressão do pai a faz perceber que não é o momento para isso. Ela dá um suspiro teatral, pega um rolo de toalhas de papel da cozinha, e sobe com os meninos, pisando duro nos degraus.

– Olha, vou dar um jeito na colcha – digo, sem me sentir muito arrependida. – Mando lavar a seco, algo assim. Sei que o estrago é menor do que parece. Ou então eu te compro uma nova...

– Vicunha não se lava a seco – corta Caz. – E é insubstituível. Comprei em Machu Picchu. O que esse gato está fazendo na minha casa, aliás? Você sabe que sou alérgica. Andy *disse* para não trazê-lo para cá.

Cheguei a perguntar diretamente a Andy se estava tudo bem trazer o gato, e ele respondeu que sim. Obviamente isso não foi aprovado pelas instâncias superiores. Ele procura meu olhar, e percebo seu apelo mudo para não implicá-lo na questão.

– Desculpe – respondo, me dando por vencida. – Não sabia mais o que fazer com ele. É um gato idoso, não ficaria bem com o cachorro da minha mãe, e os meninos da Min são tão barulhentos...

Caz me interrompe:

– Que seja. Agora já está feito. Nem faz muita diferença já que você está de partida mesmo.

Um pouco tarde demais, Andrew entende sua deixa:

– Olha, Louise. Não é que não tenha sido um prazer te ajudar. É que, daqui em diante, é melhor se todos nós mantivermos um pouco de distância mútua. – Ele dá uma tossida e muda de posição desajeitadamente. – Não sei se foi uma boa você aceitar a vaga na Whitefish, para ser sincero. Sou a favor de nos tratarmos de forma civilizada, claro, mas você deixou Caz numa posição um tanto difícil. É complicado para ela fazer o próprio trabalho direito quando a relação entre vocês duas é tão pessoal. – Ele olha para ela, e depois para mim, claramente tentando se lembrar do roteirinho que ela lhe passou. – Todo mundo aqui precisa de um espaço para respirar. Só para tudo continuar numa boa. Eu posso... há... te dar o número do nosso faz-tudo, para você não precisar ligar para mim. E a Bella já tem idade para vir com o Tolly para meus fins de semana sem precisar da sua carona.

Meu rosto queima de humilhação. Do jeito que ele me pinta, pareço desesperada de carente, meu rosto grudado na janela da vida deles: uma ex-mulher triste e mal-amada que não soube seguir com a vida. Por que será que, não importa o quanto a mulher é bela ou bem-sucedida, se um homem a abandona ela passa a ser definida por essa rejeição, virando alvo de pena só porque esse homem fraco não conseguiu manter o zíper das calças fechado.

Eu invoco toda a dignidade de que sou capaz:

– Infelizmente, não posso deixar Chris na mão, Andrew. Não agora que já aceitei o trabalho. – Sorrio com frieza para Caz. – Sei que nós duas podemos conviver bem no serviço.

– Sei que sim – diz Caz. – Agora que já nos entendemos.

Três semanas antes da festa

21
Caz

Visitar minha mãe tem dois desfechos possíveis. Há dias em que ela mal pode esperar para me ver, pulando empolgada da cadeira assim que entro, me bombardeando com perguntas antes que eu consiga tirar o casaco, e contando todas as fofocas da nossa rua desde a última visita. Nesses dias o problema de saúde dela está pior, ela acredita que ainda é 2006 e eu tenho quinze anos. Ela me pergunta como foi meu dia na escola, e implica comigo perguntando do menino que senta ao meu lado na aula de matemática. Ela não tem ideia de quem é Andy, nem da existência de seu neto Kit. Se tento refrescar sua memória, ela fica aborrecida e confusa. Descobri que é mais simples confirmar sua realidade, porque pelo menos lá ela está feliz.

E há outros dias em que ela sabe exatamente quem eu sou. São dias em que ela se recusa a me cumprimentar, e vira a cara quando abaixo para beijá-la. Não sei qual é pior: a ficção agridoce do seu mundo particular pré-acidente, ou a dura realidade de um presente em que ela se trancafiou em uma prisão taciturna de rancor e autopiedade.

Hoje, foi a segunda opção. Ela está sentada perto da janela, olhando com amargor para o estacionamento lá embaixo, quando eu entro. Nem sequer reconhece a minha presença. Ela fica em uma cadeira de rodas, ainda que consiga andar perfeitamente. O acidente afetou seu equilíbrio, mas fora isso sua mobilidade é perfeita. Os enfermeiros da casa de repouso fazem a vontade dela porque facilita a vida deles.

— Oi, mãe — digo, deixando minha bolsa na mesa de centro. — Como vai?

Não espero resposta, e nem sou surpreendida por uma. Mamãe tem poucos amigos, mas não é da companhia nem da amizade que sente falta: é de ter com quem brigar. Quando ninguém dá a mínima para o que você pensa, é impossível magoá-los. Ela me ignora porque eu sou a única capaz de perceber que está sendo ignorada.

Vou até a pequena cozinha de quitinete no canto do seu quarto e ligo a chaleira, ainda que eu saiba que ela vai recusar tudo o que eu preparar por pura teimosia.

– Chazinho, mãe? – digo, pegando duas canecas sem esperar pela resposta. – E trouxe biscoitos de chocolate como você me pediu da última vez.

Isso por fim merece uma resposta:

– Eu não gosto de chocolate – anuncia ela, sem se virar.

– Da última vez, quando eu trouxe biscoitos normais, você disse que queria de chocolate.

– Você trouxe de chocolate ao leite. Eu queria o comum.

– Desculpe, então – digo, sem me abalar. – Da próxima vez, trago comuns.

Preparo duas canecas de chá fraco, exatamente como sei que ela gosta, e ponho uma na mesa perto dela, depois viro sua cadeira de rodas para o lado oposto à janela.

– Chama isso de chá? – desdenha ela, olhando para o conteúdo da caneca enquanto eu me sento. – Olha essa cor. Parece água suja de tão fraco.

– Posso te preparar outro...

– Não precisa. Não vai dar tempo de eu beber até você ir embora.

– Você quer que eu fique mais?

Minha mãe me olha feio. A regra não escrita do nosso jogo dita que ela não pode admitir que quer que eu fique, mas, se ela disser que não, não pode reclamar quando eu for embora assim que terminar nosso tempo de costume – uma hora. Ela estreita os olhos, concedendo o ponto no placar. Um a zero para mim.

Bebo meu chá, de olho nela por cima da caneca.

– A ex-mulher do Andy acabou de arrumar um emprego na Whitefish – digo, sabendo que ela vai apreciar meu infortúnio. – Ela está trabalhando em uma das minhas contas, até.

O rosto de mamãe se ilumina, sadicamente feliz:

– Eita. Ela deve estar que nem gato na peixaria!

– Nem me fale em gatos – resmungo, ainda chateada por causa da minha colcha peruana. – Acontece que minha chefe na conta nova é a melhor amiga de Louise. Ela tentou fazer com que me demitissem, há anos, quando Andy e eu começamos a namorar. É questão de tempo antes de ela tentar de novo.

– Cada um se deita na cama que faz – diz mamãe, com evidente satisfação.

– Sim, achei que você ia gostar dessa.

– Correr atrás de homem casado não é direito, Carol. Eu te disse isso quando você o conheceu.

Mesmo eu não querendo, compro a briga:

– Não me chame de Carol.

– Por que não? É o seu nome.

– Não é mais – corto.

Andy se apaixonou por Caroline, uma moça de Chelsea desde seus brincos de pérola até a ponta de suas botas Hunter. Ele não tem a menor ideia das minhas verdadeiras origens, do que tive que fazer para chegar na posição em que estou. Diferentemente de Louise, eu *batalhei* para ter meu lugar na melhor mesa. Eu trabalhava em dois empregos para pagar minha universidade, e não estudei apenas administração e marketing; estudei meus colegas confiantes e ricos, o jeito como eles conversavam, falavam e comiam. Aprendi a usar guardanapo em vez de papel toalha, e a dizer toalete em vez de banheiro; feito uma Eliza Doolittle contemporânea, aprendi a pronunciar meus *h* e a falar com ovo na boca, feito uma inglesa de cidade grande. Quando me formei, Carol já estava morta, enterrada sob uma pilha cafona de cortinas rendadas e pratos comemorativos da realeza. E é assim que ela vai ficar.

Mamãe pega um dos abomináveis biscoitos de chocolate ao leite, e eu finjo não perceber.

– Esse seu marido, hein, não quer saber de aceitar a coleira – observa ela. – Igualzinho ao seu pai. Eles sempre vão embora no final.

– Meu pai não foi embora. Ele *morreu*, mãe.

Ela dá um ronco de desdém.

– Pode continuar acreditando nisso, se te faz feliz.

Dou um suspiro interno. Até quando minha mãe é mais ou menos ela mesma, ainda tem lapsos ocasionais do tal mundo paralelo. Esquecendo e confundindo certos detalhes. Ela vive insistindo que meu pai fugiu com outra. Acho que é mais palatável do que a verdade: se ele estiver vivo, ainda existe chance de voltar para ela.

– Andy não vai me abandonar, mãe – digo. – Ele só sente culpa por causa dos filhos, só isso.

Ela dá um sorriso debochado:

– Então, ninguém aí está preocupada de ele voltar para ela?

É um tiro no escuro, mas ela acerta na mosca:

– Não – respondo rápido.

– Você acha que ganhou dela, não é?

– Não é questão de ganhar...

– Não? Para mim parece que sempre foi.

Mamãe às vezes pode ser doida, mas burra nunca.

– Vocês estão num duelo – diz ela de repente, olhos queimando, vidrados nos meus. – Duelo de morte. Não é hora de ter cerimônias, Carol. Faz *ela* sentir a pressão. O Andy agora é seu. Você precisa lembrá-la disso.

Estremeço. *Duelo de morte.* Quanta bobagem. Ela está começando a variar de novo; reconheço os sinais. Mas ainda assim, o comentário dela me inquieta. Há um período de sombra entre os ciclos de lucidez e de fantasia de mamãe, em que ela praticamente tem um sexto sentido. Faz semanas que minha preocupação com Louise não deixa espaço para mais quase nada. A mulher se intrometeu na minha vida, forçando passagem até entrar na minha casa e no meu trabalho, mas quem permitiu que ela encontrasse espaço em minha cabeça fui eu.

Todos sustentamos a mentira de que mamãe sofreu um "acidente", mas a verdade é que ela tentou se matar quatro anos depois que perdeu meu pai. Eu lembro dela quando eu era pequena: ela era linda, inteligente e *engraçada*, tão engraçada que eu ria de esguichar leite pelo nariz. Quando ele morreu, foi como se ela morresse junto. Eu não percebi conscientemente, mas no fundo estava esperando algo terrível assim acontecer, até o dia que voltei da escola, pouco depois de completar quinze anos, e a encontrei pendurada do corrimão da escada.

Eu não tive força para cortar a forca. Então, apoiei seus pés em uma cadeira de cozinha para sustentar seu peso enquanto ligava para a emergência, tentando afrouxar o nó – da gravata de papai – em volta do pescoço dela. Achei que ela estivesse morta. Seu rosto estava roxo, os olhos injetados e esbugalhados, a língua projetada para fora dos lábios azuis. Eu não tinha ideia de que ela ainda estava viva até os paramédicos a tirarem da forca e começarem os procedimentos de ressuscitação.

Ela ficou hospitalizada por quatro meses, a primeira semana na UTI, em coma, e, depois, na ala psiquiátrica. Eles me colocaram em um acolhimento familiar; fiquei com uma família perfeitamente normal, mas não tinham maiores interesses em mim que não fossem o cheque que recebiam por me abrigar. Por fim, mamãe foi liberada, e me deixaram ir para casa com ela. A assistente social passou a ficar de olho, é claro, mas fisicamente ela estava bem. Deram-lhe antidepressivos, ela ia ao psiquiatra uma vez por semana por alguns meses; tudo parecia, se não normal, pelo menos não pior do que milhares de outras famílias problemáticas.

Os problemas de memória começaram cerca de um ano depois. Primeiro, eu não dei muita bola; ela esquecia pequenos detalhes, falava sobre coisas que haviam acontecido muitos anos antes como se tivessem sido na semana anterior, coisas assim. Eu estava muito ocupada com o que acontecia na minha própria vida na época para perceber de fato. Mas aí voltei de Bristol no fim do meu primeiro semestre na universidade, e mamãe pensava que eu ainda estava estudando para meu exame do ensino médio. Depois de semanas de testes, os médicos não conseguiam chegar a um diagnóstico, porém especulavam que ela sofrera algum dano cerebral durante sua tentativa de suicídio. De qualquer forma, ela não podia morar sozinha, então vendi a casa e encontrei uma casa de repouso que ela conseguisse tolerar. Aos dezoito anos, eu estava absolutamente sozinha no mundo.

De repente mamãe agarra minha mão, suas unhas se fincando na minha pele:

– Estou vendo nos seus olhos – diz ela. – Vendo quem você é.

Tento me desvencilhar, mas ela é mais forte do que parece.

– O que você está vendo, mãe? – pergunto, cansada.

– Eu – diz ela. – Eu vejo a mim.

22
Louise

Eu sei que Caz vai retaliar agora que invadi sua área, e que não vai demorar muito até seu próximo lance. Mas o que me surpreende é que a tacada vem de Andrew.

– Você vai me pôr na justiça de novo? – interpelo assim que recebo a carta de seu advogado, ligando para ele no trabalho. – Você sabe que eu mal consigo me manter!

– Você está ganhando o triplo na Whitefish do que ganhava na universidade – diz Andrew com frieza. – Você está com contrato de consultora; ganha três vezes mais que Caz. É justo revermos sua pensão alimentícia e de ex-cônjuge.

– Você não precisa me levar à justiça! Podemos conversar sobre isso, e chegar a algum...

– Caz está muito aborrecida – corta Andrew. – Se você insiste em infernizar a vida dela desse jeito, não pode reclamar das consequências.

Acabou a diplomacia mesmo. Andrew está se arriscando em me perseguir assim. Não que eu vá fazer sua caveira para Caz contando a ela o que realmente aconteceu na noite da tempestade; não posso provar nada, e ele mente à perfeição. Mas ele está confiante que vou ser leal e não causar problemas entre eles, e minha paciência tem limite.

Se vou dar conta desse serviço na Whitefish, vai ter que ser nos meus termos. Me esconder no escritório da Chris quando eu for a Londres não é a jogada certa se eu quiser vencer o joguinho da Caz.

– Você quer uma sala na *Whitefish*? – exclama Chris, quando peço para ela arrumar uma. – Pensei que você queria distância da Caz?

– Mantenha suas amigas por perto, e suas inimigas ainda mais perto – murmuro. – Quero ficar de olho nela, e conferir se ela não vai ferrar a sua conta só para se vingar de mim.

Uma sala eu não ganho, mas me dão uma mesa no mezanino de plano aberto, bem no meio do burburinho. Sou jornalista: meu trabalho consiste justamente em desenterrar a história verdadeira por baixo da manchete. Logo descubro que Caz é inteligente, sem dúvida boa no que faz, e ótima com os clientes, mas como gerente ela é péssima. Ela vive deixando as pessoas contrariadas, é autocrática e arbitrária, e o pessoal de criação detesta trabalhar para ela. É o AJ que fica no rastro dela resolvendo os pepinos, acalmando ânimos e usando todo seu charme para garantir que suas ordens serão cumpridas a tempo. Sem ele, ela afundaria. Acho que isso pode me ser útil, penso cautelosamente. Caso seja preciso.

Mas não quero, de verdade, que chegue a esse ponto. Estou cansada desse toma lá, dá cá. Não posso ser levada à justiça; vai custar milhares de libras, e eu ganho um pouco acima do limite para me qualificar para a assistência judiciária. Se Andrew não voltar atrás, vou acabar mais endividada ainda. O emprego que aceitei na *Whitefish* era para fazer Caz pensar duas vezes antes de mexer com o meu ganha-pão. Em vez disso, ela voltou a dobrar a aposta. Estou começando a me perguntar onde tudo isso vai parar.

Pego meus filhos na escola, aborrecida e desgostosa. Tolly está de bom humor como sempre, mas Bella nem sequer me dirige a palavra ao entrar no carro. Ainda está amuada por causa daquele maldito piercing na língua. Andrew foi quem a obrigou a tirá-lo, mas é a mim que ela culpa. Ficou ainda mais retraída e incomunicável nessa semana, se é que isso é possível.

Quando chegamos em casa, paro na entrada e espero Bella sair para abrir o portão da garagem.

– Por que não mandamos instalar um portão automático? – reclama ela, como toda vez que peço para ela cumprir essa tarefa.

– Mesmo motivo de ontem – digo calmamente. – Mesmo motivo de amanhã.

Tolly fica na ponta da sua cadeirinha, tentando se livrar do cinto de segurança:

– Deixa eu! Deixa eu!

– Você não alcança a maçaneta, querido.

Bella vai se arrastando relutante até a garagem, abrindo-a com lentidão agônica, e sufoco uma irritação crescente quando depois ela para no meio do caminho, bloqueando minha passagem, para conferir o celular. Quando por fim ela se mexe, deixa cair um dos seus fones *bluetooth* – um presente ridiculamente caro do Andrew – e demora de propósito para apanhá-lo, enquanto batuco no volante e me seguro para não dar um grito de exasperação.

Por fim, ela sai da frente e consigo estacionar. Tiro Tolly da cadeirinha, e dou a volta na casa. Os pedreiros ainda estão trabalhando no alpendre, e os andaimes impedem a passagem pela porta da frente, de forma que temos que entrar pelos fundos. Preciso admitir que Gary Donahue está fazendo um bom trabalho. Pela primeira vez desde que compramos a casa, a parte da frente não parece mais um bêbado arriado.

– Encontrei isso no chão perto da garagem – diz Bella, enfiando indelicadamente algo na minha mão ao passar por mim no vestíbulo.

É um brinco. Alguma pedra semipreciosa azul: topázio, talvez, ou água-marinha.

– De quem é isso? – pergunto, largando minha bolsa na mesa da cozinha.

– Da Caz. Na semana passada ela estava usando. Você pode guardar até eu poder devolver pra ela? Sei que vou perdê-lo.

– Como foi que veio parar na nossa garagem?

Bella dá de ombros, enfiando os fones de volta no ouvido:

– Devem ter caído do carro do meu pai. Não me chama para o jantar – acrescenta ela ao subir as escadas. – Não estou com fome.

– Bella...

Com um suspiro, ponho o brinco na saboneteira que fica no peitoril da janela, embora esteja tentada a jogá-lo no lixo, e me abaixo para pegar a ração de gato sob a pia. Preciso fazer o jantar dos meus filhos mais cedo, porque eu prometi ajudar Min e minha mãe na casa dela com os preparativos da festa, para a qual só faltam três semanas. Meu coração se aperta mais ainda ao pensar nisso. Queria muito que mamãe não tivesse convidado Andrew e Caz. Essa comemoração deveria ser em família, e, em vez disso, vou ter que lidar com os joguinhos maliciosos de Caz. Parece que ultimamente não consigo me ver livre dela.

Frito uns hambúrgueres na grelha externa, e levo o de Tolly para a sala de estar. Geralmente não deixo meus filhos comerem na frente da TV, portanto ele reage como se tivesse ganhado entrada para a Disneylândia. O jantar de Bella eu cubro e deixo na mesa, caso ela mude de ideia enquanto estou na rua.

Subo ao quarto dela e enfio a cabeça pela porta para avisar que estou de saída. Ela está enrodilhada na cama, olhando para a parede, com um cobertor de *fleece* grosso até o pescoço apesar de ser verão e estar vinte e nove graus lá fora.

– Bella? – digo com suavidade. – Está acordada?

Ela não diz nada, mas vejo pelo modo como respira que não está dormindo.

– Vou dar um pulinho lá na sua Vó Cé – digo. – Me liga se precisar de alguma coisa. Volto antes de ficar escuro.

Bella nem se mexe. Vou até ela e ajeito seu cobertor, o coração apertadíssimo. Apesar de toda sua petulância adolescente, ela ainda é minha bebê, e neste momento, com o rosto livre de maquiagem, seu corpo magro diminuído em comparação com a pilha de travesseiros e cobertas, ela não parece muito mais velha que Tolly.

Quando me viro para sair, o celular na mesa de cabeceira se ilumina com uma mensagem de texto de Taylor, e a leio sem querer.

Vc precisa arrumar to desesperada.

Tenho um vislumbre de preocupação maternal. Do que essa menina pode estar precisando que seja tão urgente assim?

Antes que eu consiga pensar direito, meu celular trila com uma mensagem de Luke. Alguma ideia do que houve com o papai?

Ponho um marcador mental na mensagem de Taylor, e respondo ao meu irmão enquanto desço as escadas. Algum problema? Mamãe não me disse nada.

Ela disse que ele teve um episódio estranho.

Dou um suspiro mental. Estou indo para lá agora. Mantenho você informado.

👍

Típico de mamãe, penso aborrecida, enquanto rumo para o carro. Se papai estivesse mesmo doente, ela teria me contado. Mas não, ela preferiu fazer drama contatando Luke, sabendo que a primeira coisa que ele faria ia ser falar comigo. De algum modo, meu irmão consegue não se deixar manipular pelos joguinhos dela, façanha de que eu nunca fui capaz. Ele puxou ao papai: calado e reservado, geralmente paira abaixo do radar de mamãe, comparecendo – literal e metaforicamente – com a frequência certa para ser deixado em paz no restante do tempo. Percebi que ele usa mais ou menos a mesma política com Min.

Entro na casa dos meus pais.

– Mãe? – grito. – Está por aí?

Meu pai entra devagar na cozinha para me cumprimentar, um exemplar amarrotado do *Telegraph* na mão.

– Oi, bonequinha – ele diz, surpreso. – Não está no trabalho?

– Hoje eu trabalho de casa, pai – digo, dando-lhe um beijo na bochecha. – Tudo bem com você? Mamãe disse que você teve uma espécie de episódio.

– Ah, ela chamou de episódio, é? – papai faz um muxoxo de desdém. – Não conseguiu botar uma banda na festa, como queria, foi por isso.

Eu o escrutino cuidadosamente. Ele parece o mesmo de sempre: alto e magro, desengonçado feito um adolescente, com um halo bravio de pelos brancos em volta das orelhas e um par de óculos meia-lua sem aro eternamente empoleirados na ponta do nariz. Ele é mais de dez anos mais velho do que mamãe, mas há nele um ar travesso e jovial que nem a perda de Nick conseguiu lhe roubar. Sempre pensei nele como alguém sem idade, mas percebo que em abril ele vai completar oitenta anos. É jovem para a idade, mas aos oitenta anos você é indubitavelmente idoso.

– Eu ouvi o que você disse, Brian – diz mamãe, entrando pela porta dos fundos. Ela estava cortando a grama, e seus sapatos estão cobertos de aparas de grama. Não sei como ela tem tanta energia nesse calor. E ainda por cima meus pais têm um cortador de grama antigo, não um desses movido a combustível, que poupam esforço. – Oi, Louise. Bonito vestido. Fica bem em você agora que engordou mais.

– Obrigada, mãe – digo, sem vontade de cair na armadilha de responder.

Ela faz um carinho no cabelo do meu pai para ajeitá-lo.

– Honestamente, Brian, olha só para você. Mais parece que passou pela cerca viva.

– Cochilei na poltrona – diz papai, sem se deixar abalar.

– No meio da tarde?

– Churchill dizia que sonecas eram muito revigorantes – diz ele sereno, abrindo e ajeitando as páginas do jornal e voltando a dobrá-lo enquanto retorna ao escritório.

– Churchill tinha um país para governar e uma guerra para ganhar – diz mamãe para ele enquanto ele bate em retirada. – Bem, Louise, já que está aqui, talvez possa me ajudar com as cenouras – acrescenta ela, me entregando o descascador. – Mais tarde vêm o Luke e a Min com os meninos. Uma ajudinha seria ótimo.

Abro a gaveta das verduras e pego as cenouras.

– Luke disse que você contou a ele que papai teve um episódio – digo.

– A cada dia que passa, ele fica mais velho. Passa as cenouras na água fria, Louise.

– Mas ele está bem?

– Ultimamente tem andado meio esquecido, só isso. Outro dia deixou uns ovos cozinharem até a água secar, e não para de dar comida para a cachorra. Ela ganhou café da manhã quatro vezes ontem. Deve ter achado que era Natal.

Quero dizer a ela que, se precisar que eu venha mais vezes, é só pedir; não precisa fabricar crise nenhuma. Mas mamãe não funciona assim. Ela nunca pediu ajuda abertamente, nem mesmo nos dias seguintes à morte de Nicky. Ela prefere encontrar nossos pontos fracos e fazer pressão neles para andarmos na linha sem ela ter que fazer nenhum esforço aparente.

Eu lhe passo uma cenoura descascada e ela a fatia com destreza, depois a raspa da tábua direto para uma panela.

– Min me disse que você voltou para sua casa no fim de semana – diz ela. – Quer saber? Você lidou mal com isso.

Eu me detenho com uma cenoura descascada pela metade na mão:

– Eu lidei mal com o quê?

– Entendi a sua jogada em se mudar para a casa da Caz – diz ela. – Sei que ela deve ter ficado possessa. Mas você precisa ter mais cuidado. Você deu a ela uma reclamação legítima para levar a Andrew, o que não foi lá muito inteligente.

– A ideia foi dele – protesto. – Você acha que eu *queria* ficar na casa deles?

Ela põe a faca de lado e olha nos meus olhos:

– Ora, claro que queria.

– Não, eu...

– Louise, eu conversei com Gary Donahue.

Isso faz com que eu me cale.

– Ele disse que o estrago na cozinha não estava nem perto de ser tão ruim quanto parecia. Ele consertou o teto e tapou o buraco na parede no primeiro dia. A casa está perfeitamente habitável já faz duas semanas. E ele disse que te falou isso. – Ela se volta para as cenouras, tornando a fatiá-las. – Não é saudável o que você está fazendo. Você precisa se distanciar um pouco do Andrew.

Mamãe domina a arte de ser passivo-agressiva. Geralmente, eu só ignoro, mas a injustiça descarada dessa afirmativa é demais para mim.

– *Você* o convidou para sua festa de bodas – digo, brava. – Ainda que eu tenha te pedido para não fazer isso. E o jantar, no dia da peça da Bella? Eu não tinha a menor intenção de participar dele até você se intrometer!

– Isso eu fiz pela minha neta – diz mamãe. – Pensei que seria bom para ela estar com os pais na sua grande noite.

– E *foi*. Mas...

– Gosto do Andrew, mas, apesar do que você pensa, eu não quero nem preciso que vocês voltem a ficar juntos – diz mamãe. – Se é isso que você quer, eu vou fazer de tudo para ajudar, mas a única coisa que eu quero mesmo é que você esteja feliz. – Ela faz uma pausa. – Preciso que você seja feliz, Louise.

Ela me ama, disso eu sei. Desde que perdemos Nicky, ela vem investindo tudo na minha felicidade e na do Luke. Mas ela venera o Andrew; faria tudo para voltarmos a ser um casal. Ela vê meu divórcio como seu fracasso pessoal.

– Mãe, já superei o Andrew há muito, muito tempo – digo com calma. – Nós não vamos reatar nunca, e estou feliz com isso. Ele é o pai de Bella e de Tolly, e nada mais.

– Não te julgo, Louise – diz ela, lavando as mãos. – Não ligo se você mentir para mim, mas não minta para você.

Não é que eu esteja mentindo exatamente. Mas se você vive repetindo a mesma coisa para si mesma, você começa a acreditar.

Duas semanas antes da festa

23
Caz

AJ já está me esperando à mesa quando chego à cantina mexicana, com um drinque de gosto duvidoso adornado com guarda-chuvinhas e cerejas glaceadas à sua frente. Quando AJ assumiu sua orientação sexual numa festa de Natal há quatro anos, um total de zero pessoas se surpreendeu.

— Desculpe o atraso — digo, ocupando o assento em frente a ele, junto à divisória da cabine. — Fiquei presa numa reunião com o Nolan. Que diabos de drinque é esse?

— Sex in the Woods. É que nem o Sex on the...

— Deixa pra lá. Não quero nem saber. — Eu me viro para a garçonete. — Quero um diferente do dele. Martíni com vodca, puro, gelado, duas azeitonas.

— Muito legal da sua parte topar — diz AJ, girando nervoso o guarda-chuvinha do seu coquetel. — Minha mãe sempre quis te conhecer. Juro que ela não vai ficar muito. Ela precisa voltar para Crawley no trem que sai depois do almoço.

A garçonete volta com minha bebida. Tiro as azeitonas do palito plástico, jogando-as dentro do martíni.

— Tudo bem. Estou animada para conhecê-la.

Não costumo ser a pessoa que os outros levam em casa, mas suspeito que AJ não tenha muitos amigos que ele se sinta à vontade em apresentar para a mãe. Para ser sincera, não creio que ele tenha muitos amigos e ponto. A Whitefish é a vida dele. Ele é sempre o primeiro a chegar e o último a sair, e talvez seja esse um dos motivos por que muitos dos seus relacionamentos não duram. Ele começou a trabalhar na sala de correspondência, recém-formado, muita competência e determinação. Sua transferência temporária para o cargo de meu assistente é sua grande chance de brilhar. Se ele mandar bem, vai se tornar permanente.

Reconheço a sra. James assim que ela entra no restaurante. Ela é exatamente igual a AJ, até mesmo no esmalte rosa que o filho também está usando.

– Você deve ser a Caz! – exclama ela, jogando os braços ao redor do meu pescoço, momento em que tento sem sucesso me levantar, envergonhada. – AJ vive falando de você! Você não me disse que ela era tão bonita – acrescenta, olhando maliciosa para o filho. – Agora entendi essas horas extras todas.

– Um prazer conhecê-la, sra. James...

– Por favor, me chame de Annie. Todo mundo me chama assim.

Ela entra ao lado de AJ na cabine:

– E aí? Meu garoto tem trabalhado muito? – pergunta ela. – Tem dado conta do recado?

– Sem ele, eu estaria perdida – digo, sinceramente.

Ela aperta o braço do filho:

– Tem muitos homens piores por aí. Ele cozinha tão bem – acrescenta ela. – E aprendeu sozinho. Na verdade, teve que aprender, eu não sei cozinhar nem ovo.

Por um momento me pergunto se a pobre coitada estará pensando que eu estou me candidatando ao papel de sua nora, mas então ela me pisca o olho, e percebo que está brincando.

Fico ouvindo ela e AJ conversarem à vontade daquele jeito íntimo como já vi em outras famílias, mas nunca na minha. Mesmo antes do acidente da minha mãe, nunca tivemos uma relação assim. Quando ela não estava bêbada, estava encolhida de camisola no sofá, chorando. Sempre morri de vergonha dela, tanto que eu nunca trazia ninguém além de Angie para casa, e nunca aceitava o convite de ninguém para ir a sua casa porque depois não poderia retribuí-lo. A mãe de Angie emigrou para a Espanha com o segundo marido quando a filha ainda era criança, deixando Angie para trás com o pai, então também nunca íamos à casa dela. É uma das coisas que sempre invejei em Louise: seu relacionamento com a mãe.

A mãe de AJ extrai de mim a promessa de ir visitá-la em Crawley e parte para pegar o trem enquanto meu telefone zumbe com uma mensagem de Patrick: Volte para o escritório imediatamente.

– Putz – digo. – Patrick precisa de mim no escritório. Você paga a conta e me encontra lá, AJ? Depois eu acerto com você.

O restaurante fica a cinco minutos do escritório a pé. Vou andando, o estômago embrulhado. Estou com um mau pressentimento. Não sei o que está havendo, mas Patrick não costuma ser tão curto e grosso. Tomara que não tenha tido nenhum problema com a Univest. Louise está doidinha pra me ferrar. Talvez tenha sido má ideia pôr pilha em Andy para rever a pensão, mas aquela mulher tem feito e conseguido tudo o que quer há muito tempo. Vê-la com a própria mesa a dois metros da minha foi a gota d'água. Desde que Celia me convidou para suas bodas de ouro, Louise só quer ver minha caveira. Não importa o que eu faça, ela só me ataca mais. Preciso achar um jeito de acabar com essa história de uma vez por todas.

Assim que saio do elevador, vejo Louise conversando com Franco, um dos meus clientes, do outro lado do escritório. Ela olha para o meu lado e me vê, e em seguida o próprio Franco faz o mesmo, com expressão descontente. Momentos depois, Patrick sai do escritório e me convoca com um gesto para reunir-me a eles na sala de conferência. Ele não parece estar de bom humor.

– O que diabos está acontecendo? – murmuro para a sala inteira. Ninguém me olha no olho. Vem algo ruim por aí, pressinto.

Ninguém nem me cumprimenta quando entro na sala de conferências. Sento o mais longe de Louise que consigo no espaço exíguo, meu estômago destilando ansiedade. Não tenho ideia do que vem por aí, mas bom não vai ser.

O diretor de criação, Nolan Casey, e Finn Redford, diretor de arte, entram na reunião com cara de medo. Visivelmente nenhum deles tem a menor ideia do que está se passando. Vejo AJ atravessando o escritório para chegar a sua mesa, e aceno para ele vir para a reunião também, mas Patrick fecha a porta da nossa sala na cara dele.

A expressão de Patrick é de frieza ao me encarar. Ele abre o laptop na mesa de conferências de vidro, e o gira na minha direção sem uma palavra.

Olho boquiaberta para a tela, sem acreditar:

– Como é que é?

– Você percebeu, então, o que isso quer dizer? – quer saber Franco imediatamente. Um pequeno músculo lateja ao lado de sua mandíbula. – A reação adversa já começou no Twitter. Contratamos uma assessoria de gestão de crise, mas vamos gastar uma fortuna. Vai levar anos para reerguer a nossa marca.

– Não entendi – exclamo. – Não era para isso ter ido...

– Infelizmente vou ter que trocar de agência, Patrick – interrompe Franco. – Mesmo que eu quisesse continuar com vocês, o conselho não ia permitir depois de uma dessas.

– Franco, eu lamento muitíssimo – diz Patrick. – É claro que vamos fazer todo o possível para facilitar a transição ao máximo. – Seus olhos parecem duas pedras mirando em mim. – Queria saber é como uma merda dessas vem à luz. *Alguém* tem que ter autorizado essa modificação e supervisionado a mudança.

Contemplo novamente a imagem no computador. Não posso culpar Franco por nos deixar. Isso vai ter repercussões enormes. Nossos outros clientes vão ficar preocupados, e com todo o direito; se isso não for trabalhado como se deve, pode destruir nossa agência.

– Patrick, não sei quem poderia ter feito uma coisa dessas – digo, impotente. – A gente cancelou isso. Não deveria ter ido a público.

– Como assim, você cancelou? – aparta Louise.

– Louise, sem querer ser indelicada, mas essa conta não tem nada a ver com você – digo, irritada. – Para ser sincera, nem sei bem o porquê da sua presença nesta sala.

– Conforme eu disse a Patrick e a Franco – diz Louise, sem tirar o olhar do meu rosto –, eu estava no escritório quando a mudança foi aprovada por telefone. Eu ouvi quem a aprovou. Foi *você*.

NOLAN CASEY

PARTE 1 DO DEPOIMENTO GRAVADO

Data: 28/07/2020

Duração: 32 minutos

Local: Agência de publicidade Whitefish, King's Road, Londres

Realizado por agentes de polícia de Devon & Cornwall

(cont.)

POLÍCIA Então, a modificação não partiu de você, mesmo sendo o diretor de criação?

NC Claro que não. AJ nos disse para cancelar, então eu conversei com a equipe e aquilo foi para o lixo.

POLÍCIA Mas o anúncio saiu assim mesmo?

NC Não sei como… Conversei com Bette e ela falou que tinha sido cancelado. Ela era a criativa encarregada da conta da Vine. Ela viu, quer dizer, quando Caz chamou nossa atenção para aquilo, todos nós concordamos. Aquele logotipo amarelo nos pijamas listrados? A gente ia ser totalmente… Bem, você viu o que aconteceu.

POLÍCIA Então a campanha foi oficialmente abolida?

NC Sim. A gente estava trabalhando num ângulo totalmente novo. Finn teve uma sacada genial. Tipo, ela ia fazer…

POLÍCIA Desculpe interrompê-lo, sr. Casey. Mas preciso deixar as coisas bem claras. Como a campanha foi parar no prelo se tinha sido abolida?

NC Não "foi parar" no prelo. Veja bem, existe um processo. Sai uma prova, o texto tem que ser aprovado; você precisa contratar o espaço publicitário, a coisa toda. Não é algo como apertar um botão e em seguida o anúncio aparece em toda a linha de ônibus 44.

POLÍCIA	Então o que foi que aconteceu?
NC	Bem, alguém deve ter autorizado a modificação.
POLÍCIA	Quem teria a autoridade para isso?
NC	Só a Caz ou o Patrick. Mas obviamente Patrick não fez isso, e Caz diz que não fez, então…
POLÍCIA	Você acredita nela?
NC	[Inaudível.]
POLÍCIA	Para efeito da gravação, o sr. Casey encolheu os ombros.
NC	Caz *diz* que não foi ela. Ela ficou, bem, ela ficou muito… Ela acusou Louise de ter feito isso.
POLÍCIA	O que a fez pensar assim?
NC	Bem, uma não vai muito com a cara da outra.
POLÍCIA	Segundo o sr. Thatcher, elas tinham uma relação cordial.
NC	[Inaudível.]
POLÍCIA	Como é?
NC	Patrick vê o que quer ver.
POLÍCIA	Você discorda?
NC	Foi tudo muito esquisito. No primeiro dia em que ela veio, ela e Caz se estranharam na varanda. Todo mundo na agência viu.
POLÍCIA	Seria possível Caz ter cometido o erro, pura e simplesmente, e autorizado a modificação, afinal de contas?
NC	[Pausa.] Possível, é.
POLÍCIA	Mas você acha que não?
NC	Caz não comete erros desse nível. Ela pode ser um pouco difícil de conviver no trabalho, mas é superorganizada. Estava rolando uma verdadeira guerra entre ela e Louise. Caz começou a falar de uma espécie de conspiração de Louise e de Tina contra ela. Ela praticamente surtou.
POLÍCIA	Como assim, surtou?
NC	Caz começou a berrar com Louise, alegando que Louise teria se passado por ela para autorizar a mudança no

	anúncio. Foi um verdadeiro piti; o escritório inteiro ouviu. No fim, Patrick chegou e a mandou para casa.
POLÍCIA	O sr. Thatcher achou que a culpa foi de Caz?
NC	Foi tudo uma lavação de roupa suja em público do começo ao fim. A Vine teve que pedir desculpas publicamente, deixaram de ser nossos clientes, e várias outras empresas ameaçaram fazer o mesmo. A Whitefish é uma agência pequena — não temos estrutura para aguentar uma cagada desse tamanho. Patrick estava fulo da vida com Caz. Ele quase a demitiu, porém ninguém tinha como provar o que de fato havia acontecido.
POLÍCIA	Quando foi isso?
NC	Faz algumas semanas? Tipo, duas?
POLÍCIA	Então, um momento, Perry, você me arruma o… obrigado. Isso seria, hã, uns dez dias antes do incidente em frente à casa da família Page em que a polícia foi chamada?
NC	Sim, por aí. Sim.
POLÍCIA	Pode-se dizer que foi esse o motivo da tal discussão acalorada?
NC	A briga na casa de Caz?
POLÍCIA	Sim.
NC	Ah, isso não foi por causa da campanha da Vine. Foi por algo *muito pior*.

24
Louise

A cada quilômetro que o trem se afasta de Londres, me sinto mais segura. Eu me arrependi de ter aceitado o emprego na Whitefish. Min me avisou e eu não dei ouvidos. Ela não estava preocupada com o que Caz iria fazer; ela estava preocupada com o que o emprego ia fazer comigo. E ela tinha razão: me bater contra Caz no mano a mano despertou certas forças das trevas em mim que pensei que já havia controlado há anos. Deixei a vendeta renascer, retaliando sempre que ela atacava, sendo que deveria era ter ignorado. Mas ainda não é tarde demais. Não posso desfazer as mágoas passadas, mas amanhã mesmo vou ligar para Chris e dizer que não posso mais trabalhar na Whitefish. Talvez eu tenha que apertar um pouco mais o cinto até conseguir outros trabalhos como autônoma, mas é melhor do que viver nessa guerra permanente.

Até eu me assustei com a violência do rompante de Caz hoje à tarde. Nunca vi ninguém tão alterada. Sempre soube do que ela é capaz, mas é a primeira vez que a vejo perder o controle em público assim. E a julgar pela reação horrorizada de Patrick, também foi a primeira vez que ele testemunhou esse lado dela.

Pelo menos ele não pensa que eu colocaria em risco o ganha-pão de centenas de pessoas por conta de uma briga boba com a nova esposa do meu ex-marido. Eu detestaria perder sua opinião favorável sobre mim, especialmente agora que vou precisar de referências.

Quando por fim chego em casa, passa das sete. Minha mãe pegou as crianças na escola para mim e deixou Bella de babá. Descalço os sapatos e sento na sala de estar. Tolly dorme profundamente no sofá, as bordas de pizza em um prato próximo me assegurando de que pelo menos comeram alguma coisa. Eu o acordo com delicadeza e o pego no colo.

– Você deveria estar na cama faz uma hora – sussurro.

– Você disse que eu podia ficar acordado até você voltar para casa – murmura ele.

Eu dou um suspiro:

– Sim, disse. Certo, menino, vamos para cima – acrescento. – A Bella deu comida pro Bagpuss?

Ele esfrega os olhinhos, sonolento demais para responder. Eu o ponho no chão e pego a caixa de ração seca de seu abrigo temporário, o banheiro do andar de baixo. Encho a tigela do gato. Mal posso esperar a cozinha estar pronta para podermos voltar a viver que nem gente.

– Você viu o Bagpuss? – pergunto a Tolly quando o gato não aparece. Ainda que esteja cheio de artrite, ele costuma se materializar assim que ouve o barulho da ração batendo na tigela.

Desperto de vez, Tolly começa a se rastejar pela sala de estar, espiando sob o sofá e atrás das portas, chamando o gato pelo nome.

– Dê uma olhada se ele não ficou preso em um quarto ou no armário – digo a ele, quando Bagpuss continua desaparecido. – Outro dia ele ficou no armário de roupa limpa a noite inteira...

Sou interrompida por um grito arrepiante do andar de cima.

– Mããããe!

Imagino ossos quebrados e tornozelos torcidos instantaneamente em minha cabeça de mãe. Começo a subir as escadas correndo, o coração martelando no peito, e encontro Bella descendo, o gato junto a seu peito.

O medo deixa meu tom mais alto:

– Você se machucou?

– O *Bagpuss*!

O pobre gato está respirando com dificuldade. Seus olhos reviram nas órbitas numa expressão enjoada, e, de repente, ele começa a ter uma convulsão, seu corpo ficando rígido nos braços de Bella. Não tenho a menor ideia do que ele tem, ou de como ajudá-lo.

– Vamos para o veterinário – digo com urgência na voz. – Todos para o carro, já.

Nem preciso falar duas vezes. O veterinário fica a apenas alguns quilômetros, nas imediações de Pulborough; fica aberto até as oito da noite, e se corrermos podemos chegar lá em menos de dez minutos. Nos enfiamos no carro, Bella no assento da frente com o gato nos braços. Eu só percebo que ainda estou descalça quando acelero para entrar na estrada principal.

– Mais rápido, mãe! – grita Bella, enquanto percorro a estrada cheia de curvas o mais rápido a que me atrevo.

– Estou indo o mais rápido que posso – digo, impotente. – Não vai fazer bem para o Bagpuss batermos de frente com um caminhão.

– O que é que ele tem? – pergunta Tolly.

– Não sei, meu amor. Ele é bem velhinho. Talvez esteja tendo uma convulsão ou um infarto.

– Não é infarto – diz Bella, com voz embargada. – Foi veneno. Ele está que nem os ratos do celeiro depois que meu pai botou aquele remédio.

A respiração de Bagpuss começou a ficar curta e ofegante, e percebo que não temos muito tempo. De repente, ele começa a vomitar e, com uma calma surpreendente, Bella pega uma velha toalha que guardamos lá atrás para o caso de algo derramar, e limpa a sujeira, enquanto fala baixinho com o gato para tranquilizá-lo.

Vislumbro algo verde-claro na toalha quando ela limpa a boca do gato, e meu coração se aperta. Ele deve ter comido beladona ou alguma outra planta ou flor tóxica. Ele já não enxerga tão bem, e se o faro dele estiver em declínio, obviamente corre o risco de comer alguma coisa venenosa por engano. Eu não devia tê-lo deixado sair. Meu pobre Bagpuss, meu amorzinho. Se acontecer algo com ele, vamos ficar de coração partido, todos nós. Estamos com ele desde que Bella era bebê; perdê-lo agora, e desse jeito, seria devastador.

Freio cantando pneu ao lado da clínica veterinária, e Bella sai correndo para a porta com Bagpuss enquanto solto Tolly da cadeira e saio com ele do carro. Tamzin Kennedy é nossa veterinária há anos; ela conhece Bagpuss desde que ele era filhote. Parece abalada ao vê-lo daquele jeito:

– Há quanto tempo ele está inconsciente? – pergunta ela, retirando-o delicadamente dos braços de Bella para colocá-lo na mesa de exame.

– Acabei de chegar do trabalho há uns quinze, vinte minutos – respondo. – Bella o encontrou assim no banheiro de cima poucos minutos depois.

– Ele vomitou um negócio verde-claro – diz Bella, lacrimejante. Ela mostra a Tamzin a velha toalha coberta de vômito de gato, e fico impressionada por ela ter lembrado de trazê-la. – Tem um cheiro estranho. Meio doce.

Tamzin o cheira.

– Anticongelante – diz ela, melancolicamente. – Reconheço isso em qualquer lugar.

– *Anticongelante*?

– Não serve só para evitar congelamento do motor – diz Tamzin, abrindo um pacote esterilizado com agulha e seringa. – Também é usado em fluido de freios hidráulicos. Geralmente os gatos entram em contato com isso quando respinga do motor de um carro e fica no chão. O sabor inicial é doce, e quando bate o retrogosto ruim, já é tarde. Nem precisa muito para deixá-los muito doentes.

– Ele vai morrer? – pergunta Tolly, os olhos arregalados de medo.

– Se eu puder evitar, não vai, não, querido. Jamie! – grita ela pelo jovem assistente veterinário nos fundos da clínica. – Preciso que você vá comprar vodca na lojinha de bebidas aqui da rua. O mais rápido possível. Quanto mais cara, melhor. Pega dinheiro da caixa de trocados. Corre!

– Vodca? – exclamo.

– Um truque que aprendi quando trabalhava na Austrália. Se pusermos álcool puro no sangue dele, ele vai metabolizar isso em vez do anticongelante, e a vodca é a forma mais pura de álcool que temos à mão agora.

– Não vai deixá-lo enjoado? – pergunta Bella, apreensiva.

– Vai deixá-lo com um pouco de ressaca, talvez, mas só isso mesmo – diz Tamzin. – Se o corpo dele estiver metabolizando a vodca, vai dar mais tempo para o anticongelante ser processado de um modo menos tóxico. Dá um descanso para os rins e o fígado.

Eu franzo a testa, estranhando:

– Não entendo como ele pode ter tido contato com anticongelante. Sempre estaciono na garagem, então mesmo que o carro estivesse vazando, o Bagpuss não poderia ter lambido nada no chão.

– Pode ter sido alguma outra coisa em que você nem pensaria – diz Tamzin, acariciando suavemente a cabeça de Bagpuss. – Muitos globos de neve usam. Algo assim pode ter quebrado, e aí ele lambeu. Tem um motivo para o gato ter sete vidas. Eles precisam de todas elas.

– Ou então alguém fez de propósito – intervém Bella.

– Quem faria uma coisa dessas?

Tamzin dá um suspiro:

– Sempre leio relatos assim por aí. Tem gente muito doente da cabeça.

– É aquele fazendeiro maluco – diz Bella. – Aquele que quer que você venda o picadeiro. É bem o estilo dele fazer isso.

Jamie retorna, ofegante:

– A mais pura vodca russa – diz ele, brandindo a garrafa. – Será que vai servir?

– Tomara – diz Tamzin.

Nós nos amontoamos ansiosos ao redor enquanto ela dilui a vodca, e instala uma agulha intravenosa em Bagpuss. Os olhos dele se reabrem por um momento e ele nos olha com súbita lucidez. Vejo seu cansaço e sua dor, e sinto um lampejo de culpa por talvez estarmos colocando nossos sentimentos antes dos dele.

– Isso é justo com ele? – murmuro baixo para Tamzin.

– Dei analgésico para ele – diz ela. – Prometo que não vou deixá-lo sofrer.

Tolly deita a cabeça ao lado de Bagpuss, na mesa, fazendo um carinho suave em suas orelhas, e meu coração se retorce de angústia.

– Ele vai ficar bom agora?

– Infelizmente só nos resta esperar – diz a veterinária, bagunçando o cabelo de Tolly afetuosamente. – Todos vocês fizeram o possível me trazendo ele assim tão rápido. E muito bem, Bella, por ter trazido a toalha. Vamos fazer exame de sangue nele, mas tenho quase certeza de que é envenenamento por etilenoglicol: anticongelante.

Faço força para não chorar vendo meus dois filhos abraçarem seu gatinho querido. Apesar do grande esforço de Tamzin, sei que suas chances de sobreviver são pequenas.

Não consigo pôr na cabeça como alguém deliberadamente infligiria tal sofrimento a um animal inocente. Mas se algum doente está envenenando gatos com anticongelante por aí, de propósito, por que diabos ele se daria ao enorme trabalho de vir até aqui? Moramos no fim de uma alameda remota; o único por perto é o Gavin, o fazendeiro aqui em frente, e não acredito que nem mesmo ele seria maldoso a ponto de matar nosso gato. Não faz sentido algum.

E de repente me lembro do brinco cor de topázio que ficou na minha saboneteira, lá em casa.

ELISE MAHONEY

PARTE 1 DO DEPOIMENTO GRAVADO

Data: 29/07/2020

Duração: 36 minutos

Local: 17 Felden Road, Londres SW6

Realizado por agentes de polícia de Devon & Cornwall

(cont.)

POLÍCIA   Então você é vizinha, pulando uma porta, do sr. e da sra. Page, correto?

EM   Será que eu devia ter falado alguma coisa antes? Devia, não devia? É que… eu não queria prejudicar ninguém.

POLÍCIA   Não se preocupe, sra. Mahoney, está tudo bem. Nós…

EM   É que foi uma coisa horrível. Não acreditamos quando vimos o noticiário. Ele era um homem tão bom, sempre parava para cumprimentar na rua. Hoje em dia as pessoas não fazem isso, não é? Em Londres, pelo menos, não. Todo mundo vive na correria. Mas o sr. Page sempre parava e conversava.

POLÍCIA   Você não tinha como prever o que ia acontecer, sra. Mahoney.

EM   Foi a mulher? Sempre ou é o marido ou a mulher, não é?

POLÍCIA   Talvez a gente pudesse começar pelo…

EM   Coitadas daquelas crianças, perdendo o pai desse jeito. Que tristeza.

POLÍCIA   Sra. Mahoney, se pudermos repassar o que aconteceu na noite de 10 de julho. Você estava em casa, aqui, com seu marido?

EM   Dez de julho?

POLÍCIA   A noite da discussão.

EM   Ah, me perdoe. Minha memória com data é terrível. Mas sou ótima com números. Se você me perguntar um telefone, sei te dizer. Sou as Páginas Amarelas em forma de mulher, diz o Ernie. Ele nunca precisa entrar naquele raio de Google, só vem e me pergunta: Elise, sabe o número do dentista? E eu pam!, saio dizendo. Mas...

POLÍCIA   Perdoe a interrupção, sra. Mahoney. Só quero esclarecer, você disse a um dos meus agentes pelo telefone que estava em casa nessa noite com seu marido, e que você presenciou a discussão entre Caroline Page e Louise Page?

EM   Sei que não faz muita diferença, mas pensei que deveria informar vocês quando ouvi o que tinha acontecido com o sr. Page.

POLÍCIA   Não, estou muito contente que você tenha ligado para cá; nos ajuda a completar o quebra-cabeça do que aconteceu nos dias anteriores. Você lembra que horas eram quando ouviu a gritaria?

EM   Bem, tínhamos acabado de desligar a TV, senão talvez nem teríamos ouvido nada. Costumávamos ficar acordados até o Jornal das Dez, até começarem a trocar de horário toda hora. A gente chegava a acertar o relógio pelo Jornal das Dez. Com Alastair Burnet e Sandy Gall. Você deve ser muito novo para se lembrar deles, não é?

POLÍCIA   Infelizmente sim.

EM   E com Trevor McDonald. Nós gostávamos dele. Tão estudado.

POLÍCIA   Então foi depois do Jornal das Dez? Cerca de dez e meia da noite, então?

EM   Ah, não. A gente não assiste mais, como te falei, eles não param de trocar o horário. Jornal das dez e meia, jornal das nove horas, jornal das onze da noite. Pra lá e pra cá. A gente até começou a chamar de Jornal *Talvez*. Experimentamos assistir ao jornal da BBC, mas é demais para nós, um bando de notícia ruim antes de ir para a cama. Ernie acaba tendo pesadelos. Então a gente parou.

POLÍCIA   Parou de quê?

EM	De assistir ao jornal.
POLÍCIA	Entendi. Me desculpe, fiquei meio perdido agora.
EM	Ah, sim, desculpe. Bem que o Ernie diz que eu me perco nas histórias. Geralmente a gente vai, é isso que você quer saber, vai para a cama umas onze da noite, eu diria. Se vou mais cedo que isso, não consigo dormir.
POLÍCIA	E foi aí que você ouviu os gritos?
EM	Foi mais a outra mulher, a primeira esposa do sr. Page. Louise, não é? Já a vi algumas vezes antes, deixando os filhos. Ela estava gritando de tremer as paredes. Mas então a sra. Page, digo a sra. Page mais nova, também se enfezou, compreensível até, e começou a responder gritando. As duas estavam com a corda toda. Não sabíamos o que fazer. Ernie disse: ela está sozinha, devíamos ir até lá… digo a sra. Page mais nova. Mas não queríamos nos intrometer, sabe? E aí a outra começou a dizer umas coisas horríveis, e fez ameaças.
POLÍCIA	Que tipo de ameaças?
EM	[Pausa.] Sabe, foi mesmo tudo um horror.
POLÍCIA	Entendo que isso tudo a deixe abalada, sra. Mahoney, mas tudo o que você puder nos contar ajuda.
EM	Bem, tínhamos acabado de sair de casa, apenas, sabe, para ver se podíamos ajudar em alguma coisa. E vimos a sra. Page, Louise Page, tirar uma coisa do carro…
POLÍCIA	Você viu o que era?
EM	Não, estava embrulhado num desses sacos de lixo pretos. Ela enfiou o saco na mão da sra. Page mais nova, bem na cara dela. E aí ela falou: vamos ver se você gosta quando é com seu ente querido.
POLÍCIA	"Vamos ver se você gosta quando é com seu ente querido?" Foi isso que ela disse?
EM	Sim, algo do gênero, estou parafraseando. E foi aí que a sra. Page mais nova correu para dentro do prédio, e pouco depois chegou a polícia.
POLÍCIA	Temos um boletim do incidente com Caroline Page, mas ela não mencionou nenhuma ameaça específica.

EM	Ela ficou muito abalada. Talvez não se lembrasse direito. Na minha cabeça, ficou. Foi uma coisa horrível o que a outra disse. Ernie e eu perdemos nosso filho há catorze anos, num acidente de motocicleta. Eu não desejo isso para ninguém, nem ao meu pior inimigo, perder um ente querido assim.
POLÍCIA	Lamento pela sua perda.
EM	Obrigada.
POLÍCIA	[Pausa.] Então você interpretou como ameaça, portanto, essa fala da Louise Page?
EM	Bem, na hora não achei que ela ia chegar a *fazer* nada de fato. Mas depois mataram o pobre sr. Page, e fiquei pensando: aquilo se realizou. Aquela menina linda perdeu um ente querido, não perdeu?

25
Caz

Apoio as costas na porta de casa, como se ela fosse ser destroçada a qualquer momento. Eu a fechei bem no último segundo; mais um, e Louise teria entrado aqui em casa.

O pânico me invade enquanto passo a correntinha na porta, trêmula, com um arrepio na espinha. Eu a estou achando perfeitamente capaz de me enfiar uma faca nas costas. Nunca a vi desse jeito antes. Ela mais parece possuída. Conheço o histórico dela, sei do que ela é capaz, mas até este momento, nunca compreendi isso de verdade.

A portinhola de correspondência se entreabre, e vejo a ponta dos dedos dela tateando o ar.

— Piranha assassina! — berra Louise. — Volta aqui, vem me encarar!

Pego o celular no bolso de trás. A polícia deve chegar a qualquer momento, mas estou com medo de ela conseguir entrar na casa antes. Louise sabia que Andy não estaria em casa, é claro; hoje em dia ele apresenta o boletim do fim de noite, e não sai do ar antes das onze.

— Vai pra casa, Louise — digo, trêmula. — Não fiz nada com seu gato. Nem passei perto!

— Mentira!

— Já chamei a polícia — grito. — Vá para casa, do contrário acabará presa!

— Eu não tô nem aí! — berra ela. — É você quem vai para a cadeia, quando descobrirem o que fez!

De repente Kit aparece no alto da escada, esfregando os olhos de sono.

— Mãe, que barulheira é essa?

– Ssssh, está tudo bem – respondo, me obrigando a dar um sorriso amarelo. – Volte pra caminha, querido. É só gente boba na rua. Mamãe já vai subir para te pôr na cama.

– Posso beber água?

– Eu te levo na cama. Vai lá, pode subir de novo.

De repente param de esmurrar a porta. Corro para a sala de estar e espio pela cortina, tentando ver o que ela está fazendo agora. Não tem jeito de ela entrar pelos fundos da casa; esses imóveis são todos colados uns nos outros, enfileirados. Mas não posso impedi-la de jogar combustível ou outra coisa pela fresta da correspondência. Saio correndo para as escadas e fico lá, sentada alguns degraus acima do primeiro, resguardando meu filho. *Vamos ver se você gosta quando é com seu ente querido.* E se ela tentar machucar o Kit? Sim, ela é louca a esse ponto.

Aperto o nó dos dedos contra a boca para ele não me ouvir chorar. Hoje foi o pior dia de toda a minha vida. Um ultimato de Patrick, a depender de uma investigação sobre o desastre da Vine, e agora isso. Como é que Louise pode achar que eu seria capaz de matar o gato dela só para atingi-la? Sei que ela me odeia, mas que tipo de pessoa ela acha que eu sou?

A casa está tão silenciosa que chega a ser sinistro. Fico tensa, aguardando um som de vidro estilhaçando, Louise invadindo minha casa pela janela. Quanto tempo será que a polícia vai levar para chegar? Parece que faz horas que eu liguei para eles. A gritaria da Louise deve ter acordado a rua toda. Além de mim, mais gente deve ter ligado para a polícia. Não é possível que demorem mais que isso, ou é?

A campainha toca, e minha alma quase pula pra fora do corpo.

– Aqui é a polícia – avisa uma voz de homem. – Tudo bem aí dentro?

Eles dão uma busca cuidadosa pela área depois que conto o que aconteceu. Mas Louise sumiu de vista. O carro dela também desapareceu, e se não fosse pelo saco de lixo vazio que ficou enganchado na grade externa da nossa casa, eu mesma poderia me convencer de que imaginei tudo.

Percebo que os próprios policiais estão com essa mesma desconfiança. São ambos homens, um trintão, outro quarentão, e sei que pensam que tive um mero ataque histérico. Mas ainda vejo Louise enfiando o gato morto na minha mão, com a cabeça do bicho pendendo repugnante para fora do saco de lixo. Ainda ouço o barulho horrível de quando o pacote que ela jogou em cima de mim atingiu a escada. Quando descrevo a cena para eles, sobe um princípio de vômito pela minha garganta.

Eles anotam tudo, mas, mesmo que acreditem em mim, não vão poder fazer nada. Não esperava nada além disso mesmo, mas pelo menos a aparição deles a espantou. E o incidente está registrado. Se ela persistir, dizem os agentes, posso processá-la por perseguição e assédio. Eles não chegam a dizer, mas vejo estampado em suas caras: *Até parece que vai adiantar alguma coisa.*

Ainda estou trêmula quando Andy chega em casa, quase meia-noite, no momento em que a polícia está de saída.

– O que aconteceu aqui? – exclama ele, alarmado em ver os dois policiais. – Algum problema? Kit está bem?

– Tivemos uma denúncia de excesso de ruído – diz o policial mais velho com certa pompa. – Sua esposa ficou muito abalada. Diz ela que sua ex-mulher apareceu aqui na porta com um gato morto.

Para meu pasmo, Andy dá risada:

– É *por isso* que vocês vieram? Pensei que tinha acontecido alguma coisa horrível!

– Andy!

Ele me ignora, falando por cima de mim com os dois agentes.

– Peço mil desculpas. Foi tudo um mal entendido. Já conversei com minha esposa. O gato de estimação da família morreu, e ela ficou muito abalada. Ela o trouxe aqui para eu poder me despedir dele. Creio que Caz entendeu mal a situação e exagerou na reação.

– Sua *ex*-esposa – reajo, sem poder me conter.

Há uma troca de olhares entre os policiais e Andy. Não chegam a revirar os olhos, mas passam perto.

– Você não viu como foi! – protesto. – Ela fez um escândalo, me ameaçou...

A expressão do policial mais velho se altera.

– Como assim, ameaçou a senhora?

– Ela disse: "Vamos ver se você gosta quando é com seu ente querido". Ela disse isso de um *jeito*, Andy, muito mal-intencionado. Fiquei muito assustada. E aí ela atirou o gato morto em cima de mim. Foi horrível!

– Ela estava *abalada* – corta Andy.

– Ela dirigiu cem quilômetros no meio da noite com um gato morto no banco do carona! – exclamo. – Andy, esse comportamento é anormal, não importa o quanto alguém esteja abalado. Ela fez um escândalo na rua durante uma hora, parecia um surto psicótico!

– Olha, desculpem por essa perda de tempo – diz Andy brevemente aos dois homens. – Visivelmente isso faz parte de uma briga doméstica preexistente, e não devíamos nem ter incomodado vocês. Desculpem.

– Não precisa se desculpar – diz o policial mais velho. – Melhor prevenir que remediar.

Eles voltam para a viatura, e chego a ouvir risadas. Acho que nem vão registrar a ocorrência. Mais uma vez, Louise saiu impune.

– Que ideia é *essa* de chamar a polícia? – pergunta Andy, assim que a porta da frente se fecha. – Ela amava aquele gato quase tanto quanto meus filhos. Eu também, aliás. Ela queria que eu pudesse me despedir dele, e você vai e manda a *polícia* para cima dela?

– Você não viu como foi – digo, furiosa. – Ela ficou esmurrando a porta feito doida! Fiquei com medo de verdade, Andy!

Ele se serve de uma generosa dose de uísque do armário da sala de estar.

– Você está fazendo tempestade em copo d'água. O que você acha que ela estava ameaçando fazer? Matar o Kit? *Me* matar?

Quando ele fala assim, parece ridículo. Mas eu vi o rosto dela quando jogou o gato em cima de mim. Não acharia impossível ela fazer qualquer coisa, atacar qualquer pessoa que fosse, só para me atingir.

– Essa rixa entre vocês duas já foi longe demais – diz Andy bruscamente. – Eu não devia ter te deixado me convencer a levá-la à justiça. Vou ligar para o advogado de manhã e dizer para ele retirar o processo. A Lou não fez bem em aceitar o emprego na Whitefish, e eu mesmo disse isso a ela, mas acusá-la de te jogar um gato morto e chamar a *polícia*? – A expressão dele é pétrea e implacável. – Você e Louise precisam dar uma trégua, e desta vez sem subterfúgios.

– Andy...

– Chega, Caz. Meu dia foi difícil. Não quero mais saber dessa história.

Ele se joga no sofá, apoia a cabeça nas almofadas e fecha os olhos, encerrando a conversa. De nada valeria fazê-lo tentar entender. Ele sabe do que Louise é capaz, mas simplesmente se recusa a enxergar.

De repente uma fúria gélida e pétrea me toma de assalto. Ele não passa de um *frouxo*. Sempre achei a personalidade dele tão forte, mas olhando para ele agora, eu reconheço que ele é só um camaleão experiente, refletindo a imagem de quem o vê, perfeitamente adequado à mídia rasa que é a televisão. Ele é todos os homens para todas as pessoas, e nenhuma dessas versões é a verdadeira.

Como posso ter vivido com esse homem mais de quatro anos sem ter percebido isso? Ele deveria estar segurando a barra aqui comigo e me defendendo contra Louise, mas, em vez disso, ele se recusa a tomar partido porque ainda deseja que ela o ame, quer ele a ame ou não. De repente Andy me parece insubstancial, bidimensional, nada mais que um zero à esquerda na batalha entre mim e Louise.

Minha mãe tinha razão; agora ele é quase um detalhe. Goste eu ou não, Louise e eu estamos envolvidas em uma luta de morte, entrelaçadas por algo muito mais profundo do que nossa conexão com Andy. Um verdadeiro duelo, como diria minha mãe. Estou começando a dar razão a ela.

26
Louise

Sou jornalista. Meu trabalho consiste precisamente em ir atrás das pessoas. Observo o prédio de tijolos dilapidado do outro lado da rua pelo meu para-brisa molhado de chuva. A maioria das pessoas não é muito difícil de rastrear, uma vez que você tenha resolvido investigá-las. Hoje em dia, é quase impossível não deixar um rastro virtual a não ser que você se empenhe com afinco para sumir do mapa. E o que você não encontra on-line, é geralmente fácil de desenterrar com alguns telefonemas. Eu nunca ligo para nenhum porta-voz de órgão público ou empresa – sempre são extremamente desconfiados –, mas, se você conversar com os verdadeiros mandachuvas desses lugares, os gerentes, as secretárias, as telefonistas, é impressionante como ser educada dá frutos. Às vezes, preciso exagerar a verdade um pouco, especialmente por omissão; as pessoas presumem coisas, e não me dou ao trabalho de corrigi-las. Mas para encontrar a mãe de Caz, não preciso nem mesmo contar uma mentirinha inofensiva. A chefe da equipe da casa de repouso me dá toda a informação de que preciso por telefone, sem nem sequer perguntar quem eu sou.

Pego minha bolsa no assento do carona e saio do carro. Para mim chega de ficar em casa esperando o próximo ataque de Caz. Se antes eu tivesse respondido à altura, talvez Bagpuss ainda estivesse vivo agora.

Matar um gato não é a vingança de uma mulher com ciúmes. Levar minha filha para pôr piercing na língua, tramar para me demitirem foram atos desagradáveis e vingativos, mas são o tipo de coisa que muitas mulheres fariam, caso provocadas o suficiente. O que Caz fez ao Bagpuss é coisa de psicopata. Meu medo é do seu próximo passo, do que pode fazer a mim ou aos meus filhos.

Preciso saber exatamente com quem estou lidando. Não espero encontrar um crime incontestável, mas sou repórter faz tempo. Eu sei que tem algo mais no histórico de Caz, algo em seu passado que preciso descobrir.

O que mais me assusta é a influência que Caz parece ter sobre Bella. Pensei que minha filha a renegaria depois da morte de Bagpuss, mas ela simplesmente se recusa a acreditar que Caz está por trás de tudo. Talvez eu tenha agido da forma errada ao correr para Londres e tirar satisfações com Caz na semana passada, mas eu estava abalada e aborrecida demais para pensar estrategicamente.

– *É óbvio* que foi ela! – eu gritei, quando Bella *me* chamou de maluca. – Quem mais teria feito isso?

– *Qualquer pessoa* na face da Terra! – gritou Bella. – Aquele fazendeiro pirado, alguma criança, sei lá! Caz não faz o tipo psicopata! Ela jamais faria uma coisa dessas!

Bati com o brinco cor de topázio na mesa da cozinha entre nós duas:

– Foi *você* quem encontrou isso largado na entrada da garagem! – reagi. – Pode me dizer como isso foi parar lá, já que Caz nunca pisou na nossa casa?

– Já falei! A droga do brinco deve ter caído do carro! – exclamou Bella. – Ela passou quatro anos dirigindo ele, não lembra?

A única coisa que me dava alento durante as longas noites de solidão depois que Andy me deixou era saber que eu ainda tinha ficado com sua melhor parte: que Caz podia ter roubado meu marido, mas nunca poderia roubar minha maternidade, meus filhos, de mim. Ouvir minha filha tomar o partido dela contra mim me machuca mais do que qualquer outra coisa – exceto pela morte de Nicky.

A chuva piora no momento em que tranco o carro e atravesso a rua para entrar na casa de repouso. À primeira vista, é fácil presumir que Caz vem de família rica, com sua tez rósea de inglesa e perfeito sotaque da capital. Mas sempre soube que tinha algo de estranho nela: hoje em dia, até os mais jovens membros da realeza não pronunciam os Ts de vez em quando. Andrew obviamente caiu no teatrinho dela. Ele é esnobe até não poder mais: menino de classe operária, ex-morador de um conjunto habitacional do governo em Manchester, ele conquistou o sucesso, mas continua duvidando dele; sempre teve uma queda por meninas finas. O dinheiro da minha família já tinha acabado quando eu nasci, mas meus pais ainda têm um ou outro *réchaud* de prata rolando pela casa, e Andrew costumava se refestelar ao contar que meu padrinho é um baronete. Eu apostaria alto que ele não tem ideia que sua atual sogra mora em uma casa de repouso do governo em Dagenham.

Empurro a porta e entro no vestíbulo, e sou tomada de assalto por um cheiro de instituição: cheiro de caneta marca-texto e repolho cozido. É fim de semana, de forma que não há ninguém na recepção, uma mesa de fórmica vagabunda pontilhada de canecas com café frio pela metade, como se tivesse sido abandonada no meio do turno sem aviso. Me debruço sobre ela, procurando um interfone para chamar alguém. O computador quadradão apertado numa ponta da mesa é uma relíquia do século passado, e uma pilha de fichas pardas e duras de pacientes está largada com descaso a seu lado. O lugar emana uma aura fortíssima de negligência e falta de verba, e nem visitei as dependências ainda. Só Deus sabe como é o resto da instituição se a imagem dela para o mundo é essa.

De repente uma mulher aparece de uma salinha no fundo do vestíbulo, limpando maionese da boca com um guardanapo. Um sanduíche de camarão, a julgar pelos pequenos crustáceos grudados ao volume frontal considerável de seu agasalho azul-claro.

– Posso ajudá-la? – pergunta ela, desconfiada.

– Estou aqui para visitar Ruth Clarke – respondo.

– Amiga ou familiar?

Eu hesito.

– Assunto pessoal – tergiverso.

– Quarto 243 – responde a mulher, já de saco cheio. – Segundo andar. Vai ter que subir de escada, o elevador está quebrado.

A escada cheira a urina e cigarro, e o linóleo laranja vagabundo e dilapidado não é trocado desde que o lugar foi construído, nos anos 1960. Por que diabos Caz largou a mãe num lugar como este? Ela e Andrew têm condições de bancar algo melhor. Estou literalmente *farejando*: aí tem coisa.

A porta do 243 está escancarada, como a de todos os outros quartos por que passei. Os residentes estão sujeitos a tomar banho de esponja e ter o cateter trocado à vista de quem estiver passando no corredor na hora. Bato forte na porta de Ruth Clarke antes de entrar, mas a mulher de cadeira de rodas junto à janela nem mesmo ergue a cabeça.

– Sra. Clarke – digo. – Você se importa se eu entrar?

Por um momento, fico achando que ela nem me ouviu. Então ela olha por cima do ombro ossudo, e, de repente, tenho a visão de um retrato de Caz daqui a trinta anos. A mulher tem os mesmos traços finos e maçãs do rosto pronunciadas, que estruturam uma pele preguada que se acinzentou por falta de sol. Ela tem os mesmos olhos azuis profundos que a filha, mesmo que seu cabelo seja ralo e preso em um coque feioso na base da nuca. Mas ela ainda é linda, a seu modo.

– Quem é você? – pergunta ela.

– Fui casada com o marido da sua filha – respondo sem rodeios.

De repente seu olhar se afila. Ela assente para si mesma algumas vezes, até que de repente vira sua cadeira de rodas para longe da janela.

– O que você quer de mim?

– Queria conversar com você, se tiver um minuto.

– Não é como se eu estivesse com a agenda cheia.

Passo os olhos pelo quarto e me acomodo na única poltrona disponível, em frente a ela. Não há retratos familiares no aposento: nenhuma foto de Ruth segurando Caz bebê no colo, nem de Ruth em seu casamento. O quarto não tem personalidade; é estéril como se ela tivesse se mudado para cá hoje mesmo, mas eu sei que ela está aqui há mais de sete anos. Não é preciso ser psicóloga formada para perceber que deixar sua mãe apodrecendo em um asilo odioso desses não é sinal de um relacionamento saudável.

– E então, o que você quer saber? – pergunta Ruth.

– Tudo – respondo.

27
Caz

Andy se debruça na mesa da cozinha para dar um beijo em Kit, sustentando sua gravata longe para ela não se molhar na tigela de cereal. Procuro não perceber que, se fosse há algumas semanas, ele teria dado a volta no balcão para me beijar também.

– Não se esqueça de que os meninos vão estar aqui no fim de semana – diz ele, se aprumando. – Você precisa tirar aquela tralha toda do quarto da Bella. Não dá pra ficar usando a cama dela de cabide.

Note-se que, até uma semana atrás, aquele cômodo era meu escritório. Mas agora que as crianças vêm a Londres no fim de semana com Andy, ele decretou que Bella precisa do próprio espaço, para poder receber as amigas.

Não é de todo mau. Abdicar do meu escritório me fez ganhar muitos pontos com Bella, o que vai deixar Louise louca da vida.

– Aliás – diz Andy, ao abrir a porta social. – Agora vamos a Devon na semana que vem sexta de manhã, não mais no sábado, então você vai precisar tirar um dia de folga do trabalho. Celia nos convidou para um jantar em família no hotel na sexta à noite, e faz sentido passar o dia lá antes da festa, para não chegarmos esbaforidos.

Vou atrás dele pelo corredor:

– A gente ainda não desistiu de ir a essa festa? – pergunto, incrédula. – Depois do que Louise aprontou?

– É claro que não desistimos – diz ele, abrupto. – Não mudou nada. Não vou estragar o dia especial da Celia só porque você e Louise tiveram um pequeno bate-boca.

— Um *pequeno bate-boca*?

— Caz, sei lá o que está havendo com vocês duas, mas você precisa dar um jeito de resolver. Este fim de semana vai ser uma oportunidade para vocês deixarem isso para trás e fazer as pazes. — Ele confere a gravata no espelho do corredor e a ajeita. — Preciso sair, ou perco o *briefing* da manhã. Depois a gente conversa sobre isso.

— Ela apareceu aqui em casa com um *gato morto*! — exclamo, segurando o braço dele. — Não quero nosso filho nem perto dessa mulher!

Ele se desvencilha de mim:

— Eu vou à festa, e o Kit também. Você que sabe se quiser ficar em casa chateadinha. — A expressão dele se endurece. — E além disso, ele é meu filho também, lembra?

— Andy...

Ele sai. Volto para dentro de casa, meu corpo todo está tremendo. Sinto enjoo e tontura. Não sei o que está acontecendo com a gente. Andy nunca falou comigo como falou agora, me desdenhando como se eu fosse uma qualquer. Nunca o vi me olhar desse jeito distante e inatingível. Em todos esses anos de relacionamento, sempre houve calor e *emoção* entre nós dois, mesmo durante nossas brigas. Mas, nesta última semana, desde que a polícia deu as caras, ele tem estado taciturno, distante, cirurgicamente irado, sua aversão por mim quase indisfarçável. Fico imaginando se ele ficou assim com Louise nos estertores de seu casamento.

Há quatro anos, quando Andy enfim a deixou, pensei que a havia vencido. Mas minha vitória foi de Pirro desde o início. Andy não deixou Louise *por mim*. Eu o ganhei por W.O. Ele surgiu na minha porta, incandescente de raiva, infeliz, não porque ele tivesse por fim descoberto que não podia viver sem mim, mas porque tinha descoberto que Louise o traíra.

Isso sempre foi um câncer no âmago do nosso relacionamento, crescendo lenta, mas constantemente. Ele não me escolheu. *Ele nunca escolhe a mim.*

Vou afundando no primeiro degrau da escada, o mesmo lugar em que me sentei semana passada para proteger nosso filho da loucura de sua ex-mulher, e escondo o rosto nas mãos. A maioria dos casais começa o relacionamento em uma nuvem de intimidade, mas no nosso relacionamento, esse tempo precioso e irrecuperável foi maculado por inúmeras batalhas contra Louise. De algum modo, nós sobrevivemos e passamos a navegar por águas mais tranquilas. Ela nunca saiu de cena, atormentando a minha vida a todo tempo, e Andy e eu muitas vezes discutimos por causa dela, mas ela nunca conseguiu nos fazer brigar desse jeito antes. Há um mês eu não teria achado possível acabarmos assim, mais divididos e amargurados um com o outro do que jamais estivemos. Estamos na corda bamba, à beira de um precipício do qual não sei se vai ter volta.

De algum modo, eu consigo me recobrar e termino de me arrumar para o trabalho. Deixo Kit na creche e rumo para o metrô, pegando um latte para viagem e tentando desanuviar a cabeça para poder me concentrar no meu dia. Patrick estancou a sangria de clientes depois do desastre da Vine, mas estou bem ciente que ainda preciso compensar muito até ele se dar por satisfeito. Não posso errar em nada agora.

Meu telefone apita com uma mensagem de AJ enquanto subo as escadas para a plataforma de Parsons Green. *Patrick quer me ver assim que eu chegar.*

Saio da frente do fluxo de trabalhadores, e deposito meu copo no chão para poder responder a ele. *Ele disse por quê?*

Não. Mas a Sheila vai estar presente.

Merda. Só existe um motivo para Patrick pedir a alguém dos Recursos Humanos para comparecer a uma reunião. Ele quer dar um esporro em AJ, mas tirando o dele da reta, para AJ não poder alegar que sofreu homofobia se a coisa ficar feia. *Sem pânico. Chego aí assim que possível. Me mantenha informada.*

Rogo a Deus para que Patrick não tire AJ da conta da Univest, porque isso me deixaria hiperexposta aos ataques de Tina Murdoch. Mas ele vem castigando todos os envolvidos no imbróglio da Vine, nos tirando de contas prestigiadas e podando nosso orçamento de viagem. AJ é meu assistente *temporário*. Até a Vine, ele estava a caminho de conquistar esse lugar permanentemente, mas Patrick pode perfeitamente devolvê-lo à posição inferior de assistente genérico.

Eu me espremo para entrar no metrô, tentando não derramar meu latte mesmo sendo amassada pelos que vêm atrás. AJ é mais que meu braço direito: ele vê e ouve tudo por mim na Whitefish. Ele é neurótico e ocasionalmente atrapalhado, mas, além disso, é intensamente leal, trabalha muito e tem uma qualidade raríssima: é um fofoqueiro que sabe quando calar a boca. Ficar sem ele na conta da Univest me deixaria com excesso de trabalho, além de politicamente vulnerável. Ele é praticamente a única pessoa na minha vida em quem posso confiar. De várias formas, ele é mais meu amigo do que Andy.

Faço a transferência em Earl's Court, e meu celular se acende com uma torrente de e-mails assim que chego à superfície. Vou passando os olhos pelos títulos enquanto caminho pela plataforma. Quatro mensagens de Tina, alguns e-mails encaminhados com cópia oculta de Patrick e Sheila – um péssimo sinal – e outro de Nolan, além de um lembrete atravessado de Andy para ir buscar Bella e Tolly na estação amanhã. E não são nem oito e meia da manhã.

De repente estaco no meio da plataforma. Louise está ferrando com todos os meus relacionamentos, no trabalho e em casa, mas há somente um deles sobre o qual posso fazer alguma coisa.

Quero fazer as pazes com Andy. Ele vai estar cansado quando chegar em casa hoje, e por ser mais fácil que chegar ao fundo dos nossos verdadeiros problemas, vamos remendar tudo com durex e fingir que nada aconteceu hoje de manhã. Andy não é perfeito, eu sei; ele pode ser narcisista e fútil, perto de Louise ele é um pau mandado, e vive sendo grosso comigo. Mas é o pai de Kit. E além do mais, quando ele é bom, ele é muito, muito bom, ainda que quando seja mau, ele seja péssimo. Eu me recuso a aceitar essa derrota. Sei que consigo nos levar para onde estávamos antes, desde que consiga nos fazer atravessar esse trecho esburacado. Não quero passar outra semana como esta, dormindo ao lado de um desconhecido de pedra que vira as costas para mim antes mesmo de chegarmos à cama. Quero que esses problemas sejam águas passadas, e se isso quer dizer pedir desculpas a Louise, simplesmente vou ter que engolir o sapo.

Enfiando o celular de volta na bolsa, volto ao fluxo de trabalhadores e desço rapidamente os degraus para a Piccadilly Line. Se eu passar na INN agora, consigo falar com ele antes do *briefing* de notícias das dez.

Meia hora depois, estou na recepção da INN. Em quatro anos, estive aqui apenas uma vez; certos jornais deram notas desagradáveis sobre mim quando Andy deixou Louise, que era querida pelos colegas dele na INN, e para mim apenas uma dose da hostilidade deles já foi mais que suficiente. O átrio da recepção é bem iluminado e arejado, fartamente decorado com metal cromado e vidro. Amplas fotografias dos apresentadores da rede, incluindo a de Andy, pendem de fios invisíveis do pé-direito alto, como bandeiras na ONU. Talvez seja melhor eu parar de me esconder e marcar mais presença por aqui. Não preciso me envergonhar de ser casada com Andy. Preciso parar de me portar como se tivesse vergonha.

– Vim ver Andrew Page – digo à menina atrás da recepção. – Sou a esposa dele.

Ela olha para o computador.

– Só um momento, sra. Page, que já o informo de que você chegou.

Meu telefone vibra, e vislumbro na tela o número de AJ. Droga. A reunião dele com Patrick deve ter terminado, mas agora não posso falar com ele. Recuso a ligação, sentindo certa culpa. Um dos motivos da minha briga com Andy é porque vivo gastando energia e tempo demais com o trabalho e pouca com ele. Preciso colocar meu casamento em primeiro lugar, se pretendo salvá-lo.

– Sra. Page? Infelizmente o sr. Page não está atendendo o telefone. Gostaria que eu passasse a ligação para a secretária dele?

– Adoraria, obrigada.

Ela aponta para um telefone sobre a mesa da recepção, e eu o retiro do gancho:

– Alô, Jessica? – digo. – Andy está por aí?

– Não, não está – diz a secretária dele, em tom de surpresa.

Sendo apresentador, é raro, mas não impossível, que Andy saia a campo. Talvez vá apresentar o programa de um lugar remoto, ou fazer uma entrevista importante.

– Quando ele volta, você sabe informar?

– Ele está te esperando? – pergunta Jessica.

– Não, eu só estava de passagem. Ele saiu para cobrir alguma matéria?

– Não que eu saiba.

Ela está sendo deliberadamente evasiva. Sinto um frio na nuca.

– Sabe dizer quando ele volta para cá? – pergunto.

– Para falar a verdade, ele não vem hoje – diz ela, relutante. – Ele tirou um dia para cuidar de assuntos pessoais. Declan vai substituí-lo no boletim de hoje à noite.

Por um momento, fico me perguntando se fiz alguma confusão. Mas aí eu me lembro do tom irado de Andy me dizendo que ia se atrasar para o *briefing* matinal.

28
Min

Tiro meu jaleco hospitalar e pego um Snickers da máquina de lanches a caminho do estacionamento. Divertido o turno da madrugada nunca é, mas às vezes você pelo menos consegue tirar uma sonequinha na sala do plantão. Ou é isso, ou um engavetamento múltiplo, ou uma explosão química que vai manter a adrenalina jorrando e fazê-la esquecer que você não dorme há vinte e duas horas. Mas a noite passada foi o pior dos mundos: um fluxo constante de pequenas entorses e misteriosas erupções de pele que me ocuparam o tempo todo, mas na verdade deveriam ser problema do clínico geral do bairro. Já temos hipocondríacos suficientes durante o dia, mas há certa cepa de pessoa saudável, mas ansiosa, que adora aparecer no pronto-socorro às quatro da manhã convicta de que contraiu ebola. Não seria nada mal se, muito de vez em quando, um deles realmente tivesse a doença.

Coloco o cinto de segurança e ligo a Radio Four. É quase meio-dia; eu poderia tirar uma soneca de umas quatro horas antes de ir pegar Archie e Sidney na escola, mas nem parece valer a pena. Além do mais, estou muito aflita com Louise para conseguir pregar o olho.

Com um impulso, solto meu cinto de segurança e pego minha bolsa do assento do carona. Preciso mesmo é de uma caminhada acelerada e uma brisa marinha. Levo poucos minutos para chegar de Royal Sussex até a orla, que está surpreendentemente calma para o meio do verão. Quando chego ao passeio, percebo o porquê: uma brisa vigorosamente gelada sopra do mar e, mesmo com o sol, mais parece outubro do que julho. O que é bom, já que preciso pensar com calma.

Vou andando pela praia, meus pés chutando os seixos barulhentos. Não tenho a menor ideia do que vou fazer quanto a Lou. Fiquei preocupada quando ela se mudou para a casa de Andrew e aceitou o emprego no escritório da mulher dele, mas essa história com o Bagpuss já é outro nível de loucura. Um que de todo coração não queria estar reconhecendo.

Como médica de pronto-socorro, já me deparei com alguns casos de síndrome de Munchausen nesses anos. É uma das doenças mentais mais difíceis de diagnosticar, em parte porque as pessoas fingem ou exageram de propósito os seus sintomas, mas principalmente porque você é obrigada a excluir tudo o mais antes de diagnosticar alguém com isso. Pior ainda é quando estão deixando *outra pessoa* doente, geralmente uma criancinha da qual são responsáveis, mas às vezes um parente mais velho. É horrível, claro, mas geralmente não o fazem para obter nenhum benefício concreto, como dinheiro; querem angariar simpatia e os cuidados especiais concedidos aos familiares daqueles que estão verdadeiramente doentes. Quem tem Munchausen não faz isso por maldade; tem, isto sim, uma *doença mental*.

Talvez seja exagero meu incluir um gato nesse diagnóstico, mas uma coisa é certa: Lou obteve toda a simpatia e cuidado que poderia querer neste momento, especialmente de Andrew. E nem seria a primeira vez que ela trilhou essa vereda sombria.

Uma onda lambe meus pés, me fazendo dar um pulo, e dou meia-volta ao som do crec-crec dos seixos, encolhendo os ombros de frio sob a ventania fora de época. Tento desesperadamente não achar plausível que Lou seja capaz de envenenar o próprio gato, mas meu medo é que ela tenha feito exatamente isso. Ninguém queria acreditar da última vez também, quando explodiu aquela história toda de Roger Lewison com a esposa, e no final era tudo verdade. Se houver uma mínima chance de isso estar acontecendo de novo, não é melhor se pronunciar agora, antes que as coisas saiam ainda mais do controle? Semana passada foi o pobrezinho do Bagpuss, mas e se – Deus me perdoe – o próximo for Tolly ou Bella?

Não. Ela *jamais* faria nada para machucar aquelas crianças. Lou é minha amiga, e eu a amo. Se levantar essa suspeita agora, talvez detone uma série de acontecimentos que depois não vou ter como parar. E talvez eu esteja completamente errada a respeito disso. Talvez tenha sido *mesmo* o fazendeiro vingativo o assassino de Bagpuss, conforme Bella propôs. Ou até a esposa ciumenta de Andrew. Preciso conversar com a Lou, entender melhor como está a cabeça dela, antes de fazer ou dizer o que quer que seja.

Subitamente decidida, volto para o passeio. Preciso dar mais crédito a Lou. Se ela diz que aquela mulher envenenou o Bagpuss, preciso aceitar de boa-fé que ela tem razão. Todos precisamos. Celia tem que parar de fazer joguinho com aquela história do convite e deixar claro que todos nós apoiamos Lou incondicionalmente.

Quando chego a Parade, o sol se esconde. Aperto o passo para alcançar o estacionamento do hospital na hora em que as primeiras gotas de chuva se espatifam no cimento, e de repente avisto Andrew e Bella saindo do The Ginger Dog a uns trinta metros de mim. Que coisa estranha. Hoje é sexta: Bella devia estar na escola, e não almoçando num pub em Brighton com o pai. Ela está de uniforme, então obviamente não é feriado escolar nem nada. Ainda estou bem longe, e os dois estão de costas para mim, então nenhum deles me nota. Andrew passa o braço pelas costas da filha, solícito, apertando-a contra si e fazendo-lhe um cafuné.

Tem algo na cena toda que me parece um tanto fora de lugar. Não consigo determinar o quê, mas sinto uma nítida inquietude quando somem depois da esquina. Há algo acontecendo com essa família, algo perigoso e nocivo. E meu instinto me diz que estamos ficando sem tempo para impedir que isso aconteça.

Uma semana antes da festa

29
Louise

Está faltando dinheiro na minha conta corrente. Não é que eu tenha cometido algum erro, nem que tenha calculado mal meus gastos com gasolina e mercado no mês passado. Houve uma retirada de trezentas libras em dinheiro com meu cartão de débito na quinta passada, e como o cartão está de volta à minha carteira, a única pessoa que pode ter feito isso é Bella.

Não foi a primeira vez que ela pegou dinheiro "emprestado" de mim. Geralmente são cinco ou dez libras aqui e acolá, para comprar um café do Starbucks quando sai com as amigas, ou uma camiseta nova – invariavelmente preta – na Primark. Mas ela nunca tinha tirado essa quantia antes. Ela me fez entrar no cheque especial, o que precipitou a mensagem de alerta do banco; mas me preocupa menos o rombo que ela provocou nas minhas finanças do que o motivo para ela precisar de tanto dinheiro. Confiro o histórico das minhas transações no aplicativo do banco, a preocupação me consumindo. Serão drogas? Isso explicaria seu mau humor, com certeza. Ela tem dezesseis anos; suponho ser inevitável que ela experimente algo algum dia. Mas trezentas libras? É maconha pra caramba.

Levanto os olhos quando meu irmão, Luke, põe a cabeça no vestíbulo da casa dos meus pais.

– Você vem? – pergunta ele. – O almoço está na mesa.

– Desculpe. Já vou.

Vou rolando a tela rápido para ver o resto das minhas transações. Nada de outras retiradas inexplicáveis; pelo menos já é alguma coisa, eu acho. Sei que os pais são sempre os últimos a saber dessas coisas, mas não vejo mesmo

Bella usando drogas. Ela é fanática por "viver de cabeça limpa" e é contra até tomar paracetamol se tiver dor de cabeça. Foi um suplício quando ela teve que tomar o reforço da vacina antitetânica há alguns anos. Mas se não são drogas, para que ela precisa desse dinheiro?

– Louise! – grita minha mãe.

Vou correndo para a sala de jantar dos meus pais e encontro meu pai trazendo o porco assado dominical da cozinha com a solenidade de um homem que o caçou e matou sozinho. Minha mãe abre espaço no centro da mesa para ele baixar a travessa.

– Posso fazer as honras? – papai faz sua pergunta retórica de costume.

Ele vai partindo fatias perfeitas do assado enquanto mamãe passa uma terrina fumegante de couve-de-bruxelas pela mesa. Os filhos mais novos de Luke e Min, Sidney e Archie, fazem caretas de vômito até que Min estende o braço e dá uma pancada na mão de cada um com as costas de seu garfo.

– É verdade que seu gato morreu? – pergunta Archie, o de cinco anos de idade, de repente.

– Claro que é *verdade* – diz Sidney com desdém, do alto de seus sete anos. Ele abaixa o tom, dramático: – Ele foi *envenenado*.

Archie puxa minha manga:

– Foi *mesmo*, Lula?

Sempre me recusei a ser chamada de "tia Louise": fico parecendo uma solteirona do início do século passado.

– Infelizmente sim, Archie. Ele comeu um negócio que não devia.

Archie olha para o seu prato. Min lhe serviu as odiadas verduras enquanto ele estava distraído.

– Foi couve? – pergunta ele, desanimado.

Depois do almoço, meu pai vai para a sala de estar ler seu jornal, e Luke vai jogar bola com os meninos no quintal. Min e eu enxotamos mamãe da cozinha para cuidarmos da louça suja, mas em vez de descansar com os pés para o alto como a mandamos fazer, ela vai cuidar do jardim. Ela é tão incapaz de ficar à toa por cinco minutos quanto o sol de nascer a oeste.

Observamos enquanto ela passa pela janela da cozinha com seu cesto de ferramentas de jardim, indo na direção dos novos canteiros de tomate.

– Você sabia que foi Andrew quem fez esses canteiros para ela? – diz Min.

Eu já sei onde isso vai parar:

– Min, não começa, por favor.

Parece que estou tentando segurar um trem descarrilado:

– Isso não é saudável para ninguém – diz ela. – Você precisa falar com a Celia, enfiar bom senso na cabeça dela. Se você falar, talvez ela ouça. – Ela esfrega a assadeira com mais vigor do que o necessário. – Você e Andrew precisam se separar de fato e de direito. As vidas de vocês hoje em dia estão muito emaranhadas. Sei que Celia teve a melhor das intenções em convidá-lo para a festa, mas as coisas mudaram, e até ela tem que entender isso.

– Não sei bem quais as intenções dela – murmuro.

– Ela mexeu em vespeiro com esse convite maldito – diz Min, aborrecida. – Foi aí que começou essa loucura toda.

– Com isso eu tenho que concordar.

Ela põe a assadeira no escorredor e se vira para mim, mãos ensaboadas pingando no chão:

– Lou, estou preocupada com você. Essa história horrível com o Bagpuss...

– Min, você sabe que valorizo muito os seus conselhos – interrompo.

Ela dá um suspiro:

– Sim, mas você nunca os segue.

Ela tem a melhor das intenções, eu sei. Seja lá qual for a preocupação dela comigo, é por amor. E diferentemente de todos os outros, inclusive minha mãe, ela não tem segundas intenções. Eu queria poder desabafar com ela, e contar o que fiquei sabendo quando visitei a mãe de Caz. Mas admitir que descobri o paradeiro da velhinha e fui visitá-la vai só alimentar a convicção de Min de que estou obcecada. Sei que ela já tem lá suas dúvidas a respeito de Bagpuss. Não a julgo por isso: dado meu histórico, eu também teria lá minhas dúvidas sobre mim.

– Min, querida – diz minha mãe, entrando pela porta dos fundos e nos pregando um baita susto. – Não quer ir lá fora ficar com Luke e os meninos? Deixe que eu ajudo Louise a terminar de arrumar a cozinha.

Min reconhece uma pergunta no imperativo quando a ouve: pode até parecer uma pergunta, mas na verdade é uma ordem. Ela forma com a boca as palavras "*Converse* com ela!" na minha direção, e some lá fora.

Mamãe deposita sua cesta de tomates na bancada e calça as luvas de borracha com um estalo, afundando as mãos para pegar a louça que está de molho.

– Você está lidando com Andrew de forma totalmente equivocada, Louise – diz ela bruscamente, enxaguando uma tigela grande. – Já te disse isso. Ir a Londres correndo que nem uma doida...

— Sim, eu sei — respondo, irritada. — Eu não devia ter feito isso, mas estava abalada.

— Ele precisa de um lembrete suave do que perdeu quando te deixou, não de uma bordoada na cabeça — diz mamãe. — Você sabe o quanto ele valoriza a família. Ele não abandonou apenas a você quando foi embora, abandonou todos nós, e depois se arrependeu.

Eu pego as panelas e começo a secá-las. Não quero conversar sobre nada disso, mas minha mãe é implacável, quando agarra não larga mais. Numa coisa ela tem razão: a família *de fato* sempre foi importante para Andrew. Seus pais faleceram ainda jovens, quando ele não tinha nem trinta anos, e ele é filho único. Até nos casarmos, ele não tinha parentes, a não ser uns primos distantes em Salford, onde cresceu. Ele precisava da minha família tanto quanto precisávamos dele para preencher o vazio deixado por Nicky.

— Mãe, ele não se arrepende de ter me deixado — respondo com um suspiro. — Ele poderia ter tentado voltar, mas em quatro anos ele não demonstrou o menor desejo disso.

— Ele te ama, Louise. Sim, talvez ele pense que também ama a outra — acrescenta ela impaciente, prevendo minhas objeções antes que aconteçam. — E não duvido que ele ame o Kit. Mas casamento é mais do que apenas sentir amor, e quando você fica mais velho vai percebendo isso. Andrew sente necessidade de fazer parte de algo maior. — Ela me entrega outra travessa para eu secar. — É por isso que gente como ele vai trabalhar na televisão. Eles precisam do público, da adoração das massas. Precisam sentir que *se encaixam* ali. Estou tentando te ajudar, Louise, mas você não está facilitando.

— Me ajudar com o quê?

— A conseguir o que você quer. — Ela se vira e me olha, mãos dentro da pia. — Andrew. Ele *é* o que você ainda quer, não é?

Por um breve momento, meu coração vagabundo ousa sonhar. Uma montagem ensolarada passa feito uma comédia romântica no meu coração: Andrew e eu acordando juntos na cama, rindo com nossos filhos na mesa do café, passeando de mãos dadas na praia com o vento agitando nossos cabelos enquanto gaivotas traçam círculos no céu...

Sinto dor de cabeça:

— Mãe, isso não é questão de escolha.

– É claro que é. – Ela pega a molheira e despeja seu conteúdo pegajoso na lixeira. – Ele só precisa de um motivo para voltar. Mas você precisa parar de correr atrás dele. Ele é que tem que vir atrás de você.

– Não estou correndo atrás...

– Se mudando para a casa dele? – Mamãe me interrompe. – Arrumando emprego onde a esposa dele trabalha?

Fico vermelha.

– Já disse à Chris que vou sair da Univest e da Whitefish. Estou tentando encarar essa situação como adulta.

– E quanto ao gato?

– A polícia não vai fazer nada. Disseram que não dá para provar nada, portanto...

– Caz não deu veneno para o seu gato, você sabe disso – diz mamãe.

– Eu sei que é difícil de acreditar, mas...

– Louise Roberts, você pode mentir para a polícia, pode mentir para o Andrew, pode mentir até para si mesma. Mas não pense nem por *um minuto* que pode mentir para mim.

Silêncio. Eu pigarreio.

– Faz muito tempo que isso aconteceu, mãe.

– Não sou cega, Louise. Estou vendo o que está acontecendo. Da última vez, eu te avisei, mas você não me ouviu. – Ela se volta para a pia, literalmente lavando as mãos de mim. – Você vai se arrepender. Se você cometer o mesmo erro com Andrew que cometeu com Roger Lewison, a história vai terminar exatamente igual.

Não é justo ela jogar isso de novo na minha cara. Eu tinha apenas dezenove anos, estava apaixonada pela primeira vez. Quem não comete erros nessa situação?

Roger Lewison era meu orientador em Oxford. Além disso, ele era casado; coisa que não me contou na época.

Dois meses depois de começarmos nosso caso, a esposa dele descobriu tudo, e Roger foi finalmente obrigado a falar a verdade. Ele disse que ela havia ameaçado contar tudo à faculdade se ele não terminasse comigo; ele teria perdido o emprego, e eu poderia ser expulsa. Mas eu estava tão apaixonada que simplesmente não consegui aceitar o fim. Pensei que se eu fosse capaz de convencer a esposa dele do quanto nos amávamos, ela não ia querer mais ficar no nosso caminho. Ela o deixaria, raciocinei, uma vez que soubesse que não tinha mais jeito. Nenhuma mulher quer que o homem fique com ela por pena. Claro, era uma tristeza para ela, mas Roger e eu éramos feitos um para o outro. Éramos *almas gêmeas*.

Então tentei conversar com ela, para explicar, mas ela não me dava chance. Desligou na minha cara quando liguei, e se recusou a falar comigo. Mandei uma ou duas cartas escritas à mão, mas ela também as ignorou. Comecei a rondar o gabinete dela – ela era professora de psicologia em outra faculdade – mas mesmo assim ela não queria me ver, e no fim das contas mandou o porteiro me banir do pátio.

No final, ela não me deixou escolha. Eu só queria *conversar* com ela. Roger dava aula à noite toda quarta, então eu sabia quando ele não estaria em casa. Jennifer me deixou entrar; ela não estava esperando que eu aparecesse em sua porta, de forma que me aproveitei da confusão para convencê-la a me receber. Ela estava preparando o jantar: usava um avental listrado branco e azul-marinho, à moda antiga, e estava com uma mancha de farinha na bochecha. E também com uma faca de cozinha na mão direita.

Era a imagem dela naquele avental, naquela cena doméstica: aquela mulher, a *esposa* de Roger, fazendo jantar para ele, esperando-o chegar em casa. Minhas lembranças dessa noite são confusas, um borrão de violência e confusão. Lembro dela me atacando, uma dor súbita e aguda embaixo do meu abdômen, do lado esquerdo. Jennifer disse à polícia que eu arranquei a faca da mão dela e me golpeei de propósito no ventre. Tentei explicar que *ela* é quem tinha me atacado, mas era a palavra dela contra a minha, e ela era uma professora eminente de uma universidade de Oxford, e eu era uma aluna apaixonada que tivera um caso com o seu marido e tinha forçado a barra para entrar na sua casa. Jennifer Lewison impetrou uma medida protetiva contra mim; tive sorte de não ser expulsa da universidade.

Precisei de anos de terapia para conseguir admitir o que realmente havia acontecido. A terapeuta me mostrou que eu pretendia que Roger ficasse com pena de mim, que ele me visse como donzela em perigo, para que então viesse em meu socorro. Em minha cabeça confusa de adolescente apaixonada, disse a terapeuta, eu tinha tentado tornar literal minha sensação de ser a vítima da situação, e mostrar que Jennifer era a agressora que eu pensava que era. Do meu ponto de vista, eu não estava mentindo; acreditava mesmo que Jennifer havia me atacado.

Mas isso faz quase vinte e cinco anos. Agora tenho quarenta e três anos, sou uma jornalista de sucesso, esposa e mãe. Eu sei a diferença entre fantasia e realidade. E *não* estou inventando uma coisa dessas.

– Eu não dei veneno ao Bagpuss – digo, firme. – Caz foi quem mentiu. E posso provar.

Eu não ia contar para minha mãe que fui atrás da mãe de Caz, pelo mesmo motivo que não contei para Min, mas preciso que ela entenda agora como Caz pode ser perigosa.

– Ela mentiu sobre tudo, mãe – digo pressurosamente. – Quem é, de onde veio. E nem é o pior. Você não tem ideia do tipo de pessoa que ela é de verdade. Ela não é quem parece ser.

Mamãe me olha com dureza.

– E quem é? – diz ela.

JENNIFER DAVITT

PARTE 1 DO DEPOIMENTO GRAVADO

Data: 28/07/2020

Duração: 31 minutos

Local: Universidade Livingstone, Oxford

Realizado por agentes de polícia de Devon & Cornwall

(cont.)

POLÍCIA   Então você e o sr. Lewison são divorciados?

JD   Ele é professor Lewison. E sim.

POLÍCIA   Posso saber o motivo?

JD   Isso é relevante?

POLÍCIA   É o que estamos tentando determinar, sra. Lewison — ou devo dizer professora?

JD   Doutora, na verdade. E voltei ao meu nome de solteira, Davitt, após o divórcio.

POLÍCIA   Dra. Davitt, seu ex-marido manteve relações sexuais por volta de novembro de 1995 com uma das alunas dele, srta. Roberts, correto?

JD   Tecnicamente, ela não era uma das alunas dele. Ele era orientador acadêmico dela. Mas sim. Eles treparam um tempo.

POLÍCIA   E você sabe quanto tempo eles... quanto tempo durou o relacionamento?

JD   Eu não chamaria de relacionamento. Aconteceu umas três, quatro vezes.

POLÍCIA   Você estava a par disso?

JD   Não até o Roger tentar encerrar o caso.

POLÍCIA   Por que ele fez isso, você saberia dizer?

JD   Imagino que ele tenha enjoado dela. A fidelidade não é o forte dele. Com certeza não foi porque eu descobri, embora eu creia que foi isso que ele disse à namorada.

POLÍCIA   Seu marido terminou com a srta. Roberts em algum momento de janeiro de 1996?

JD   Isso.

POLÍCIA   E depois, o que aconteceu?

JD   A menina me ligou. Ela me disse que estavam tendo um caso, disse que estavam apaixonados, e me implorou para, entre aspas, deixá-lo ir embora. Roger disse a ela que eu havia ameaçado contar tudo à universidade se ele não voltasse para mim. [Pausa.] Ele não é lá um homem muito honrado.

POLÍCIA   Foi a primeira vez que você ouviu falar do caso?

JD   Eu já havia suspeitado de infidelidades do Roger antes, mas foi a primeira vez que tive certeza.

POLÍCIA   E então, o que você fez?

JD   Eu disse ao Roger que esse caso tinha que acabar, ou eu o deixaria. Era uma humilhação. Ela era aluna dele.

POLÍCIA   E ele encerrou o caso?

JD   Ele disse que havia tentado, mas ela não lhe dava ouvidos. Ficava ligando para nossa casa, embora depois da primeira vez, eu não a atendesse mais. Então começou a mandar cartas. Cada uma com páginas e mais páginas, dúzias de cartas. Ela devia escrever duas ou três por dia.

POLÍCIA   Você guardou essas cartas?

JD   Não, claro que não.

POLÍCIA   O que ela dizia nessas cartas?

JD   O de sempre. [Pausa.] Que ela e Roger eram almas gêmeas, que estavam destinados a ficar juntos, coisas de novela. Ela apareceu até nas salas da minha universidade, e o porteiro teve que pedir para ela ir embora.

POLÍCIA   Você avisou a polícia?

JD	Até aquele ponto, ela não tinha feito nada ilegal. Ela estava apaixonada por ele, obviamente, mas não achei que seria um perigo para ninguém. Presumi que a coisa ia perder fôlego com o tempo. [Pausa.] Me diga uma coisa, quantas vezes você foi a um bar ou a uma academia porque estava louco por uma moça que a frequentava? Ou entrou em um clube em que ela estava só para poder conversar com ela?
POLÍCIA	[Risadas.] Passei dois meses aprendendo a dançar salsa porque minha esposa era a professora.
JD	Todo mundo já fez isso. Há uma distinção tênue entre o comportamento normal, se é que se pode chamar assim, da pessoa apaixonada, e a perseguição criminosa. Eu não ia chamar a polícia porque uma menina de dezenove anos com a vida toda pela frente estava de coração partido por um homem que fugia da verdade como o diabo foge da cruz.
POLÍCIA	Então a primeira vez que você viu Louise Roberts pessoalmente foi quando ela veio à sua casa, na noite de 4 de fevereiro de 1996?
JD	Sim.
POLÍCIA	Você pode me dizer o que aconteceu?
JD	Com certeza você já leu o boletim de ocorrência.
POLÍCIA	Sua história e a dela são conflitantes. Gostaria de ouvir diretamente de você.
JD	Eu estava fazendo o jantar. Roger tinha uma reunião de orientação até tarde, mas assim que abri a porta entendi quem ela era.
POLÍCIA	Você a deixou entrar?
JD	Ela me pegou de surpresa. Simplesmente entrou, e eu não a segurei.
POLÍCIA	Vocês conversaram?
JD	Não muito. Ela disse algo sobre libertá-lo, sei lá, o mesmo tipo de coisa que escrevia nas cartas. E aí ela simplesmente tirou a faca da minha mão…
POLÍCIA	Você estava com uma faca na mão?

JD	Eu estava preparando o jantar. Estava cortando maçãs para uma receita nova, um molho agridoce… Meu Deus, as coisas que a pessoa lembra.
POLÍCIA	O que ela fez depois de tomar a faca de você?
JD	Foi muito rápido. Ela pegou a faca e golpeou a si mesma na barriga. Sabe, com muita força, nada superficial. Foi sangue para todo lado.
POLÍCIA	O que você fez?
JD	Bem, por um momento fiquei em choque, depois peguei meu avental e tentei estancar o sangue, e liguei para a emergência.
POLÍCIA	Na época, ela alegou que foi *você* quem a esfaqueou.
JD	Se você sabe disso, deve saber também que a versão dela não tinha pé nem cabeça, se investigada, e depois me concederam uma medida protetiva contra ela. Se bem me lembro, ela passou um tempo em uma instituição de saúde, como interna.
POLÍCIA	Então ela mentiu?
JD	Não é tão simples assim. Como sei que você sabe, a memória é um narrador muito pouco confiável, detetive. A gente pensa que nossas lembranças estão na nossa cabeça como na memória dos computadores. Uma vez registrados os dados, eles são separados e guardados para ocasionalmente serem recuperados. Os fatos nao mudam. Mas a verdade é que, cada vez que nos lembramos de algo, nós reconstruímos o acontecimento, remontando-o a partir de vestígios espalhados pelo cérebro. Também suprimimos lembranças que sejam dolorosas ou prejudiquem a autoestima. Nossas lembranças se remodelam para acomodar as novas situações que acabamos enfrentando. A memória é flexível.
POLÍCIA	Não sei se estou acompanhando.
JD	Pura e simplesmente, Louise Roberts era tão crível porque ela mesma acreditava em tudo que dizia. É assim que ela lembrava que tudo aconteceu. Ela teria passado em um detector de mentiras, pode acreditar em mim.

POLÍCIA   Você está dizendo que ela não sabia a diferença entre ficção e realidade?

JD   De certa forma.

POLÍCIA   Você é psicóloga, não é? Você diria que ela estava louca?

JD   Diria que ela estava apaixonada. Que é uma forma de loucura, não acha?

Cinco dias
antes da festa

30
Caz

Sei que é uma medida um tanto desesperada, mas, se eu não perguntar, não vou me perdoar nunca. Patrick é astuto e vive pelos resultados, mas também é um homem decente. Se eu estivesse presente na sexta passada, em vez de ficar correndo atrás de Andy, talvez pudesse ter evitado essa desgraça.

– Se alguém precisa levar a culpa por causa da Vine, que seja eu – digo, antes mesmo de me sentar. – Por favor, Patrick. A diretora da conta sou eu. Sou eu quem você devia estar demitindo, se precisa demitir alguém.

Consternada, sinto minha garganta apertada de repente. Patrick me encara por um bom tempo, até que por fim, sem dizer nada, abre uma gaveta e puxa uma caixa de lenços. Puxo um e assoo o nariz, fazendo força para não chorar. Detesto mulher que chora no local de trabalho. Ouço a voz ácida da minha mãe, toda vez que meu lábio tremia quando eu era pequena: Isso mesmo, já vai ela abrir o berreiro de novo. Pensa que isso vai trazer seu pai de volta?

– Eu sinto muitíssimo quanto ao AJ – diz Patrick, enquanto amasso o lenço e olho fixamente para o meu colo. – Não foi uma decisão fácil de tomar. Mas você e eu sabemos que ele já estava na corda bamba há algum tempo. Você o protegeu mais de uma vez. No momento, nossa situação financeira está difícil; perdemos muitas contas depois da Vine. AJ não faz por onde, e vive fazendo coisas nas coxas. Ele é um peso morto que não temos mais como carregar.

Patrick está errado: AJ faz por onde sim, mas não no que importa. Isso é culpa minha: AJ perde muito tempo limpando as minhas cagadas. Sei que o pessoal de criação não vai com a minha cara; não tenho paciência para ser fofinha tentando convencê-los a fazer o trabalho que são *pagos* para fazer. AJ deixa a equipe de design feliz que é uma maravilha, mas política no trabalho nunca foi o forte dele. Não posso deixá-lo levar a bomba por mim. Ele nunca levantaria a voz para se defender: ele é um filhote de labrador em um mundo de rottweilers.

– Patrick, preciso muito do AJ na Univest – imploro. – Já estou lotada de trabalho com ele. Se perdê-lo, pior ainda. E sei que Tina gosta dele também. Nós podemos renegociar algumas responsabilidades, deixá-lo exclusivamente na conta da Univest...

– Isso *foi por causa* da Univest – diz Patrick.

De repente, a ficha cai. Univest quer dizer Tina, e Tina quer dizer Louise. Paro de lutar, pois sei que a batalha está perdida. Patrick nunca vai se arriscar a contrariar Tina, e ela e Louise são unha e carne. Eu me sinto como se tivesse perdido o uso das pernas. AJ está na Whitefish desde que entrei. Não consigo me imaginar trabalhando aqui sem ele. Acho que nunca odiei Louise tanto quanto neste momento.

Deixo o escritório de Patrick e fujo para o banheiro, onde me tranco em uma cabine para poder chorar em paz. Não é apenas a perda de AJ. É tudo. Patrick não confia mais em mim, ou então teria me incluído na reunião em que mandou AJ embora. Meu emprego corre risco, e para falar a verdade, agora nem sei se quero continuar trabalhando aqui. E ainda por cima, tem Andy. Ainda não tenho a menor ideia de onde ele esteve na sexta passada. Quando ele chegou em casa e eu perguntei a ele como tinha ido o "trabalho", ele me olhou no olho e mentiu que tinha ficado preso no estúdio o dia todo. Mas eu rastreei o celular dele: eu já sabia que ele tinha passado o dia em Brighton. Com *ela*.

Andy ia surtar se soubesse que instalei um aplicativo espião no celular dele, mas não sou idiota. Pau que nasce torto nunca se endireita.

Meu celular vibra, e tomo um susto. Inspiro fundo, limpando a voz de choro, e dou uma risada incrédula quando vejo o nome na tela. A cara de pau dessa mulher é mesmo algo de admirável. Se Louise estivesse na minha frente, eu a faria engolir o celular.

O aparelho vibra, segundos depois, com a chegada de uma mensagem. Cadê o Andrew?

Eu a ignoro. Recebo uma segunda mensagem na minha caixa de entrada. No pronto-socorro com a Bella. Ele não está no trabalho. Não atende o celular.

Aquilo me faz parar de ignorá-la. Pronto-socorro? Adoro essa menina, ainda que nem sempre seja fácil. Ela está bem? Digito em resposta. O que aconteceu?

...

Fico olhando para as três bolhas cinzentas piscantes, esperando resposta. Mas de repente os pontinhos somem, e Louise não mandou a resposta. Mando de novo minha mensagem, e quando ainda assim ela não responde, ligo para ela. A ligação cai direto na caixa postal. Tento ligar para Andy, mas ele também não atende.

Qual o hospital? Pergunto por texto a Louise, cada vez mais ansiosa. A Bella está bem?

Nada. Se isso for alguma das armações doentias dela...

Louise tem muitos defeitos, mas sei que nem mesmo ela inventaria uma emergência com a filha só para me perturbar. Ela deve ter sido obrigada a desligar o telefone dentro do hospital. Ah, meu Deus, se alguma coisa aconteceu com Bella, Andy vai ficar desesperado. *Eu* também vou ficar desesperada. Não consigo ficar aqui parada esperando Louise me ligar de volta.

Vou ter que ir até lá. Devem estar no Royal Sussex Hospital, em Brighton; é o mais próximo da escola de Bella.

Saio da cabine do banheiro e retoco minha maquiagem rapidamente. Nem me incomodo em dizer a ninguém que estou indo embora do escritório. Francamente, não me importo se Patrick me despedir. Sem AJ, não fico na Whitefish nem mais um dia que o necessário. Agora, já tenho experiência suficiente para conseguir outro emprego em agências maiores. Talvez até dê para arrumar algo para AJ também, e levá-lo comigo.

Tento inúmeras vezes falar com Louise e Andy no trem de Victoria para Brighton. A secretária dele me diz de novo que ele não está no trabalho, e dessa vez eu não consigo nem me importar com o paradeiro dele. Com Louise ele não está, pelo menos, ou ela não teria se dado o trabalho de me contatar. O telefone dele está desligado, de forma que não posso rastrear sua localização. Apoio minha cabeça no vidro frio da janela do trem, e fecho os olhos. Estou tão *cansada* dessas mentiras todas. Não sei nem mais por que estou lutando.

Uma hora depois e Louise ainda não respondeu minhas mensagens. Pego um Uber da estação para o hospital, e entro às pressas no pronto-socorro, ávida por informações. A recepcionista me sorri cansada, claramente acostumada com parentes desesperados atrás de notícias, e se volta para o computador sem comentar nada quando digo o nome completo de Bella, digitando calmamente no teclado enquanto aperto a borda do balcão com o nó dos dedos esbranquiçados:

– Ela está bem? – indago.

– Infelizmente não posso dizer nada – diz a mulher, complacente. – Você é da família?

– Sim. Bem, sou casada com o pai dela.

A expressão dela esfria:

– Então não é da família *de verdade*?

Contenho o impulso de dar um soco na cara da mulher:

– Ela é minha filha – digo, cortante.

– Sente-se, por favor. Alguém já vem para conversar com você.

Contemplo a porta dupla à direita da recepção. Fico tentada a passar por elas assim mesmo e procurar sozinha por Bella, mas contenho minha aflição e frustração, e volto à sala de espera. Vou até a máquina de vendas, apertando firme os números que servem um café forte e puro. Percebo que ainda não comi hoje, e acrescento um pacotinho de biscoito.

Quando me debruço para pegar o produto, vislumbro Bella sentada em uma pequena baia no corredor à minha esquerda. Sua cabeça está toda enfaixada, mas ela está ereta e olha o celular. Até onde posso ver, ela está sozinha.

Abandono meu café com biscoito e corro até ela.

– Bella! – exclamo. – Você está bem? O que aconteceu? Estava tão preocupada!

Ela me olha alarmada:

– O que você está fazendo aqui?

– Sua mãe me mandou mensagem. Ela estava tentando falar com seu pai. – Olho ao redor. – Cadê ela?

– Ela foi pegar o carro. O médico nos liberou para ir para casa, mas estou proibida de andar por um tempo, e ela estacionou longe pra caramba.

Eu me inclino na cadeira de plástico duro junto do leito dela:

– O que houve?

– Não foi nada. Uma bola de *rounders* me acertou na cabeça. Não se preocupe, eu nem estava jogando – acrescenta Bella, num toque de humor seco. – Tive um tempo sem aula, e não estava com vontade de estudar, aí fui assistir. Dei azar, só isso.

– Você desmaiou?

– Sim. Sabe, é verdade que você vê estrelas. Além disso, eu vomitei, então a escola chamou uma ambulância. E a minha mãe. – Ela faz uma careta. – Ela surtou completamente. Ficou ligando pra todo mundo. Desculpe mesmo por você ter vindo de tão longe por causa de nada.

– Ela é sua mãe. É o dever dela surtar por você. E eu não vim por causa de "nada". Vim ver se você estava bem. – Aperto a mão dela. – A mesma coisa aconteceu comigo quando eu estava na faculdade. Com uma bola de críquete. Você vai ter um pouco de dor de cabeça por alguns dias, mas é só pegar leve, que vai ficar boa.

– Se minha mãe não me enlouquecer primeiro.

– Ela conseguiu falar com o seu pai? – pergunto, tentando manter um tom casual.

– Acho que não. Ele está no trabalho, não é? Ele nunca atende no meio de entrevistas e tal.

Um enfermeiro chega perto e puxa uma cortina para nos dar privacidade dentro da baia, sorrindo para Bella.

– Posso aferir sua pressão rapidinho antes de você ter alta?

Ele envolve o braço dela com o aparelho, a manga de sua camisa subindo enquanto ele realiza a conferência. Bella a puxa de volta rapidamente; mas não rápido suficiente. Preciso fazer um esforço hercúleo para o choque não se estampar no meu rosto.

– Opa, está ótima – diz o enfermeiro, afrouxando o aparelho. – Não tente mais apanhar bolas com a cabeça, tá?

Bella faz que sim discretamente. Assim que ele sai, tento pegar o braço dela, mas ela o tira de perto.

– Bella – sussurro. – O que está acontecendo?

– Nada – murmura ela.

Hesito por um bom momento. Por fim, puxo minha saia para cima, até dar para ela ver o alto das minhas coxas.

– *Alguma* coisa, está – eu digo.

Ela contempla as cicatrizes pálidas que riscam minha perna. Agora, estão quase invisíveis, mas eu sei que estão ali. Sempre sei que estão ali.

Faz anos que eu não me corto, mas ainda sinto vontade. Ainda lembro como era deliciosa a ardência pouco antes dos riscos começarem a sangrar, e a liberação de todo o medo e ódio contidos no meu corpo, de todas as emoções que eu não tinha poder para expressar. Quando olho para trás, não lembro de um dia da minha infância em que não estivesse triste. Eu ficava deitada no chão do meu quarto, mal conseguindo respirar, com tanta raiva e infelicidade que chorava por horas a fio, me odiando por coisas que não podia controlar, que não eram culpa minha. Eu estava deprimida, mas na época achava que meu cérebro tinha algum defeito. O único modo de lidar com a dor era bloqueando as emoções, pulverizando todos os meus sentimentos e me entorpecendo.

Mas eu era uma menina, e não importa o quanto eu me sentisse morta por dentro, a ânsia de vida parecia água, abrindo caminho em meio à rocha árida. Apesar da minha condição, eu queria desesperadamente voltar a *sentir*. Em certa época, me cortar era o único jeito de saber se ainda estava viva. Quando me cortava, pelo menos eu sentia *alguma* coisa.

Quando minha mãe descobriu que eu fazia isso, me bateu e gritou comigo. Comecei a me cortar nas costelas e nas laterais do tronco para esconder as marcas. Era incapaz de parar. Achava que ia acabar me matando, então as cicatrizes não me importavam. Não imaginava que teria futuro.

Angie era a única que sabia, além de minha mãe. *Ele que fez isso com você*, dizia ela, amargurada. *Você não vai deixá-lo vencer, vai?*

Eu sabia que ela estava certa, mas não fazia diferença. Foi só quando minha mãe tentou se enforcar que minha raiva finalmente se direcionou para outra pessoa em vez de mim. Ela não tinha o *direito* de tirar a própria vida. Ela sabia o que andava acontecendo por trás da porta fechada do meu banheiro, e não tinha feito nada para ajudar. Por que ela é que merecia a saída fácil, quando eu é que sofria a dor?

Na faculdade, fiz terapia, e ajudou. Levou tempo, e às vezes parecia que eu dava um passo para a frente e dois para trás. Evitava amizades e relacionamentos íntimos, excluí minha mãe da minha vida, e por fim perdi a vontade de me machucar. E aí encontrei o Andy, e pela primeira vez entendi o que era felicidade.

Mas agora me pergunto: será que foi meu velho ódio de mim mesma que fez com que eu me apaixonasse por um homem com que sempre, *sempre*, me sinto em segundo lugar? Será que era isso o melhor que eu achava que merecia?

Seja lá o que tenha levado Bella a tomar essa atitude, não posso suportar que ela sinta uma dor tão grande. A raiva que eu pensava ter domado há tanto tempo se inflama e volta à vida, desta vez, com um novo alvo.

– Não vou perguntar o por quê – digo a ela. – Mas você precisa conversar com alguém sobre isso.

– Não – diz ela, alarmada. – Não conta pra ninguém!
– Bella...
– Por favor, Caz. Vão me mandar para um psicólogo. Vou parar, prometo. Estou tentando.

Eu sei melhor do que ninguém como é difícil parar com isso. Mesmo que você consiga controlar o hábito de se cortar, isso não quer dizer que parou de se machucar. Há tantos modos de se sabotar. Bebendo. Se drogando.

Relacionamentos tóxicos.

Mas sei também que Bella precisa de alguém para conversar. Neste momento, nenhum dos pais está prestando atenção nela. Já passei por isso. Ela precisa de alguém para confiar, não de alguém lhe dizendo o que fazer.

– Da próxima vez que você sentir vontade de se cortar, me liga – digo, segurando suas mãos e forçando-a a olhar para mim. – Dia ou noite. Me liga, combinado?

– Combinado.

Eu a abraço forte. Não sei o que – ou quem – pode estar levando essa mocinha bonita, inteligente e engraçada a se cortar assim, mas vou descobrir. E aí vou fazer parar, seja lá como for.

31
Louise

Estou indo buscar o carro no estacionamento do hospital quando Min me liga.

– Não posso falar agora – respondo, posicionando o telefone entre pescoço e ombro enquanto reviro minha bolsa atrás da chave do carro. – Estão dando alta à Bella, vou levá-la para casa.

– O que o médico disse?

– Os resultados dos exames foram bons. Nenhuma inflamação nem hemorragia cerebral, graças a Deus.

– Graças a Deus – repete Min.

Ficamos em silêncio por um momento, nos lembrando de Nicky. Meu irmão parecia bem, no começo, após o acidente; um pouco machucado, claro, com várias costelas quebradas e muitos hematomas, e um corte feio na testa onde acertara o para-brisa, mas o médico garantira à minha mãe que com o tempo tudo ia sarar.

Mas Nicky não chegou a ter esse tempo, é claro. O patologista concluiu que ele sofrera de uma coisa chamada síndrome do segundo impacto, quando o cérebro incha rápida e catastroficamente depois que a pessoa sofre uma segunda concussão antes que os sintomas de uma antiga tenham desaparecido. A gente não tinha como saber disso até a autópsia, mas, três semanas antes, Nicky tinha sido agarrado e levado ao chão durante uma partida de rúgbi. Foi um impacto tão bobo que ele levantou na hora e continuou jogando; nem se lembrou de falar sobre isso ao chegar em casa. Mas a pancada no rúgbi tinha deixado seu cérebro vulnerável, e a batida de carro posterior desencadeou uma série de ocorrências metabólicas na cabeça dele que já o haviam condenado enquanto a enfermeira preenchia os papéis para lhe dar alta.

Então agora não quero saber do que o médico disse: Bella não sai mais da minha vista.

– Olha – diz Min. – Vou te deixar cuidar disso. Eu só queria conversar uma coisa com você. Você pode me ligar depois, com mais calma?

– Claro. Algum problema?

– Não, não, nada grave. Pode esperar.

Prometo telefonar para ela mais tarde, e depois volto ao pronto-socorro, e mando uma mensagem para Bella dizendo que estou aqui fora. Momentos depois, minha filha sai no sol quente de julho, a cabeça coberta de ataduras. Sem desligar o carro, saio e vou até a porta do carona para ajudá-la a entrar.

Caz chega primeiro.

É a primeira vez que a vejo desde a noite em que fui até Londres para confrontá-la sobre a morte de Bagpuss. Cravo as unhas na palma das mãos, contendo o impulso de arrancar fora os olhos dela.

– O que você está fazendo aqui?

Bella se coloca entre nós deliberadamente:

– Ela veio ver se eu estava bem. Foi muito *gentil* da parte dela – acrescenta ela com firmeza.

– Recebi sua mensagem, Louise – diz Caz. – Fiquei preocupada quando não recebi resposta. Precisava ver se Bella estava bem.

– Que bondade a sua – digo, ácida. – Mas não precisava. Está tudo bem.

– É óbvio que eu não sabia disso, porque você não me respondeu.

Percebo como Bella está do meu lado, com os ombros tensos. Ela jamais vai saber quanto me custa ser civilizada perto dessa mulher:

– Não permitem celulares no hospital, infelizmente – respondo, forçando um breve sorriso. – Precisei desligá-lo. Desculpe se você perdeu a viagem.

– E o meu pai? – Bella pergunta. – Ele vem para cá também?

Caz hesita uma fração de segundo a mais que o normal:

– Ele está no trabalho. Depende de a que horas ele vai terminar.

O tom dela é leve, enganosamente casual, mas eu ouço a nota na sua voz que entrega tudo, a combinação de desconfiança, medo e negação. É sutil: só uma mulher que se perguntou onde estará seu marido, e com quem, notaria uma coisa dessas.

– Ele não está trabalhando – contradigo no mesmo instante. – Liguei para a INN hoje de manhã. Disseram que hoje ele tirou o dia de folga.

– Ele está trabalhando da rua.

– Segundo a secretária dele, não. Jessica sempre sabe onde ele está. E ela disse especificamente que cancelaram uma tomada com ele hoje à tarde para ele tirar o dia de folga. Ele não te falou?

– Não fico controlando a vida dele – diz Caz, tensa.

Eu sorrio:

– Talvez devesse.

Ela sorri de volta, o olhar frio:

– *Eu* nunca precisei.

Bella de repente entra no carro,

– Você não devia deixar o carro ligado, mãe – diz ela, pondo seu cinto. – Faz muito mal ao meio ambiente.

No caminho para casa, passo rapidinho na casa da minha mãe para apanhar o Tolly, sem nem parar para bater papo como sempre faço. Além de estar aflita para levar Bella logo para casa, ainda estou muito zangada com mamãe depois da briga de ontem. Com certeza vai acabar passando, mas falar no Roger foi um golpe baixo. Claro, o episódio da Jennifer Lewison não foi meu melhor momento, mas já faz um tempão que tudo isso se passou. A situação com Caz é totalmente diferente. Eu *não* estou inventando o que ela está fazendo com a minha família. Por que ninguém acredita em mim?

Bella janta uma grande tigela de sopa de tomate sem reclamar, então deixo de me preocupar com ela um pouquinho. Mando-a ir descansar no quarto, dou banho no Tolly e ponho-o para dormir, me sirvo de uma taça grande de zurrapa do Tesco e vou lá para fora. O sol tardio da noite de verão projeta sombras compridas em frente à minha cadeira-casulo de vime na ponta do jardim, onde bebo meu vinho. Eu amo esta casa; é meu lar, o único que as crianças tiveram. Mas honestamente não sei mais quanto tempo nós vamos aguentar bancá-la. Nossas finanças estavam em frangalhos mesmo quando eu trabalhava na Whitefish; sem esse emprego, estamos com a corda no pescoço. Não estou com vontade de admitir, mas boa parte dessa guerra ridícula com Caz foi culpa minha. Eu não devia ter retaliado como retaliei. Mas ainda não entendi o que foi que detonou a situação. Por quatro anos, nos arrastamos por uma Guerra Fria, desconfiadas, sem ninguém fazer menção de apertar o botão da bomba nuclear. O que nos levou a essa crise tão aguda?

Toco a grama seca com o pé descalço, e balanço a cadeira para frente e para trás contemplando o céu, que passa de rosado para roxo. Não posso evitar uma centelha de empatia por Caz. Andrew só foi para os braços dela porque eu o afastei de mim. Se eu não tivesse feito merda, ele nunca teria me deixado. Talvez as sementes desta guerra atual tenham sido plantadas nessa época, quando ela percebeu que jamais teria a segurança de ser a primeira escolha dele.

Meu vinho está um pouco morno, mas o bebo mesmo assim. O que eu fiz com Andrew não foi pior do que o que ele fez comigo. A diferença é que ele não foi capaz de me perdoar.

Descobri o caso dele da forma mais banal que existe. Ele deixou um celular, um *segundo* celular, no bolso de um casaco quando saiu para correr certa manhã de domingo, e eu o descobri porque ele tocou. Eu não era burra; entendi imediatamente quem era, e o que significava aquilo. Andrew sempre fez questão absoluta de ter as tecnologias mais recentes e espalhafatosas; esse segundo celular, o secreto, era basicão, pré-pago, e só tinha um número nas ligações recentes. Se isso já não tivesse entregado tudo, as fotos armazenadas o teriam feito.

Por mais que eu quisesse confrontá-lo assim que ele voltasse da corrida, e gritar, chorar e trocar as fechaduras, um instinto atávico me disse para pensar a longo prazo. A tal de *Caz*, fosse lá quem fosse, a loirinha bonita se esfregando nele de jeans arrochado e casaco rosa Puffa que aparecia nas selfies do seu telefone, não era *esposa* dele. Eu tinha a vantagem de ter Bella, de mais de uma década de casamento, de vidas interligadas, de amigos e de família. Ainda era *a mim* que ele amava, disso eu tinha certeza.

De algum modo, consegui me segurar para não dizer nada. Hoje, não sei como consegui; acho que acabei ficando meio doida. Passei meses na espera, rezando para o caso perder força sozinho, e nesse meio tempo fui aturando como podia. Se Andrew saísse do cômodo para fazer uma "ligação de trabalho", eu fingia não ter a menor ideia de que ele estava ligando para a amante. Deixei que ele pensasse ser muito esperto quando ele passou seis dias fazendo uma reportagem em "Glasgow" e voltou bronzeado. Eu o deixava fazer amor comigo toda semana, como sempre fizera, e tentei não me perguntar se era *assim* que ele fazia com *ela*.

Ele não me deixou. Mas também não deixou de vê-la. E esses meses de espera quase me mataram. Eu não conseguia dormir; mal conseguia comer.

Parecia que estava sendo corroída por ácido de dentro para fora. Estava vulnerável, perturbada; não estava em meu juízo perfeito. E cometi um erro.

Eu me assusto ao ouvir um carro andando no cascalho. Girando a cadeira-casulo para poder ver a entrada de carros, noto Andrew saindo de um táxi, quase como se minhas lembranças tivessem invocado sua presença. Ele conhece a história de Nicky; deve ter ficado tão preocupado com Bella quanto eu. Deve ter vindo para cá direto da estação.

Ele mergulha o corpo no táxi para pegar uma maleta surrada que eu reconheço de toda reportagem no estrangeiro que ele já fez na vida. Enfiando meus pés nas sandálias, deixo a cadeira balançando e dou a volta correndo pela lateral da casa.

As luzes vermelhas da parte de trás do táxi iluminam o rosto de Andrew na frente da casa, sua expressão cansada e derrotada. Assim que chego até ele, ele larga a maleta a nossos pés e se agarra a mim feito um afogado.

Eu o afasto, ansiosa, e tento ler o seu rosto:

– O que houve, Andrew? Aconteceu alguma coisa?

– Ai, Lou – diz ele, a voz embargada. – Eu fui um baita de um idiota.

32
Caz

Estou a caminho da estação para voltar a Londres quando Andy por fim responde minha mensagem. A caminho.

Fico olhando para a tela, esperando mais, mas só vem isso. Não precisa, respondo. Bella está bem. Vou estar em Londres daqui a uma hora.

Ele não me responde. O motorista de Uber para na frente da estação, e estou prestes a pagá-lo e sair do carro quando recebo outra mensagem de texto, dessa vez de Lily, nossa vizinha de porta em Fulham. Andy deixou Kit para passar a noite com ela; ela está querendo saber se precisamos que ela o pegue no jardim de infância amanhã também. Por que diabos Andy não trouxe nosso filho junto com ele? Não faria diferença se ele perdesse um dia de creche.

Não tenho por que voltar para Londres se Andy já foi embora. Ansiosa e aborrecida, eu me estico por entre os bancos da frente e digo ao motorista de Uber para nos deixar na nossa casa daqui. Eu devia estar mais preocupada com o que Andy anda aprontando, mas não consigo parar de pensar nas cicatrizes feias nos braços de Bella. Sei que se cortar é quase um rito de passagem em certas escolas caras para meninas hoje em dia, mas o que será que está fazendo aquela jovem linda, inteligente e engraçada querer se ferir dessa maneira horrível? Peço a Deus para que o que aconteceu comigo não esteja acontecendo com ela...

Não. Não! Andy jamais faria uma coisa dessas.

Entro sozinha na casa vazia, estremecendo como se alguém tivesse acabado de passar por cima da minha sepultura. Prometi a Bella não dizer nada, mas e se a coisa piorar? A maior parte das meninas que se ferem não é suicida.

Estão querendo liberar emoções com que não conseguem lidar, escapar da sensação de não valer nada e de se odiar; se cortar alivia a intensa dor emocional. Mas e as poucas que *têm* tendência ao suicídio? Eu não conseguiria viver comigo mesma se Bella fizesse alguma coisa horrível que eu tivesse os meios de impedir.

Não é só por ela estar se cortando. A menina parece *adoentada*. Está pálida, retraída, e perdeu peso nas últimas semanas. Algo está sugando a vida dela, levando-a a se ferir.

Frustrada e com medo, abro uma garrafa de Pinot Grigio, um dos poucos artigos na geladeira quase vazia, e me sirvo de uma generosa taça, para ficar às voltas pela casa vazia, ansiosa. Sinceramente acredito que Bella esteja com algum problema sério, e não sei o que fazer. Com vinte e nove anos, eu não tenho a menor ideia de como ajudar uma adolescente angustiada que lidou com um divórcio, pressão da turma e sabe lá Deus o que mais. O fato de eu também ter sido uma menina problemática não me qualifica a oferecer ajuda profissional.

Vou ter que contar a Andy o que há com Bella, percebo, de repente. É a coisa responsável a fazer. Bella vai me odiar por algum tempo, e não a culpo por isso, mas, no fim, ela vai entender o porquê. Sim, quero ser amiga dela, mas meu papel aqui é ser sua *responsável*.

Droga, cadê o Andy? Ele disse que estava vindo faz horas. Ele já devia estar aqui.

Confiro o aplicativo espião no meu celular, e o ponto localizador de Andy aparece imediatamente: ele está no trem de Victoria para Brighton, pouco depois de Crawley, a menos de meia hora de distância. Já são seis da tarde, de forma que ele provavelmente vai querer vir para cá largar a bolsa, e depois ir direto à casa de Louise para ver como está Bella. Eu engulo um grande gole de vinho. Até parece que ele precisa de desculpas para ir visitá-la.

De um impulso, entro no escritório e logo na conta de e-mail de Andy, passando os olhos pelas mensagens. Quase todas elas são relacionadas a trabalho, fora um ou outro pedido de caridade e uns e-mails de um editor da CNN que o tem cortejado para mudar de canal. Nada que me alarme; mas Andy não é burro. Quando estávamos saindo escondidos de Louise, ele comprou um celular pré-pago separado, para o caso de ela xeretar o iPhone dele algum dia. Ele não é besta de deixar uma trilha virtual de e-mails incriminadores.

Puxo o histórico do navegador dele, ainda incerta do que estou procurando. Só encontro mesmo sites de notícias e uns links inócuos de páginas de pesca e esportes ao ar livre. Paro em um endereço da web que não reconheço, e rapidamente saio quando aparece uma sala de chat para menores. Andy vem trabalhando em um documentário sobre tráfico sexual de menores, mas não quero que essas imagens fiquem na minha cabeça. Simplesmente continuo a deslizar a tela, escrutinando as três últimas semanas de seu histórico do navegador, mas não há nada remotamente escuso. Então por que de repente eu me sinto tão inquieta?

Aquela sala de bate-papo para adolescentes. Mas é só coisa do *trabalho* dele. O Andy não é que nem meu pai. O que me aconteceu *não está* acontecendo com a Bella. Eu conheço os sinais. Eu teria percebido.

Com um suspiro exasperado, desligo o computador dele, e abro espaço na escrivaninha para o meu laptop. *Chega*. Assim vou acabar ficando maluca.

Na meia hora seguinte, uso o trabalho como fuga da tempestade de preocupações na minha cabeça, respondendo a e-mails e finalizando alguns *briefings* que esperavam minha aprovação. Vários clientes já ouviram na rede de fofocas que AJ vai sair, e estão ansiosos querendo saber quem é que vai cuidar deles de agora em diante. AJ sempre foi tão bom em gerir as necessidades e expectativas deles. Sei que a Univest é importante para Patrick, mas o porquê de ele ter deixado Tina Murdoch ditar os termos e nos sabotar eu não sei.

Meu estômago ruge, e percebo que continuo sem comer o dia todo. Vou à cozinha, desencavo massa de macarrão e uma lata de tomates da despensa, de olho no progresso do pontinho vermelho de Andy enquanto preparo rápido um espaguete ao pomodoro. Ele chega em Brighton quando a panela começa a ferver, mas, em vez de vir na minha direção, o localizador piscante entra na estrada que vai para Petworth.

Abafo uma onda de raiva. Obviamente ele pegou um táxi direto para a casa de Louise, em vez de passar aqui primeiro. Ele sabe que a concussão de Bella não foi nada sério. O mínimo que poderia ter feito seria me fazer uma visita de cortesia antes de sair correndo para sua outra família.

Que horas você vai chegar em casa? Mando, furiosa, uma mensagem de texto.

...

De novo os três pontinhos. Leva vários minutos até ele responder de fato, o que quer dizer que ele redigiu a resposta, depois apagou, editou, até que por fim se decidiu por isso: Trens atrasados, alguma ameaça à segurança. Talvez só chegue aí tarde. Não me espere para dormir.

A água espuma e transborda da panela, e eu a tiro do fogo, soltando um palavrão ao queimar meus dedos no cabo quente. Ele está mentindo. Por quê? Ele já está aqui, em um táxi a caminho de Louise, então por que simplesmente não me conta?

Meu cérebro se debate como um pássaro contra uma janela fechada. Ele não quer que eu saiba que já está indo ver Louise porque aí vou esperar que ele chegue em casa em menos tempo. E ele visivelmente planeja ficar lá mais tempo do que o necessário para ver se a filha está bem.

Antes que eu tenha ideia de como formular uma resposta, o celular zumbe de novo. Eu o apanho, esperando que seja Andy, mas a mensagem é de AJ. *Desculpe te deixar na mão.*

Que bobagem, respondo a ele. *Vamos dar um jeito nisso juntos, juro.*

Ele não me responde. Ligo para ele, e toca algumas vezes, depois corta para sua mensagem da caixa postal. Termino a ligação, e aperto o botão de rediscagem. Na terceira vez, por fim, ele me atende.

– AJ, cadê você? – pergunto, aflita. – Posso voltar para Londres se você estiver precisando de mim...

– Não, tudo bem – diz AJ. – Vou ficar bem.

A voz dele parece que está vindo de longe, de forma que aperto o aparelho contra a orelha para entender o que ele disse.

– Pela voz você não parece bem – digo, incomodada.

– Você foi uma ótima chefe, Caz. E uma ótima amiga.

O medo dá um nó apertado no meu estômago.

– AJ, onde você está? – pergunto de novo.

– Sinceramente, está tudo bem. Você vai se virar sem mim.

Ele não está falando de sua saída da Whitefish. Está falando de outra coisa, sombria. Já vi desespero antes: sei como é, como soa, e estou ouvindo um exemplo agora mesmo.

– Sei que parece o fim do mundo, mas as coisas *vão* melhorar – digo depressa. – Muita gente te ama, AJ. Tem uma luz no fim do túnel, mesmo que você não esteja vendo agora.

Um prolongado silêncio se segue.

– Vou sentir falta deste lugar – diz ele, por fim. – Ele era a minha vida.

Deste lugar. De repente eu percebo onde ele está. A badalada do relógio ao fundo, a ventania por cima de suas palavras. Ele está no terraço do prédio da Whitefish.

Corro para o vestíbulo e pego o telefone fixo, discando o número da emergência com os dedos rígidos enquanto continuo falando com AJ no meu celular.

– Sei que você acha que não tem saída, mas já estive onde você está, AJ, e existe esperança, *sim* – eu digo. – Sempre há esperança.

– Não para mim – diz AJ, mas ouço um quê de hesitação em sua voz.

Seguro o celular contra meu peito enquanto digo ao atendente da emergência para mandar alguém ao prédio da Whitefish em Londres imediatamente, e em seguida volto à ligação do celular. Continuo a falar sem cessar, sem saber se está fazendo algum sentido, mas ouço a respiração de AJ, de forma que sei que ele está me ouvindo.

Não sei quanto tempo passa antes de eu ouvir o barulho de sirenes a distância, e, alguns minutos depois, vozes ao fundo da ligação. Os paramédicos devem ter chegado. O nó no meu estômago por fim afrouxa, e percebo então como fiquei assustada. Em poucas semanas, AJ perdeu Wayne, e agora um emprego que era tudo para ele. Não tenho ideia do quanto ele passou perto de cometer um ato irrevogável, mas, se tivesse ido até o fim, eu sei que a culpa seria toda de certa pessoa. Nossa, como odeio aquela mulher.

– Tenho que desligar – diz AJ. – Mais tarde eu te ligo.

Eu desabo em uma cadeira da cozinha e coloco a base das mãos nos olhos, tremendo inteira. Primeiro Bella, e agora AJ. Este é um dos piores dias da minha vida, e tive que lidar com tudo sozinha. Queria que Andy estivesse aqui para me dizer que vai ficar tudo bem, mas, graças a Louise, não tenho a quem recorrer. Não paro de imaginar AJ de pé na beira do terraço, olhando para a rua lá embaixo, juntando coragem para pular. Engulo com força, tentando não vomitar.

Mando outra mensagem para Andy, mas não me surpreendo quando ele não responde. Sinto um gosto amargo na boca. Louise pensa que está vencendo, tomando de volta o que a pertence, destroçando minha vida feito um caminhão de demolição. Bem, espero que ela aproveite bastante esta noite. Espero que ela ainda ache que vale a pena, quando vir as consequências.

Eu não queria chegar à guerra nuclear, mas ela não me deixou escolha.

Ainda me resta uma carta na manga.

RUTH CLARKE

PARTE 1 DO DEPOIMENTO GRAVADO

Data: 27/07/2020

Duração: 24 minutos

Local: Centro de Repouso para Idosos Starr Farm, av. Parsloes, Dagenham

Realizado por agentes de polícia de Devon & Cornwall

(cont.)

RC	O pai dela não morreu.
POLÍCIA	Mas a sra. Page disse que…
RC	É o que ela sempre diz. Mais fácil que admitir que ele a abandonou. Ela detesta a verdade; então muda os fatos como quer. Até onde sei, Ted Clarke está muito bem de saúde, acabando com a vida de outra infeliz. Em Dorking, da última vez que ouvi falar.
POLÍCIA	Anote isso, Rich. Vamos precisar falar com ele.
POLÍCIA	Sim, senhor.
RC	E o que vocês queriam comigo?
POLÍCIA	Quando você viu sua filha pela última vez, sra. Clarke?
RC	Sei lá. Faz umas duas semanas? Ela vem quando quer vir. Eu sou o quê, mãe dela?
POLÍCIA	Senhor, tem certeza de que [inaudível].
POLÍCIA	O médico disse que ela estava bem para o depoimento, Rich.
RC	Estou brincando, meu filho. Sou velha, não senil.
POLÍCIA	Quando você viu sua filha da última vez, sra. Clarke, como ela lhe pareceu?

RC   Ela trouxe o biscoito errado.

POLÍCIA   Ela falou alguma coisa do marido dela?

RC   Ela não me contou que estava planejando meter uma faca na garganta dele, se é isso que está perguntando.

POLÍCIA   Você acha que sua filha matou o marido?

RC   E você, acha?

POLÍCIA   [Pausa.] Vou perguntar de outra forma. Ela deu algum indício de que eles estavam com problemas quando te visitou?

RC   Ela se casou com um trapaceiro. E pau que mete em outra nunca se endireita.

POLÍCIA   Você quer dizer "pau que nasce torto"?

POLÍCIA   É um trocadilho, Rich. Você quer dizer que Andrew Page estava tendo um caso?

RC   Como é que eu vou saber? Nem o conhecer em pessoa conheço. Ela não me convidou para o casamento. Que beleza de "honra a tua mãe", hein? Primeiro tentou me matar, depois me deixou aqui pra apodrecer. Se eu ainda não estava morta do pescoço para cima quando cheguei, estou agora.

POLÍCIA   Como assim, tentou te matar? Quem tentou?

RC   Minha querida filha, oras, quem mais?

POLÍCIA   Senhor [inaudível].

RC   Eu sei o que diz na minha ficha. Nunca tentei me matar. Ela não estava tentando cortar minha corda quando minha vizinha a flagrou, estava tentando terminar o serviço. Mas Carol é muito convincente, quando quer. Vocês não têm ideia do que ela é capaz.

POLÍCIA   Carol? Você se refere à sua filha, Caroline Page.

RC   Mudou de nome quando saiu de casa. Mas tira os blazers chiques e o sotaque de riquinha, e ainda é a Carol.

POLÍCIA   Perdão, mas você está dizendo que sua própria filha tentou te *assassinar*?

RC   Não espero que acredite em mim.

POLÍCIA	Você tem como provar isso?
RC	Acha que eu estaria sentada aqui se pudesse?
POLÍCIA	Senhor, eu [inaudível].
RC	Quem veio me ver foram vocês, lembram? Estão achando que não sou confiável? Todo mundo só conta a verdade que tem para contar, meu filho. Acha que alguém está contando os *fatos* pra vocês?
POLÍCIA	Obrigado, sra. Clarke, você ajudou muito. Se precisarmos de mais alguma coisa, alguém vai entrar em contato. Rich, pode desligar o…
RC	A esposa dele veio me ver semana passada.
POLÍCIA	[Pausa.] Desculpe, sra. Clarke. O que foi que você disse?
RC	Louise Page. Ela esteve aqui.
POLÍCIA	O que ela queria?
RC	O mesmo que você. Ela queria saber da Carol. A diferença é que *ela* me levou a sério.

33
Louise

O táxi desaparece pela alameda, e Andrew pega sua maleta e me acompanha pela lateral da casa, entrando na cozinha quase finalizada. Estou prestes a colocar a chaleira no fogo quando tenho uma ideia melhor, e pego uma garrafa de Glenlivet 18 anos single malt do aparador da sala de jantar. Sirvo um dedo grosso do líquido âmbar em um copo de cristal pesado, e o levo para Andrew. A última vez que toquei nessa garrafa e no meu melhor copo de cristal foi há quase cinco anos, no Natal antes de ele ir embora.

Andrew vira o uísque de uma golada só e me estende seu copo vazio. Volto ao aparador para pegar outra dose, cada vez mais preocupada. Nunca o vi beber desse jeito.

Não costumo ter vontade de tomar bebida alcoólica durante a semana, mas estou com um pressentimento de que hoje vou precisar. Eu me sirvo de uma farta taça de vinho branco e levo as duas bebidas para a sala de estar.

– O que houve? – pergunto, deixando o copo de Andrew sobre a mesa de centro a sua frente. – O que você quis dizer com "fui um idiota"?

Ele esconde o rosto com as mãos.

– Ah, meu Deus. Não sei nem por onde começar.

– Tente pelo começo.

Eu me sento junto dele, mas por um bom tempo ele fica calado. Seus ombros arfam em silêncio, e percebo, chocada, que ele está chorando. As vezes em que o vi chorar não chegam aos dedos de uma das mãos.

Meus braços doem de vontade de abraçá-lo e consolá-lo, mas não sinto ter esse direito:

– Andrew, seja lá o que for, sei que podemos dar um jeito – digo.

Ele volta o rosto desesperado para mim.

– Lou, acho que não vai ser possível.

O que será que ele fez de tão terrível? Será algo ligado ao trabalho? Crio hipóteses na minha cabeça, me perguntando o que poderia tê-lo levado a um desespero desses. Ele já cometeu erros antes, exibindo uma matéria sem verificar todos os fatos, tomando uma decisão ruim que colocou toda a sua equipe em risco, mas instintivamente sei que desta vez é algo mais pessoal. Equipes de reportagem trabalham muito próximas em viagens, produtores e repórteres nos mesmos quartos de hotel, viajando juntos por dias a fio. Adrenalina e álcool são uma combinação inebriante. E estamos na era do #MeToo. Será que ele passou dos limites? Será que alguém o está acusando de assédio, ou até de agressão sexual?

Ouço passadas nas escadas, e Bella aparece na porta. Ela toma um susto quando vê o pai:

– O que você está fazendo aqui?

– Ouvi dizer que você esteve na guerra – diz Andrew, levantando-se para abraçá-la. Ninguém a não ser eu enxergaria a infelicidade e o desespero por trás do sorriso dele. – Que galo bonito você arrumou. E a bola, está bem?

– Ha ha. – Ela enfia as mãos por dentro das mangas compridas de sua camisa cinza, e percebo que consigo ver suas costelas e saboneteira delineadas sob o tecido fino. Ela está tão *magra*.

– Está tudo bem, pai? – pergunta Bella. – Você está um pouco estranho.

Ele está mesmo com uma aparência horrível: olhos vermelhos, exausto, pele acinzentada sob o bronzeado. Está representando bem para Bella, mas sua mão treme quando ele vai pegar o copo de novo, e mesmo sendo o ator experiente que sei que é, não sei quanto tempo ele vai aguentar manter a performance.

– Minha filha passou o dia na emergência do hospital – diz ele. – Um dia, você vai saber o que é isso.

– Volte para cima já – digo a Bella. – Você devia estar de repouso.

– Você quer que eu vá junto para te pôr para dormir?

Bella faz cara de susto.

– Ela tem dezesseis anos – digo suavemente. – Não precisa ser posta para dormir. Vá logo, Bella. Seu pai vai se despedir mais tarde, antes de ir embora.

Bella volta ao seu quarto, e eu me sirvo de outra taça de vinho, muito perturbada por seja lá o que esteja acontecendo com Andrew. Além disso, o choque pós-acidente de Bella está começando a passar, me deixando exausta e emocionalmente esgotada. Hoje revivi tantas lembranças lúgubres. Mal posso esperar que ela durma, para poder me sentar ao seu lado e simplesmente ficar contemplando seu sono.

– Ela parece bem – diz Andrew, quando eu volto.

– Ela está magérrima. Não notei até vê-la hoje no leito do hospital. Perdeu muito peso nestes últimos meses. Você acha que devemos nos preocupar?

– Todo mundo parece doente deitado numa cama de hospital.

– Hoje em dia se lê tanta coisa sobre distúrbio alimentar...

– A mim ela parece ótima – diz ele, irritado. – Ela sempre foi magrinha, você sabe. Mas, se estiver preocupada, leve-a a algum médico.

– Não quero pôr minhocas na cabeça dela.

Ele suspira.

– Então não leve.

Ele volta a se encostar no sofá, derrubado, olhando para dentro do copo com expressão melancólica. Fico esperando ele me contar qual o problema que o aflige, mas ele está perdido demais em seus pensamentos soturnos. Seu celular zumbe algumas vezes com mensagens de texto – devem ser da Caz –, mas ele ignora.

– Andrew – tento começar. – Você quer...

De repente ele olha para mim:

– Não vamos fazer isso – diz ele, com uma nota de desespero na voz. – Será que não podemos só passar um fim de noite juntos numa boa, assistindo TV, sem ficar falando sobre nada?

– Se é isso que você quer. Quer comer alguma coisa? Posso preparar...

– Não por mim – diz ele. – A não ser que esteja com fome?

– Estou bem. Comi com as crianças mais cedo.

Ele não fala em Caz, e eu não pergunto dela. Apesar da minha aflição, não consigo evitar certo prazer ao perceber que foi a mim que ele recorreu na crise, e não a Caz. Ela pode ser esposa dele agora, pode ser até que ela o ame, mas meu laço com o Andrew é mais forte, mais antigo, vem de longe. Seja lá o que tiver acontecido, seja lá o que ele tiver feito, eu estou sempre do seu lado, e ele sabe disso, ou não teria vindo aqui.

Eu fui um baita de um idiota, disse Andrew. Pela primeira vez, ouso sonhar que ele quis dizer: *Por te abandonar.*

Ele pega o controle remoto e liga a televisão, parando em um gélido filme de suspense escandinavo a que já assisti, e se serve de uma terceira dose de uísque. Eu também me sirvo de outra. A sorte é que Andrew não veio para cá dirigindo; claramente vai ter que pegar um táxi para casa.

Juntos, apertados no sofá, fico hiperconsciente do calor do seu corpo contra o meu, o cheiro doce, misturado ao do uísque, da sua pele. O sofá é o mesmo que compramos há dezessete anos, quando eu estava grávida de Bella, seu tecido de chintz já tão gasto e manchado de líquidos, sol e canetas hidrográficas que agora é quase impossível distinguir a estampa original. Eu já deveria ter comprado um novo há anos, mas é o sofá onde amamentei meus filhos, onde um deles possivelmente foi concebido, e não consigo me separar dele. As suas molas já cederam faz tempo, e não fosse pelas duas resistentes latas de balas embaixo, segurando as almofadas, nossas bundas estariam coladas no chão. Desse jeito, acabamos por escorregar para o centro como se estivéssemos em um colchão vagabundo. Andrew me enlaça com o braço, nos segurando no lugar, como sempre fez. A sensação é de que ele nunca foi embora.

– Por que você é tão boa comigo? – murmura ele de repente, junto ao meu cabelo. – Depois de tudo que te fiz. Eu não mereço.

É uma pergunta que me fiz inúmeras vezes nos últimos quatro anos. *O coração quer o que quer, e pronto.*

– Não merece mesmo – concordo, tentando ignorar o latejar súbito entre minhas pernas.

– Nós tínhamos tudo, e ainda assim conseguimos estragar as coisas – diz ele, falando um pouco engrolado. – Como é que fomos acabar assim?

– Andrew...

Ele me silencia com um beijo.

Por uma fração de segundo, o espanto é grande demais para eu reagir. Mas meu corpo sabe das minhas necessidades melhor do que eu, e a memória muscular do coração é forte demais para eu hesitar mais do que um momento. Há quatro anos de anseios reprimidos no beijo a que correspondo, quatro anos de espera, carência, dor e vontade. Todos os neurônios do meu corpo se reavivam, e percebo que tenho estado adormecida, em animação suspensa, desde o dia em que ele se foi.

Abruptamente, Andrew para de me beijar. Tento me fortalecer para ouvir a desculpa esfarrapada: *uísque demais, está ficando tarde, não devia ter feito isso*. Mas ele só parou para se expulsar do sofá que nos traga feito uma planta carnívora, estendendo uma das mãos para mim.

Eu a aceito.

Eu a aceito, e o deixo me levar para o andar de cima, mesmo sabendo que o que vamos fazer está errado de tantas formas. Eu aceito porque bebi uma garrafa de vinho inteira, porque está tarde e foi *ele* que me procurou, porque estou cansada de resistir aos meus sentimentos, de fingir para mim mesma que deixei o passado para trás. Aceito a mão dele, vamos para o nosso quarto e deixo que ele tire minha roupa porque eu o amo, e porque na minha cabeça e coração ele ainda é meu marido, sempre foi o *meu* marido, não importa com quem esteja casado.

Somos desconhecidos que conhecem cada centímetro da pele um do outro. O sexo flui tão fácil entre nós como sempre fluiu, mas agora intensificado pela emoção de redescobrirmos um ao outro. Eu já tinha até esquecido como gosto de sexo, da extraordinária capacidade do meu corpo de me proporcionar prazer.

Depois, ficamos deitados abraçados, minha cabeça apoiada em seu peito. Andrew caiu no sono instantaneamente, como sempre. Ouço seu coração batendo, pressionando a palma da mão de leve contra a pele dele. Eu fantasiei tanto esse momento. Agora que aconteceu, parece que não consigo acreditar nele.

Eu me desvencilho de seu abraço sem despertá-lo, me apoiando no meu cotovelo para observá-lo dormir. Não sei por que ele resolveu voltar para mim agora, depois de tanto tempo, mas não vou questionar. Isso é o que eu queria desde o dia em que ele se foi: que ele voltasse à razão, percebesse como foi estúpido, e voltasse para mim. Ele não disse isso com todas as letras, mas também não perdemos muito tempo falando. É óbvio que foi o que ele quis dizer. Ele está aqui. É só o que importa.

Então por que essa estranha sensação de... *anticlímax*?

Não foi por causa do sexo. *Isso* me satisfez física e emocionalmente. E ainda assim, me sinto estranhamente desanimada, como em 26 de dezembro depois de toda a expectativa e empolgação do Natal. Ainda que tenha sido maravilhoso, é claro que não poderia superar o peso de quatro anos de expectativa. Nada poderia.

Queria poder deixá-lo dormir, mas não posso correr o risco de Tolly entrar aos pulos às cinco da manhã e encontrar o pai na minha cama. Precisamos revelar isso com todo cuidado aos nossos filhos, uma vez que tenhamos discutido bem a logística de Andrew voltar para cá. Eu sei como Bella ficou próxima de Caz. Não quero afastá-la mais ainda de mim. Vai ser preciso certa sutileza no que diz respeito a ela.

Cutuco Andrew, sorrindo quando ele abre os olhos:

– Detesto ter que te acordar, mas os meninos não podem te encontrar aqui.

Ele olha para o relógio de pulso e senta, abruptamente, na cama:

– Merda. Já é essa hora?

– O quarto de hóspedes está com roupa de cama. Você pode...

– Preciso voltar para a Caz. Ela deve estar desesperada pra saber por onde ando.

Observo em silêncio ele vestir as calças de um puxão e vasculhar as roupas emboladas pelo chão até encontrar as meias. Eu tinha presumido, pela maleta com que ele chegou aqui, que já dissera a Caz que ia deixá-la. Uma inquietude difusa começa a tomar conta de mim. Ele deve estar indo dar a notícia para ela agora. Ele não me decepcionaria de novo.

Andrew encontra as meias e senta-se perto de mim para calçá-las. Ajeitando uma mecha de cabelo atrás da minha orelha, ele me olha no olho:

– Você é incrível – murmura ele. – Você não sabe como eu estava precisando disso.

Fico digerindo essa fala por um momento. O sexo é diferente para os homens, é claro. É assim que eles se comunicam. Que demonstram amor. Não precisam chegar a *dizer* que te amam.

– O que você vai dizer à Caz? – experimento perguntar.

– Ela sabe que vim ver como a Bella estava. Vou dizer para ela que bebi demais, e que dormi duas horas no sofá para passar o pileque. Ela não vai gostar, mas pelo menos vai sossegar.

Sossegar? Não se sossega a esposa quando você está para deixá-la. Você faz isso quando não quer ser pego.

Sinto um peso frio no estômago.

– Andrew – digo devagar. – Andrew, quando você disse que tinha sido um idiota, o que *exatamente* você quis dizer?

Quatro dias antes da festa

34
Caz

Fico às voltas pela casa vazia, às escuras, aguardando a volta de Andy, agitada demais para dormir ou até me distrair com baboseiras na televisão. Dá meia-noite e passa, e seu localizador continua pulsando na casa de Louise. Sem se mexer há horas. Imagino Andy olhando de relance para o celular quando ele zumbe com minhas mensagens, deixando a notificação de lado sem nem mesmo se incomodar em abri-la, ou talvez mostrando-a para Louise, os dois rindo de mim enquanto espero, patética, o seu retorno. Ou será que o celular dele está abandonado no bolso do paletó, jogado no encosto de uma cadeira da cozinha ou mesmo no chão do quarto? Será que ele está comendo ela agora?

Com um grito de frustração, jogo o celular longe e desabo no sofá, aos soluços. Ele nunca deixou de amá-la; eu sempre soube disso. Minha mãe tinha razão: é impossível edificar uma casa sólida sobre a areia. Ele é um frouxo. E foi por esse motivo mesmo que acabamos nos casando.

A história em que Andy acredita, a história que contei e recontei tantas vezes que quase chego a acreditar também, é de que nos conhecemos por acaso. Um pequeno acidente na esquina da rua Clerkenwell com Hatton Garden: nós literalmente nos conhecemos por acidente, diz Andy toda vez que conta a história, o acidente mais feliz da minha vida. Ele não se lembra de que já havíamos nos conhecido, de passagem, seis semanas antes quando Tina nos apresentou no leilão de caridade da RSPCA. Mal trocamos três palavras naquela noite, mas para mim bastou. Não foi difícil descobrir a rotina de Andy, e estar no lugar certo, na hora certa: ele apresentava o boletim noturno da INN toda noite, e pegava o mesmo caminho para o trabalho no mesmo horário todo dia. Eu só criei uma oportunidade.

Mas não o obriguei a ter um caso comigo. Não é possível roubar o marido de ninguém; não é como se fossem batons que você coloca no bolso quando o gerente da loja está de costas. Se o casamento de Andy estivesse bem, teríamos trocado a informação do seguro, e fim de papo. Ele não teria me ligado no dia seguinte, nem me chamado para um drinque. Ele não teria se debruçado sobre a mesa do pub, ajeitado meu cabelo atrás da orelha nem me dito que eu era linda.

Andy me engabelou, penso, furiosa. Ele me fez acreditar que estava se apaixonando por mim, me estimulou a isso, *ele* veio até *mim* quando descobriu que Louise o havia traído. Não precisava ter feito isso, mas fez. Ele se *casou* comigo. Agora ele não vai poder mudar de ideia, não. Não estamos brincando de casinha. Não tem como voltar atrás numa coisa dessas.

Por fim acabo caindo em algum tipo de sono leve no sofá, acho, porque não ouço Andy chegar, e me assusto quando ele toca meu ombro.

– Por que você está dormindo aqui embaixo? – sussurra ele.

Eu me ergo com dificuldade:

– Que horas são?

– Quase três. Me desculpe chegar tão tarde. – Ele tira os sapatos com a ponta do pé e desaba no sofá a meu lado. – Perdi a noção do tempo. Louise e eu bebemos um pouco depois que a Bella dormiu. Mais do que um pouco, pra falar a verdade. Amanhã ela vai ver a ressaca. – Ele boceja. – Você estava me esperando acordada?

– Você não atendeu o telefone – digo, tensa. – Nem respondeu mensagem nenhuma.

De repente ele se levanta e vai até o armário que usamos como adega, servindo-se de um uísque.

– Eu te disse para não esperar acordada – diz ele, de costas para mim. – Meu trem atrasou por causa de...

– Uma ameaça à segurança. Recebi sua mensagem.

Quase consigo ouvir as engrenagens mentais dele rodando para tentar calcular quanto estou sabendo, em quanta encrenca ele está metido. Ele deve estar percebendo como teria sido fácil eu verificar a história dele.

– Não sei por que você está fazendo essa tempestade em copo d'água – diz ele por fim, acomodando-se em uma poltrona do outro lado da sala. Deixando uma distância entre nós. – Você sabia onde eu estava.

– Até as três da manhã?
– Quer que eu te informe toda vez que for cagar agora?

Dá para ter uma ideia de quanto essa conversa o deixa nervoso pela grosseria dele, tão pouco característica.

– Seria bom ter ficado sabendo se você chegou bem a Brighton – revido. – Já que houve uma *ameaça à segurança*.

– Olha, o que é que foi, hein? – diz ele, irritado. – O dia no trabalho foi difícil, fiquei preocupadíssimo com a minha filha, e está tarde. A última coisa de que preciso quando finalmente chego em casa é um interrogatório seu.

Estou cansada da esgrima verbal. Cansada das mentiras dele.

– Não teve ameaça à segurança nenhuma – digo com frieza. – Seu trem não se atrasou. Por que *você* não me diz "o que é que foi"?

Ele abre a boca para vociferar, mas vejo que acaba repensando. Vira o uísque inteiro na boca.

– Passei a noite com os meus filhos – diz ele, desafiante. – Estava preocupado com a Bella, tá bom? Eu só não queria bater boca com você. Você sempre faz um dramalhão toda vez que encontro com Louise. – Seu tom fica agressivo. – Eu não precisaria mentir se você não deixasse tudo tão difícil.

– Se for por isso, já era – digo, irada. – Você deixou *bem* claro de que lado está quando se trata de Louise. Se ela estala os dedos, você vai correndo.

– Louise é mãe dos meus filhos – diz ele com frieza. – Gostando você ou não, ela faz parte da minha vida. Você sabia disso quando se casou comigo. – A expressão dele agora é hostil. – Ela tem motivos bem mais fortes para ter problemas com *você* do que você com ela, mas ela não fica enchendo meu saco desse jeito.

– Santa Louise – digo com amargura. – Começo a me perguntar por que você a deixou.

– Pois é. Você não é a única.

De repente, cai o silêncio entre nós. Nos olhamos por cima de um abismo cada vez mais largo, sem poder ou sem querer criar uma ponte.

– Desculpe – diz Andy, por fim. – Não quis dizer isso.

Eu sei que devia deixar pra lá. Está tarde, e estamos cansados. Não é o tipo de conversa para se ter às três da manhã, mas não consigo largar o osso.

– Onde você esteve hoje, Andy?

– Você sabe onde eu estive – corta ele. – Acabei de falar.

– Estou dizendo *hoje*, quando você supostamente estava no trabalho.

De repente ele fica todo duro no lugar.

– Eu *estava* no trabalho.

– Não estava, não. E também não estava no trabalho na sexta...

– Você tem andado me vigiando?

– Será que vai ser preciso?

– Deus do céu, Caz. Você *sabe* que eu não estava com a Louise hoje, ou eu não teria que vir correndo de Londres quando nossa filha acabou no hospital!

– Então com quem você *estava*? – insisto. – Sua secretária me disse que você tirou um dia para resolver assuntos pessoais. Pessoal *quanto*, Andy?

Ele bate o copo na mesa de centro.

– Para com essa perseguição! – grita ele. – Estou investigando uns assuntos muito delicados, não conto para Jessica tudo que ando fazendo! – Ele passa a mão pelo cabelo, claramente tentando conter a raiva. Quando volta a falar, sua voz está bem mais calma. – Olha, algumas das minhas fontes são muito assustadiças, sabe? Às vezes vou encontrar com elas sem avisar no trabalho. Podemos parar com isso agora? Não tem nada acontecendo, nem com a Louise, nem com mais ninguém, juro pela minha vida.

Querer acreditar nele, eu quero. Detesto que ele tenha me transformado nesse tipo de mulher que sempre desprezei, a ciumenta, desconfiada, que revira bolsos e espiona e-mails. Estou tão perdida. Tudo parece um grande truque de ilusionismo, não sei mais o que é verdade. Talvez eu só esteja paranoica, penso, em desespero. Deixei Louise entrar na minha cabeça. Preciso me recobrar e pensar direito nisso quando estiver menos cansada. Estou esgotada demais para continuar essa briga.

– Vou subir para dormir – digo, sem esperar que ele me acompanhe.

Tiro minhas roupas todas e me enfio na cama, mas estou ligada demais para dormir. Pouco depois a porta se abre, e ouço Andy se despindo no escuro. Fico imóvel, rígida de tristeza, e sinto a cama afundar sob o peso dele. Ele comprime o corpo contra o meu, seu braço pesando na minha cintura.

– Olha, me desculpe – sussurra ele, apoiado no outro cotovelo. – Não queria brigar com você. Não queria dizer nada daquilo. Foi o uísque.

Ainda estou bravíssima com ele, mas mesmo assim o calor do seu corpo comprimindo o meu faz minha pulsação latejar nos ouvidos, e passo a lutar para continuar sentindo raiva.

Ele desliza a mão pelo meu quadril, sua voz grave, hipnótica.

– Você tem razão, eu não devia ter mentido pra você. É que sei como você fica aborrecida com a Louise. Não estou tentando arrumar desculpas; eu estava errado, e peço perdão. – Seu hálito quente sopra em meu pescoço. – Hoje ela estava meio doida, foi por isso que acabei ficando mais. Eu me esqueço do quanto ela fica obcecada. Ela está pensando que foi você que envenenou o coitado do Bagpuss. Começo a pensar que ela está desequilibrada sim, como você tinha dito. Quem sabe a próxima loucura que ela vai cometer. – Os dedos dele deslizam para a área úmida entre as minhas pernas, e não os tiro dali. – Ela está vivendo em um mundo de fantasia. Deve achar que a gente vai voltar a ficar junto daqui a...

De repente, me arranco de perto dele. Ele trepou com ela. Até trinta segundos atrás, eu não tinha certeza, mas o conheço bem demais, reconheço a forma distorcida como sua mente opera. Esse discursinho foi só para fundamentar a sua defesa caso ela venha falar comigo para admitir que dormiram juntos. *Ela é louca. Veja que doideiras ela andou dizendo de* você. *Obviamente está delirando. Não acredite em uma palavra do que ela diz.*

Andy experimenta pôr uma das mãos no meu ombro, mas quando dou um repelão de novo, ele solta um suspiro bem teatral, e rola para fora da cama.

– Vou só tomar um banho rápido – diz ele. – Não demoro.

Aperto as juntas da mão contra a boca. Lágrimas salgadas caem em meus dedos, e fecho os olhos apertados, engolindo meus soluços por pura força de vontade. Angie estava certa. Minha mãe estava certa. Todos os céticos e do contra que me disseram que pau que nasce torto nunca se endireita estavam certos. Eu esperava o quê? Que tipo de homem abandona seu filho com uma semana de idade, não obstante o que a mãe dele tenha feito?

O tipo de homem que trai, mente e engana você para que pense que ele é capaz de amar alguém que não seja ele mesmo.

Andy é traiçoeiro, desonesto e um filho da puta, mas ele é o meu filho da puta. Não tenho a menor intenção de desistir dele. Quer o ame, quer o odeie, não importa. Amor e ódio são dois lados da mesma moeda, mesmo.

35
Louise

Eu te amo, disse Andrew. Sempre te amei, disse ele.
Faço uma careta para mim mesma no espelho do banheiro, imitando baixinho a voz de Andrew. Você não tem ideia da saudade que eu estava de você. Foi ótimo ficar contigo. Me diverti muito.

Entrando no chuveiro, ligo a água no mais frio possível e enfio o rosto sob o jato gelado, furiosa comigo mesma. Como é que fui cair nesse papinho de novo? Se você me engana uma vez, a culpa é sua. Se você me engana novamente, aí a culpa é minha. Andrew veio pedir conselhos para mim sobre o caso que estava tendo com outra mulher. Foi isso que ele quis dizer quando alegou ter sido um idiota, e não que se arrependia de me deixar. Numa coisa eu admiro Andrew. É preciso ser muito sagaz para trair duas esposas ao mesmo tempo.

O banho frio não faz muito pelo meu estado de espírito, mas pelo menos dissolve minha ressaca. Furiosa, seco meu cabelo com a toalha e marcho em direção ao meu quarto para me vestir. Tenho certeza de que Andrew não veio aqui esperando dar umazinha, mas deve ter sido um extra muito bem-vindo. Ele nem teve que fazer grandes esforços para me levar pra cama. Pensar nele recostado no banco traseiro do táxi, todo pimpão, contabilizando as últimas mulheres que comeu a caminho da casa da esposa oficial, me dá vontade de matá-lo.

Da última vez que ele me deixou pela Caz, meu coração ficou partido. Agora, investigo meus sentimentos, testando-os criteriosamente como se cutucasse um dente que dói. Eu devia estar arrasada por ter sido traída de novo, mas mesmo assim, só estou mesmo estranhamente desanimada e imperturbada. Irritada, sim, com certeza. Decepcionada, até; porém mais como uma mãe se sente desapontada com um filho, em vez de uma mulher apaixonada que acaba de ser ludibriada com crueldade. Mal consigo acreditar, mas acho que não ligo muito para o que Andrew está fazendo, ou com quem. Acho... acho que eu o *superei*.

Perceber isso é uma alegria. Meus pés quase levitam sobre o chão quando desço para preparar o café da manhã de Tolly. Talvez a noite passada não tenha sido um erro, afinal. Foi preciso tomar um último tapa na cara para perceber que já deixei de amar Andrew faz tempo. Eu só não sabia disso até agora. De repente seja isso o que chamam por aí de superação.

Para minha surpresa, descubro Bella já de pé e vestida, apoiada nos armários de cozinha inacabados e comendo uma tigela dos Coco Pops de Tolly.

– O que você está fazendo já de pé?

– Escola – responde ela, como se estivesse falando com uma imbecil.

Tento olhar melhor o enorme hematoma roxo que brotou da noite para o dia na testa dela.

– Não está com dor de cabeça?

Ela desvia de mim, a tigela de cereal ainda na mão.

– *Você* é quem devia estar com dor de cabeça depois daquele vinho todo – diz ela. – A que horas meu pai foi embora?

– Tarde – respondo vagamente. – Você pode ficar em casa hoje, querida. Ninguém vai brigar.

– Estou *ótima*.

De fato ela parece estar bem, penso eu, observando-a tomar colheradas de chocolate ao leite. Na verdade, é a primeira vez que a vejo tomar um café da manhã tão bom em meses. Talvez eu estivesse exagerando quanto ao peso e ao mau humor de Bella. Ela é adolescente. É natural que tenha altos e baixos.

De repente me ocorre que ainda não perguntei a ela sobre o dinheiro sumido da minha conta. Pretendia conversar sobre isso depois que ela voltasse do fim de semana com o pai, mas ele deixou as crianças aqui muito tarde no domingo, e depois, claro, teve toda a confusão do pronto-socorro. Vou falar com ela hoje, quando não estivermos com pressa. Seja lá qual for a explicação, ela precisa entender que não pode simplesmente roubar dinheiro de mim desse jeito. Mesmo que pudéssemos bancar o gasto, e não podemos de jeito nenhum, ainda assim estaria errado, e ela sabe. Pensei que eu a tivesse criado melhor do que isso.

Saímos de casa cedo dessa vez, porque não tive que obrigar Bella a pular da cama. Em vez de ir a toda pela alameda, como sempre fazemos, dirijo em uma velocidade média, perfeitamente dentro dos limites da lei. E é por isso que me surpreendo quando vejo uma viatura policial sair de uma via escondida atrás de mim, com as luzes piscando. Por um momento penso que ele só está pedindo passagem, mas aí ele dá um toque na sirene e percebo, alarmada, que ele quer que eu pare.

Bella para de olhar seu celular.

– O que está acontecendo?

– Não sei – respondo. – Eu estava abaixo da velocidade máxima. Talvez minha luz de freio esteja queimada?

É impossível não ficar nervosa com a aproximação do guarda, ainda que eu não tenha feito nada de errado. É como passar pelo "nada a declarar" no aeroporto: eu nunca sei se sorrio para os funcionários da alfândega, ou fico olhando fixo para a frente sem fazer contato visual.

O policial parece ter a idade de Bella. Eu abaixo o vidro da janela.

– Posso ajudá-lo em alguma coisa, seu guarda?

– Este carro é da senhora?

– Sim, claro.

– Está registrado em seu nome?

Eu hesito:

– Na verdade, não tenho certeza. É o carro do meu ex-marido, e não sei se ele passou para o meu nome ainda. Mas tenho seguro em meu nome para dirigi-lo – digo rapidamente. – Está tudo nos conformes.

– A senhora se importa de sair do veículo um momento?

– Posso ligar para o meu marido, ele vai confirmar...

– Saia do carro, por favor.

Desconcertada, tateio em busca da maçaneta da porta, trancando-a sem querer. Bella suspira e aperta o botão de destrancar no painel central.

– Qual o problema? – pergunto, acompanhando o policial até a parte traseira do carro. – É minha lanterna de trás, algo assim?

– A senhora tem consumido álcool?

– O quê?

– A senhora avançou pela faixa da mão oposta duas vezes enquanto eu estava olhando, e...

— Só tem uma pista – digo em minha defesa. – É impossível *não* avançar no outro lado.

— Tenho motivos legítimos para suspeitar que a senhora tenha consumido álcool – diz o guarda com simpatia. – Vou ter que lhe pedir permissão para fazer o teste do bafômetro. A senhora permite?

— *Álcool?* – exclamo. – São oito horas da manhã!

— Preciso avisá-la de que é um delito se recusar a fazer o teste do bafômetro...

Ele ameaça pegar seu rádio, e logo eu me arrependo:

— Sim, tudo bem, eu permito. É claro que não andei bebendo! Nem tomar café eu tomei!

Bella abre a porta do carona e põe a cabeça para fora:

— Mãe, o que está acontecendo?

— Volta para o carro, Bella.

— Mãe...

— Volta pro carro!

— Tenha a gentileza de me acompanhar ao meu veículo – diz o guarda. – Por favor, sente-se no banco da frente.

Entro na viatura, o coração pulando no peito. Nunca entrei numa viatura antes; nunca fui parada por um policial. Estou envergonhada, humilhada, me sentindo uma espécie de criminosa. Graças a Deus ainda estamos na alameda, e provavelmente ninguém deve me ver. Isso é completamente ridículo. Não imagino por que ele possa ter parado uma mãe levando a filha para a escola às oito da manhã. Devem ter alguma cota idiota para cumprir no fim do mês.

O jovem guarda apresenta o bafômetro, e a menina certinha em mim aperta os lábios, determinada a fazer tudo à perfeição. Sigo as instruções dele, que segura o aparelho firme à minha frente, e sopro no tubo até a máquina apitar. Aguardamos constrangidos o aparelho analisar a minha amostra. Obviamente vai dar negativo. A única coisa que bebi a manhã toda foram duas xícaras de chá.

O bafômetro apita de novo, e o guarda lê o resultado. A expressão dele não muda:

— Certo, deu 42. Reprovada – diz ele. – O limite legal é 35. A senhora foi reprovada em um teste de bafômetro, de forma que está presa sob suspeita de dirigir estando acima do limite legal...

— Não pode ser – interrompo. – Deve ter algum erro. Posso repetir? Juro, eu não bebi nada hoje de manhã a não ser chá.

– Vamos realizar outro teste na delegacia, senhora.

– Mas você não entendeu – insisto. – Eu não bebi absolutamente nada mesmo, nem xarope de tosse! Eu devo ter soprado errado, ou...

– A senhora bebeu na noite passada?

De repente, sinto náusea ao lembrar a garrafa inteira de vinho que tomei com Andrew.

– Sim, mas isso faz oito horas – digo baixinho. – Eu não estou *bêbada*.

– O álcool permanece na corrente sanguínea mais tempo do que a senhora pensa – diz ele com suavidade. – Agora vou levá-la à delegacia de polícia de Brighton. Vou pedir para os seus filhos nos acompanharem. Seria bom pedir a alguém para buscá-los na delegacia, se puder.

– Não é preciso trazer meus filhos junto. Minha mãe pode vir pegá-los agora mesmo, ela mora a dez minutos...

– Infelizmente, vai ser preciso levá-la à delegacia agora mesmo. Sua mãe pode buscá-los lá.

Nunca tive tanta vergonha na minha vida. Fico vendo o policial ir até meu carro e pedir aos meus filhos para acompanhar a mãe até a delegacia. Os olhos de Tolly estão arregalados, e suas bochechas rosadas de empolgação assistindo ao guarda passar sua cadeirinha para a traseira da viatura e afivelá-lo no lugar, mas Bella nem sequer me olha no olho ao entrar, sem palavras, no banco traseiro da viatura.

Não culpo o guarda. Ele só está fazendo o trabalho dele; aliás, agora que o processo terminou, ele parece se soltar um pouco, conversando amigavelmente com Tolly, que está transbordando de perguntas. Meu filho vai contar para todo mundo que entrou em um carro de polícia, percebo. Aos professores. Ao pai. Não vai dar para esconder que isso aconteceu.

Bella se debruça por entre os bancos da frente.

– Por que você estava esperando naquela viela?

– Por favor, senhorita, permaneça sentada no banco de trás.

Ela ignora o pedido.

– É que, sabe, é um lugar esquisito para se ficar parado. Não é caminho para lugar nenhum, só para a fazenda do Barlow. Ninguém passa por aquela alameda, só nós. Por que você estaria ali?

De repente, compreendo onde minha filha quer chegar:

– Você estava *esperando* por mim?

Ele parece constrangido:

— Atuamos em resposta a uma denúncia recebida, sim, senhora.

— É aquele fazendeiro filho de uma égua, que quer vender o campo dele para a construtora — exclama Bella. — Aposto que foi ele, porque você não quis deixar eles passarem a estrada de acesso pelo nosso picadeiro. É bem o tipo de sacanagem que ele aprontaria.

— Olha o palavreado — digo baixo.

— Foi ele — diz ela, amargurada. — Sei que foi ele.

Não foi o fazendeiro. Foi Caz. Ela fez isso porque Andrew ficou mais tempo ontem à noite; ele deve ter dito a ela que bebemos. Tenho uma boa dose de certeza de que ele não admitiu o que aconteceu entre nós, mas, em se tratando dela, é guerra declarada de qualquer modo. Eu tinha que ter percebido assim que a viatura me parou.

Chegamos à delegacia, e acompanho o guarda que me prendeu até uma sala nos fundos, deixando Bella e Tolly na recepção com o policial de plantão. Sinto náusea. Caz pode até ter avisado a polícia, mas sua tramoia só funcionou porque eu reprovei no bafômetro. Sou eu que estou errada. Meu irmão morreu porque um idiota de meia-idade e de classe média pensou que poderia tomar umas antes de dirigir sem dar nenhum galho. O problema não é em me explicar para as crianças, nem para Andrew, nem para minha mãe: o que não sei se vou conseguir é me encarar no espelho de novo.

Espero entorpecida até o guarda testar o bafômetro, e me pedir para soprar novamente, duas vezes, para garantir uma leitura precisa. Nem preciso de contexto para saber a encrenca em que estou. Como é que vou poder levar e buscar os meus filhos na escola se eu perder minha carteira? Como é que vou poder trabalhar?

— A senhora passou no bafômetro — diz o guarda inesperadamente. — *Raspando.* Sua menor medição foi 34. Neste momento a senhora não será indiciada.

Eu o encaro boquiaberta:

— Eu *passei*?

— Sua amostragem atual a deixou abaixo do limite legal para dirigir. Porém — acrescenta ele, tão severo quanto sua juventude e gentileza nata permitem —, recomendo que, futuramente, a senhora não dirija após beber muito na noite anterior. Dirigir sob efeito de álcool pode ter consequências muito sérias, mesmo se a senhora estiver abaixo do limite da lei.

— Ah, obrigada — digo, ofegante. — *Muitíssimo* obrigada.

— Não precisa me agradecer. Desta vez a senhora teve muita sorte, sra. Page.

Eu não vou presa. Eu não estava bêbada, nem fui uma criminosa irresponsável.

– Perdão – digo, sem fôlego. – Eu não tinha a menor ideia de que ainda podia estar acima do limite. Nunca mais vai acontecer, eu juro.

– A senhora está liberada. Vai precisar de transporte até seu veículo?

Não vou passar pelo vexame de entrar de novo naquela viatura. Prefiro até ir andando.

– Não, tudo bem. Vou ligar para a minha mãe, e ver se ela pode nos pegar. – Dou uma olhada na recepção, onde deixei Bella e Tolly. – Onde estão meus filhos, você sabe?

– O pai deles os buscou há minutos atrás – diz o policial atrás da mesa. – Está tudo bem, senhora, verificamos a identidade dele. Se você for rápida, ainda os pega lá fora.

Andrew está instalando a cadeirinha de Tolly na parte de trás do Audi de Caz, se atrapalhando para passar o cinto de segurança pelos buracos.

– O que está acontecendo? – exclamo.

Ele por fim encaixa o cinto no lugar e se emproa todo.

– Bella me mandou mensagem pedindo carona para ir à escola – diz ele, breve. – Eles não sabiam se você ia demorar muito.

Caz se inclina no banco da frente:

– Como você pôde ser tão irresponsável? – indaga ela pela janela aberta. – E se alguma coisa acontecesse com eles com você dirigindo bêbada?

– Eu *não estava* bêbada – retruco. Enfio a cabeça na janela do banco de trás. – Bella, Tolly, podem sair. Já resolvi tudo, está tudo bem. Vamos logo, Bella – acrescento, já que ela não sai do lugar.

– Você está sem carro, mãe – murmura ela.

– Nós os levamos à escola – diz Andrew. – Depois resolvemos tudo.

Estou quase dizendo que não, mas Bella me olha num apelo mudo, e agora percebo como ela está desesperada para eu não fazer uma cena.

– Certo – digo relutante. – Pode levá-los. Eu os pego de tarde.

– *Eu* que vou pegá-los – corta Caz.

– Olha, por que você não tira um ou dois dias para se cuidar? – acrescenta Andrew. – Para entrar na linha. Os meninos podem ficar aqui em Brighton com a Caz. Já íamos tirar a sexta de folga mesmo, para a festa da sua mãe, então não é nenhum problema. Podemos conversar de novo na festa.

– Entrar na linha? – repito. – O que você quer dizer com isso?

Ele não me olha no olho.

– Talvez seja melhor Tolly e Bella passarem um tempo conosco. Só até você estar no seu normal de novo. Sei que sua vida tem estado muito tumultuada, e talvez tenha sido meio que demais.

– Não queremos que você tenha uma recaída – acrescenta Caz maliciosamente. – Que você acabe fora de si como no caso do Roger Lewison. Ouvi dizer que foi horrível.

De repente parece que não tem ar nos meus pulmões. *Ela vai usar meus filhos para me atingir.* É a última cartada que resta a ela. Foi por isso que mandou a polícia atrás de mim; uma sentença de direção alcoolizada seria uma enorme mancha no meu currículo caso Andrew viesse a contestar a custódia. Ela quer me tirar meus filhos.

– Pai, preciso ir para a escola – apressa Bella, dentro do carro. – Já estou superatrasada.

Andrew nem sequer olha para mim ao entrar no carro. Observo sua partida, trêmula de raiva reprimida. Como ele *pôde* contar a ela a história do Roger? É uma questão particular, pessoal! Foi muito difícil para mim contar a ele, e só o fiz porque quis ser totalmente honesta antes de nos casarmos. Quantas vezes ele tem que me decepcionar antes de eu aprender? Horas atrás, esse homem esteve em minha cama, me dizendo que nunca tinha deixado de me amar. Agora, está usando os detalhes mais íntimos do meu passado para sugerir que sou tão instável que meus próprios filhos não estão em segurança comigo. Acho que nunca senti ódio dele antes, mas agora estou sentindo.

Pego meu celular, abro o arquivo da câmera, e rolo a tela até a foto que queria ver. Meus segredos foram todos revelados. Já é hora dos segredos de Caz virem à luz também.

36
Caz

Mal consigo respirar o mesmo ar que Andy ao partirmos da delegacia para a escola das crianças. Da noite para o dia, a dor da traição se cristalizou em uma raiva fria e determinada. Não tenho ideia de como seguiremos em frente juntos. Só de pensar em dividir a cama com ele, sinto um frio na espinha. Mas a ideia de viver sem Andy me abre um abismo na alma. Eu me odeio por isso, mas ainda o amo. Como poderei reconciliar dois impulsos tão contraditórios? Como é que luto por ele quando meu primeiro impulso é jogá-lo na rua e trancar a porta?

Talvez se ele tivesse me defendido no início dessa disputa com Louise, há algumas semanas, as coisas não teriam saído tanto do controle. Aquela mulher se alimenta da fraqueza dele. Ela não teria se atrevido a fazer metade do que fez se ele tivesse fincado bandeira com firmeza no meu campo, em vez de tentar agradar as duas. Minha amargura é tão plena que sinto seu gosto na boca. Não vou me ver livre dela nunca. Andy não vai lutar por mim, não importa o que ela faça. Ele nunca lutou por mim na vida.

Ele insiste em ir andando com Bella até a porta da escola, e fico olhando os dois conversarem atentamente na frente do portão. Tem mais alguma coisa acontecendo com Andy de que ainda não estou a par; algo além da trepada nostálgica dele com Louise ontem. Se ele não estava com ela quando deveria estar no trabalho, então onde diabos ele estava? Comigo não cola essa historinha de fontes anônimas à la Garganta Profunda, nem um pouco. Alguma ele está aprontando.

– Bella falou que o policial estava esperando por Louise – diz ele abruptamente, assim que volta ao carro. – Ela acha que foi um fazendeiro vingativo que a denunciou, mas eu já não estou tão certo. Você não está sabendo de nada sobre isso, ou está?

Não respondo nada enquanto Andy vai de ré até chegar à rua principal. Ele chegou em casa bêbado ontem, e ele mesmo admitiu que Louise estava ainda mais torta que ele. Nada mais fiz que cumprir meu dever cívico ao denunciar uma motorista alcoolizada. Ainda por cima, uma mãe levando filhos para a escola; uma entre tantos no país que começam a beber às seis da tarde e não param mais, sem pensar que podem estar ainda bêbados na manhã seguinte. Mas eu devia saber que Louise ia dar um jeito de se safar dessa. De algum modo, aquela mulher sempre sai linda e cheirosa da confusão. Se ela desse um tiro em alguém no meio de uma rua movimentada, Andy elogiaria sua excelente mira.

– Desta vez ela se safou – eu digo. – Mas você não pode ignorar uma coisa dessas, Andy. Vai ter que fazer algo quanto a ela.

Ele dá um suspiro irritado:

– Que é isso, Caz. Ela estava abaixo do limite.

– *Desta vez* – repito. – Os meninos estavam no carro com ela. E se ela tivesse batido? Eles não estão mais seguros com ela.

Ele me olha enviesado.

– Você acha mesmo que aguenta Bella e Tolly o tempo todo? – diz ele, cético. – Já temos problemas cuidando de um filho, imagine três. Você não faz muito o tipo maternal.

– Você acha que eu não daria conta?

– Acho que você não ia querer – diz ele, lacônico.

Isso não tem nada a ver com o que eu *quero*. Mas se eu puder retirar o único motivo legítimo que Louise possui para estar constantemente presente em nossas vidas – seus filhos –, vai ser uma puxada de tapete e tanto. Ela ainda vai poder visitá-los, é claro, a não ser que consigamos provar que ela está maluca de novo, o que pode até ser possível; mas se os meninos estiverem morando conosco, a bola vai ser sempre nossa. Se ela quiser acesso a eles, vai ter que jogar dentro das nossas regras. Andy vai sair do cabresto dela. Vamos ter poder de barganha.

De repente, meu celular apita com uma notificação de mensagem de Louise. É alguma imagem. Eu a abro, e um arrepio percorre a minha espinha quando reconheço a fotografia da placa descascada: *Centro de Repouso para Idosos Starr Farm.*

Ela sabe.

Deixo o telefone cair no piso do carro, meu coração martelando. Louise sabe onde está minha mãe. E foi vê-la. Como diabos conseguiu encontrá-la? A única pessoa que sabe da existência de Ruth é Angie, e ela jamais diria uma palavra a quem quer que fosse. O que será que Louise descobriu? E o que será que vai fazer com essa informação?

Minhas mãos estão literalmente tremendo quando pego o telefone do chão. Minha mãe é uma idosa senil; ninguém vai levar seus desvarios a sério. Mas o que Andy diria se descobrisse que ela não está morando em uma linda mansão vitoriana com concierge no coração de Chelsea, conforme eu lhe disse, e sim em um asilo em Essex? Ele nunca teria trocado de bom grado o prestígio e a classe que Louise simbolizava por uma Carol de Dagenham qualquer. Pelo que ele sabe, meu pai é falecido, minha mãe é uma rica reclusa com quem não me falo. Se ele descobrir que sou da mesma laia que ele, pode ser bem a desculpa de que ele precisa para voltar na hora para os braços bem-nascidos de Louise.

– Você está bem? – pergunta Andy, quando estaciona em uma transversal perto da nossa casa. – Está tão calada.

Tomo uma decisão rápida. Minha batalha com Louise pelas crianças pode esperar. Preciso primeiro lidar com a minha mãe.

– Resolvi que vou voltar a Londres, afinal – digo de repente. – Diga a Louise que as crianças podem ficar com ela por enquanto. Sei que vão ficar bem.

Ele fica visivelmente aliviado:

– Acho uma boa ideia.

Mal nos falamos no trem de volta a Victoria. Assim que chegamos a Londres, Andy ruma para o ponto de táxi para ir ao trabalho, e eu pego o metrô para casa. Hoje não vou para a Whitefish; nem sei se tenho emprego mais. Entro sozinha no nosso apartamento vazio, sentindo enjoo e um vazio interior. Passando por cima da correspondência no tapetinho sem me importar em apanhá-la, vou direto para o andar de cima, tiro a roupa e entro no banheiro descalça, ligando o chuveiro e deixando a água o mais quente que consigo suportar. Enquanto o vapor me embala, fecho os olhos e enfio o rosto no jato escaldante. Louise, Andy, AJ, Whitefish, minha mãe... eu só quero que tudo seja lavado de mim e desça pelo ralo.

O calor suga a energia que resta em mim. Mal durmo há dois dias, e nem lembro a última vez que comi direito. Meu desejo é me arrastar para a cama e fechar a porta na cara do mundo, mas tenho dezenas de e-mails entupindo minha caixa de entrada, pelo menos quatro vindos de Patrick. Mais importante do que isso, preciso ver como está AJ, se está tudo bem. E ainda por cima há a minha mãe para lidar. Não posso desviar a vista do jogo nem por um segundo.

Saio do chuveiro, procurando uma toalha às apalpadelas, tropeçando um pouco no banheiro enevoado. Minha canela chuta a lixeirinha de banheiro, e solto um ai enquanto ela voa longe, esparramando papel amassado, fio dental e absorventes usados pelo chão inteiro. Xingando baixinho, pego os detritos e ponho tudo de volta lá dentro.

Mas aí eu paro.

Fico olhando para as duas linhas no teste de gravidez, o palito na minha mão. O significado deste objeto, do que Andy fez, vai penetrando furiosamente em meu coração. Nossa faxineira esvazia a lixeira toda semana, o que quer dizer que, como este teste de gravidez não é meu, só tem outra pessoa de quem ele pode ser, a única outra mulher que veio aqui nestes últimos quinze dias.

Bella.

Três dias antes da festa

37
Louise

Ouço Bella vomitando no banheiro enquanto arrumo Tolly para a escola. Deixando-o apenas meio vestido, vou para o corredor e me posto ao lado da porta do banheiro.

– Querida, você está bem?

É dada a descarga. Um momento depois, a porta se abre. Bella está pálida, e gotas de suor ornam seu lábio superior.

– Desculpe. Ontem o almoço da escola foi tacos de peixe. Acho que não foi uma boa ideia.

– Você não acha que pode ter sido por causa da sua concussão na segunda?

– Talvez.

– Quer ficar em casa hoje? – pergunto, preocupada.

Ela hesita:

– Hoje tenho teste de química no terceiro tempo.

– A sra. Welsh te deixa fazer segunda chamada, não deixa?

– Deve deixar.

– Pode voltar para a cama, eu ligo para a escola. E assim que tiver deixado o Tolly na creche, volto aqui e cuido de você direito.

Acompanho sua subida morosa para o quarto. Não me surpreende ela estar suando: mesmo sendo no meio do verão, está usando uma calça de moletom cinza e uma camiseta preta larga no corpo. Para minha surpresa, ela não reage quando ajeito seu edredom e enfio as pontas para dentro, como fazia quando ela era pequena.

– Volto logo – digo, dando um beijo suave em sua testa úmida.

– Mãe?

Eu me volto para ela no umbral, e repentinamente fico chocada com a sua aparente fragilidade. Sem maquiagem, e o cabelo longe do rosto, amarrado em um rabo de cavalo frouxo, ela parece ter doze anos.

– O que foi, minha querida?

– Desculpe por ontem – murmura ela, olhando para baixo e girando um grande anel de prata no seu dedo do meio. Ele me parece vagamente familiar, embora eu não me lembre bem de onde. – Por ter mandado mensagem para Caz. Não quis te aborrecer.

Entro de novo no quarto e me sento na beirada da cama:

– Você não me aborreceu, Bella. Deve ter sido horrível ver sua mãe ser rebocada para uma delegacia. Sinto muito por ter feito você passar por isso.

– Você foi demais – diz minha filha inesperadamente. – Eu teria surtado se fosse presa, mas você estava, tipo, de boa.

– Eu estava?

– Eu devia ter confiado em você – diz ela. – Sei que você nunca ia beber antes de dirigir. Não depois, sabe, do tio Nicky.

Ele morreu muito antes de ela nascer, mas ainda faz tão parte da família quanto minha mãe ou Tolly.

– Eu fiz uma tremenda burrada – suspiro. – Eu devia ter percebido que podia estar acima do limite por causa do que bebi na noite anterior. Não suporto pensar no que podia ter acontecido com vocês dois no carro.

– Você não sabia – diz ela, generosa.

Eu hesito. Não estou com vontade de estragar nossa trégua tão delicada, mas sei que talvez não tenha chance melhor de conversar com ela, num clima tão receptivo.

– Bella, eu queria te perguntar – digo baixo. – Tiraram trezentas libras em dinheiro da minha conta há alguns dias. Foi você? Se não, preciso saber para eu poder falar com o banco.

Seu corpo se retesa. Por um momento, fico achando que estraguei tudo, mas aí ela expira devagar.

– Por favor, não me pergunta para o que foi – murmura ela. – E não, não é drogas nem nada ilegal.

Sufoco com dificuldade as mil perguntas que estou doida para fazer enquanto Bella cutuca freneticamente as unhas, que já estão roídas até o sabugo.

— Você sempre me disse que, se alguém estivesse com problemas, eu deveria ajudar – diz ela por fim.

— É muito dinheiro, Bella. Você tem certeza de que não pode me dizer para o que é?

Ela vacila. Sinto que está ponderando as opções, e aguento firme, torcendo para ela decidir que confia em mim. Mas antes que ela possa dizer alguma coisa, Tolly irrompe no quarto, exigindo seu café da manhã, e vejo Bella nitidamente voltar para a concha, o momento passando.

Meu estômago revira de ansiedade enquanto termino de arrumar Tolly para a creche. Diz ela que não são drogas, mas ultimamente perdeu tanto peso, e está tão *pálida*. Além disso, não é a primeira vez que andou fisicamente doente nas últimas semanas. Algo está perturbando minha filha intensamente, e preciso encontrar um modo de ajudá-la – e não posso fazer isso se não tiver a informação completa. Assim que deixo Tolly no jardim de infância e volto, faço chá de gengibre para acalmar o estômago de Bella, e o levo para cima. Não quero desgastá-la, mas acho que não tenho escolha. Se ela ficar brava comigo, que seja. Quero ser sua amiga, mas é mais importante ser sua mãe.

Bella está acordada, ouvindo música. Ela puxa um fone de ouvido branco da orelha assim que entro em seu quarto, e ouço a batida de lata da música, um daqueles grupos horríveis de música eletrônica alemã que ela adora.

— Eu sei o que você vai me dizer – diz ela, suspirando. – Juro pela vida do Tolly, não estou usando drogas.

Eu esquadrinho o rosto dela. Talvez eu esteja sendo feita de boba, mas meu instinto materno diz que ela está dizendo a verdade. Talvez ela esteja guardando segredos de mim, mas acredito que não sejam sobre drogas.

Ela abre espaço para que eu sente a seu lado, e deposito a caneca fumegante de chá de gengibre na mesinha de cabeceira.

— Então para que você precisou do dinheiro? – pergunto com amabilidade. – Se não foi para drogas, para o que foi?

— Por favor, mãe. Por favor, não me pergunta isso.

Eu me detenho, dividida:

— Você disse que não foi para nada ilegal?

— Juro que não foi. E agora acabou. Quer dizer, não importa mais. E vou te pagar esse dinheiro, prometo.

— Não é pelo dinheiro. – Escolho as palavras com cuidado. – Bella, estou preocupada com você. Tem *alguma* coisa que você possa me contar? Não vou gritar com você nem me zangar, juro. E não vou contar para o seu pai, se é disso que está com medo.

Eu a observo girar o anel de prata em volta do dedo médio, para lá e para cá, sem parar. Ela não o tira desde que o arrumou. Parece que ela...

É claro! Dou uma palmada metafórica na testa. Como foi que não enxerguei antes? Só tem uma coisa que te faz perder peso, e passar num instante da alegria à infelicidade: o *amor*, a droga mais antiga do mundo.

Eu me lembro de onde vi esse anel. Ou melhor, *em quem*.

– Bella – digo com delicadeza. – Você está gostando de alguém?

Ela faz que sim.

– Taylor – digo. – Isso tudo tem a ver com ela, não é?

Ela engole em seco e logo assente outra vez, e meu coração dói por ela:

– Ai, Bell – suspiro. – Por que não me disse antes?

– Eu queria contar – desabafa ela. – Mas Taylor me fez prometer não dizer nada. Os pais dela são muito rígidos, se soubessem, iam surtar. E... é complicado.

Há quanto tempo ela vem guardando esse segredo? Ando tão autocentrada que não tenho prestado atenção ao que acontece com ela. Como isso pode ter me passado despercebido?

– Você achava que eu não ia entender?

Ela dá de ombros, dedilhando nervosa a ponta da capa do edredom.

– Bella, não me incomodo com quem nem com o que você ama, desde que você esteja feliz – digo, a sério. – Você pode trazer um urso-polar para casa, e ele seria bem-vindo à mesa. – Faço uma pausa. – Bem, talvez não na mesa. Pelo que sei, o forte do urso-polar não é etiqueta na refeição. Mas se você se apaixonar por um urso-polar, a gente dá um jeito de funcionar. Faz um piquenique ao ar livre, talvez.

– *Mãe* – diz Bella, mas rindo.

– Taylor sabe o que você sente?

Ela faz que sim.

– Mas não corresponde?

– Não é isso. Ela estava saindo com outra pessoa. Não está mais. Mas ela acha que é cedo demais. Quer um espaço. Está tudo bem – acrescenta ela com rapidez. – Prefiro ser amiga dela a não ser nada.

– É por isso que você tem andado tão aborrecida ultimamente?

— Na maior parte, sim. Mas não é só isso. — Ela olha para mim, mas logo desvia o olhar. — É a Caz.

— Você não precisa se preocupar com a...

— Eu *gosto* dela — interrompe ela, e fico tão espantada que me calo. — Eu gosto quando ela está junto no nosso fim de semana! Não quero que ela e meu pai se separem. Não gosto quando é só meu pai sozinho. Quero que tudo continue como está.

Fico digerindo essa informação por um momento.

— O que acontece entre seu pai e Caz não tem nada a ver comigo.

Bella encolhe suas pernas compridas e envolve os joelhos com os braços, comprimindo o rosto contra eles:

— Mãe, não é verdade.

— Como assim?

— Eu sei o que aconteceu entre você e meu pai na outra noite — diz ela, trançando os dedos, triste. — Não é legal, mãe. Você pôs a culpa na Caz por ter roubado meu pai e destruído nosso lar, mas não é verdade. — De repente ela me olha diretamente, com um olhar intenso, atípico. — Eu sei do Tolly. Sei que meu pai não é pai *dele*.

O quarto se curva, escurece. Fico boquiaberta feito uma pateta. Literalmente fico sem palavras, e sem fôlego.

Andrew me jurou que nunca contaria para ninguém; era o nosso trato. Ele guardaria nosso segredo, nunca diria nem um A para Bella, Tolly, nem para mais ninguém, *especialmente* não para Caz, e em troca eu concordei em não contestar o divórcio e a aceitar a ninharia de pensão que ele me ofereceu.

— Mãe? — diz Bella. — Tudo bem. Eu entendo. Meu pai estava com Caz; estava te traindo. Não culpo você.

Eu me culpo.

Cubro o rosto com as mãos, sufocando um soluço. Estou fugindo desse momento da verdade já faz cinco anos. A memória é mesmo uma coisa engraçada. Não relembra o passado; o reformula, do jeito como queremos que seja. Na mente, é possível engavetar um fato indesejado bem fundo, emparedá-lo sob uma grande vontade de acreditar, e com o tempo você até esquece que a verdade estava lá. E aí, quando você menos espera, a parede é derrubada e você é forçada a encarar uma verdade muito mais forte e aterrorizante depois de tanto tempo presa.

— Você o amava? — pergunta Bella baixinho. — O pai de Tolly?

Desvio o olhar. Não sei nem como começar a responder a ela. Quando conheci o pai de Tolly, eu tinha acabado de descobrir que Andrew estava tendo um caso, e só queria mesmo dar o troco: ficar quite. O nível mais básico de vingança. E além disso, precisava ter certeza de que ainda poderia ser amada e desejada. Queria que alguém me enxergasse de um jeito que Andrew não era mais capaz.

Mas nosso caso foi muito mais do que isso. Desde o dia em que nos conhecemos, compartilhamos algo que nunca senti com Andrew, uma ligação que me dava a sensação de que eu havia encontrado a minha parte que faltava. Ainda assim, eu mal o conhecia. Nem amigos nós éramos. Até hoje, não sei dizer: isso é amor?

Por um breve período, cheguei sim a ficar apaixonada por ele. Eu só pensava nele. Sempre que ele entrava na sala, eu sentia o tal frio na barriga. Inventava desculpas para encontrá-lo mesmo quando havíamos nos visto no dia anterior; eu ligava toda hora, mandava mensagens demais. E fui ficando assustada comigo mesma. A intensidade do meu sentimento me lembrou muito o que vivi com Roger. Cheguei até a ir à casa dele uma vez, com medo de que estivesse mentindo para mim e fosse, sim, casado. Vi sua mãe idosa pela janela da cozinha, e ela me viu, embora, é claro, não soubesse quem eu era. Ela deu tchauzinho, do jeito como fazem as pessoas quando pensam que devem te conhecer de algum lugar, e, de repente, vislumbrei como ela ia me enxergar caso soubesse que eu estava perseguindo o filho dela feito uma obcecada. Porque é isso que eu estava fazendo. Naquele momento, até eu percebi isso.

Eu saí correndo. No sentido literal e figurado. Terminei com ele, e concentrei todas as minhas energias em salvar meu casamento. Era Andrew quem eu amava de verdade, eu me dizia com firmeza. Era com ele que eu dividia uma vida, uma história, uma família. Havíamos vivido inúmeros momentos juntos, desde os pequenos e insignificantes aos dramáticos, que alteram o curso da vida: o nascimento de um filho, a perda de um pai, o almoço no domingo, dar comida ao gato. Isso é que é a vida, a vida *real*, e não uma "ligação" de noveleta romântica com um homem de quem eu nem sabia o nome todo.

E aí, aconteceu o impossível, o milagre de Tolly, e eu me convenci de que ele só podia ser filho de Andrew. Qualquer outra opção seria impensável.

– Eu o conheço? – pergunta Bella. – O pai de Tolly?

Faço que não. Pelo menos essa parte é verdade.

– Como... como foi que você descobriu? – pergunto.

— Tínhamos um trabalho de biologia sobre grupos sanguíneos, e a sra. Lockwood nos mandou levantar os grupos da família. Você estava em Londres, então simplesmente olhei o arquivo no seu escritório. — Ela olha para o alto, corando. — Eu não estava fuxicando nada. Não sabia que era informação particular. Achei os exames que fizeram depois que o Tolly nasceu, quando você ficou supermal, e acharam que era reação dos anticorpos ao fator Rh.

Eu devia ter tocado fogo nesses exames. Ou pelo menos escondido-os melhor.

— O seu grupo sanguíneo é A, e o do meu pai é O, como o meu — diz Bella. — O Tolly é grupo B. Ou seja, ele não pode ser do papai. Foi assim que ele também descobriu, não é?

Faço que sim, vista embaçada por lágrimas. Minha filha nunca vai me perdoar por isso. Como poderia? Eu mesma não me perdoo. É um dos motivos pelos quais minha raiva de Caz é tão amarga e inexorável. Ela não simplesmente me roubou o Andrew: ela também destruiu a melhor versão de mim. Eu jamais teria traído meu marido se não fosse por ela. Eu jamais teria traído a mim mesma.

Nunca contei a verdade sobre Tolly a ninguém, nem mesmo à minha mãe, embora creia que ela tenha adivinhado sozinha. Conforme ele fica mais velho, vai se tornando cada vez mais parecido com o pai biológico. Os segredos têm sua própria maneira de se revelar.

— Me desculpe — digo, voz embargada, sabendo que deve soar vazio. — Sei como deve estar com raiva de mim. Mas por favor, não conte ao Tolly. Seu pai é o único que ele...

— Eu jamais faria uma coisa dessas — diz Bella incisivamente. — Eu o amo. É o meu *irmão*.

— Se você quiser ir morar com o seu pai e com a Caz, eu não vou impedir — digo, triste.

Bella gira o anel prateado no dedo:

— A Vó Cé disse uma coisa outro dia — diz ela, olhando para baixo. — Quando estávamos falando do tio Nicky. Ela disse que o amor é feito a água: se alguma coisa bloqueia seu caminho, ela sempre encontra outro jeito de correr. — Ela faz uma longa pausa, e reprimo o impulso de preencher o silêncio. — Percebi que você deve ter se sentido assim quando meu pai conheceu Caz — diz ela por fim. — Você precisava de algo para dar vazão ao seu amor, e o pai do Tolly estava por perto.

Fico olhando embasbacada para minha filha incrível, tão sábia, tomada de emoções conflitantes. Alívio, orgulho, vergonha, arrependimento. Ela se portou melhor diante dessa situação toda do que os lamentáveis adultos envolvidos na saga.

– A Caz não é a inimiga – diz Bella delicadamente. – Por favor, mãe. Dá pra parar de odiá-la agora?

Faço que sim.

– Dá – respondo. – Vou parar.

BRIAN ROBERTS
PARTE 1 DO DEPOIMENTO GRAVADO

Data: 25/07/2020

Duração: 31 minutos

Local: Delegacia de Polícia de Kingsbridge

Realizado por agentes de polícia de Devon & Cornwall

(cont.)

POLÍCIA Então o que você está dizendo é que a sra. Page — sua filha, Louise Page — *queria* que a outra sra. Page estivesse presente?

BR Eu não diria isso.

POLÍCIA Perdão, sr. Roberts, mas você *acabou de dizer* que ela ligou para a sua esposa há dois dias e disse que queria o ex-marido e sua atual esposa na festa.

BR Sim.

POLÍCIA E agora está dizendo que ela não ligou?

BR Não, ela ligou.

POLÍCIA Você estava próximo quando ela ligou?

BR Sim. A Celia disse que Lou disse que estava tudo bem.

POLÍCIA Ou seja, ela *queria* que Andrew e Caroline Page fossem, afinal de contas?

BR Isso mesmo. [Pausa.] No começo ela não estava gostando muito da ideia, sabe?

POLÍCIA Como assim, no começo?

BR Quando Celia os convidou.

POLÍCIA Isso foi em junho? [Pausa.] Por favor, fale para o gravador em vez de fazer sim com a cabeça, sr. Roberts.

BR Perdão. Sim.

POLÍCIA	Você pode falar um pouco mais sobre isso?
BR	Bem, a Lou não estava gostando muito dessa história.
POLÍCIA	Isso você disse, sr. Roberts. [Pausa.] Pode esclarecer essa afirmação? Ela disse ou fez alguma coisa que o tenha levado a pensar que não estava gostando muito?
BR	Lou não é de criar confusão.
POLÍCIA	Ela chegou a falar disso com você?
BR	Eu conheço minha filha.
POLÍCIA	Certo. Sua esposa e Andrew Page tinham uma boa relação, correto?
BR	Sim.
POLÍCIA	Isso incomodava a sua filha?
BR	Melhor perguntar à própria.
POLÍCIA	E quanto a você? Como você se dava com seu ex-genro?
BR	Lou não é perfeita, mas é uma boa moça. Ele não devia ter prevaricado pelas costas dela.
POLÍCIA	Com Caroline Page, você diz?
BR	Sim.
POLÍCIA	Por que sua esposa a convidou para a festa, na sua opinião?
BR	Isso é melhor você perguntar à Celia.
POLÍCIA	Então, para ficar claro. Sua filha não gostou quando descobriu que a mãe tinha pedido tanto a Andrew Page quanto à segunda esposa dele para irem à festa, mas depois ela aceitou a ideia, correto?
BR	Sim.
POLÍCIA	Mas depois ela e a sra. Page brigaram. A polícia foi chamada devido a uma discussão no apartamento de Andrew e Caroline Page há duas semanas, correto?
BR	Isso você precisa conversar com eles.
POLÍCIA	O que quero dizer, sr. Roberts, é que a relação antes cordata entre sua filha e Caroline Page claramente ruiu nas últimas semanas.

BR	Sim.
POLÍCIA	Mas você está dizendo que sua esposa recebeu, nesse momento, um telefonema da sua filha dizendo que ela *queria* que o ex-marido e sua atual esposa fossem?
BR	Foi o que Celia falou.
POLÍCIA	Você se surpreendeu com isso?
BR	[Pausa.] Celia geralmente consegue o que quer.
POLÍCIA	Mas foi uma reviravolta tão grande. Você consegue pensar em um motivo para sua filha mudar assim de ideia?
BR	Não sei.
POLÍCIA	Seria possível, na sua opinião, que ela quisesse que Andrew Page fosse à festa por um motivo específico?
BR	Eu não saberia dizer.
POLÍCIA	Seria possível que ela quisesse falar com ele a sós?
BR	Para quê?
POLÍCIA	Bem, isso é o que estamos tentando descobrir. [Pausa.] A questão, sr. Roberts, é que menos de quarenta e oito horas depois dessa chamada surpreendente para sua esposa, Andrew Page foi morto.

38
Caz

Se não a conhecesse, talvez você dissesse que minha mãe merece um pouco de alegria na vida, presa a uma cadeira de rodas e habitando uma horrível prisão bege com cheiro de biscoito úmido e decepção. Sem amigos nem parentes para visitá-la, exceto eu, e ambas sabemos que não venho aqui para alegrar seu dia. Não a culpo por buscar prazer onde lhe é possível, abrindo o verbo para minha pior inimiga por pura maldade e tédio. Mas isso não vai me impedir de estourar a bolha de sua fantasia de vingança.

– Ninguém vai acreditar – digo, quase cordialmente. – Você pode dizer a eles o que quiser. Quanto pior a história, mais louca você vai parecer.

Seus olhos escuros são afilados feito punhais:

– É mesmo? Então por que você veio aqui correndo?

– Eu te acho divertida. Mas me diga uma coisa – acrescento em tom casual –, como foi com Louise?

– Agora chegamos ao que interessa – diz ela, deliciada.

– Ela deve estar desesperada para recorrer a você.

– Você deve estar desesperada para recorrer a mim.

Sento em frente à cadeira de rodas dela enquanto ambas nos recobramos, e nos medimos mutuamente. Não tento me enganar: minha mãe não me ama, embora, talvez, em seu coração de noz seca, haja alguma centelha disso. Mas ela me conhece, e eu vivo me surpreendendo com o quanto isso importa. Não há fingimento entre nós, nem acanhamento. Ela já viu o meu pior, e eu, o dela.

– Vamos lá – eu digo, passado um momento. – Me conta como foi. Você quer contar que eu sei. O que você achou dela?

– Não é tão bonita quanto você, claro. Não tão inteligente. – Ela para, repensando. – Não. Ela é inteligente. Mais que você. Mas não tão ardilosa.

– Obrigada.

– Não foi um elogio.

– Foi, sim.

– Acho que ela deve ser boa jornalista. Ela faz você ter vontade de conversar com ela. Gostei dela.

Dou um sorriso frio.

– Você não gosta de ninguém.

– *Dela*, eu gostei. – Ela dá um arranco com a cadeira de rodas para se aproximar de mim. Parece um tubarão quando sente sangue na água. – E aí, ele voltou para a esposa?

Não há por que mentir, não para ela.

– Não importa – encolho os ombros. – Ele voltou para *mim*.

– Ha! – zomba ela. – Pobre Carolzinha. Ainda amando ele, não é? Mesmo que ele nunca tenha te amado.

Apesar de tentar resistir, contraio o rosto pois a farpa encontrou seu alvo. *Adoro ele, odeio ele, odeio ele, adoro ele.* Nunca perdoei o Andrew por me fazer amá-lo muito mais do que ele me ama. Ele é uma âncora me puxando para baixo. Seu narcisismo, sua carência, seus filhos, sua bagagem, sua ex-mulher. Minha vida seria tão mais simples e tranquila sem ele.

– Mas não é por isso que você veio, não é? – diz minha mãe, afilando os olhos. – Tem mais, não é? Coisa *pior*.

– Coisa pior – admito.

Seu olhar maligno me prende à cadeira feito uma borboleta a um mostruário.

– Desembucha, garota. Qual o verdadeiro motivo para você visitar uma velha pobre e senil?

Ambas sabemos que ela não está senil. Houve um tempo, depois da sua tentativa de suicídio, em que ela resolveu se recolher a um mundo mais agradável para si, em que a depressão e os remédios a isolaram em um limbo crepuscular onde ela era inalcançável. E era conveniente para mim conservá-la nesse estado. O resplandecente novo mundo de Caroline não podia ser maculado pela minha mãe cruel e grogue de remédios. Então eu a deixei internada em uma casa de repouso particular até que conheci Andy e o dinheiro acabou. Agora o governo dá um teto e alimento para minha mãe. E ninguém liga o bastante para fazer perguntas inconvenientes, como, por exemplo, se ela devia mesmo estar aqui.

É claro que ela me odeia. O mundo pensa que ela é louca por minha culpa. Mas depois do que ela deixou acontecer comigo, é o que ela merece mesmo.

De repente sua expressão muda. Ela parece ter um sexto sentido satânico capaz de farejar as piores imundícies:

– Ele é que nem o seu pai, não é? – diz ela de repente.

Eu queria que houvesse outro motivo para Bella estar se cortando, para o teste de gravidez encontrado na nossa lata de lixo. Minha mente está há vinte e quatro horas se debatendo feito um coelho na armadilha; eu comeria minha própria perna se assim pudesse me ver livre da verdade.

Baixo o olhar para as minhas mãos:

– Ele não parece nem um pouco com meu pai.

– Não minta para mim, menina. – Seu cabelo ralo e grisalho cai sobre o rosto quando ela desvia o olhar, reforçando a semelhança com uma bruxa. – Eu devia ter feito ele parar – murmura ela. – Eu sabia o que estava acontecendo. Eu me dizia que não sabia, mas sabia. Eu o ouvia sair escondido da cama. Eu sabia onde ele estava indo e o que ia fazer. – Ela faz um muxoxo com a boca. – Mas eu não ligava, porque assim, ele continuava comigo. Até você ficar *velha* demais pra ele, e ele ir embora.

– Meu pai morreu – digo. – Ele não foi embora. Ele *morreu*.

De repente ela ajeita a cadeira mais para a frente e agarra minhas mãos, seu aperto forte como aço:

– Já chega – diz ela brutalmente. – Você não é mais criança, Carol. Seu pai *nos abandonou*. Ele podia ter levado você com ele que eu não teria feito nada. Eu vivia *bêbada*, menina. Ele podia ter te levado, que eu não teria mexido um dedo para impedi-lo. Mas você estava velha demais para ele. Velha demais para o *gosto* dele. – Puxo minhas mãos daquele aperto, libertando-as, e ela dá uma risada sem alegria. – Foi a única coisa boa que ele já fez por você. Você deu um jeito de ter sucesso na vida, menina. Bateu a poeira e deu a volta por cima. Ele não presta, não chega a seus pés. Nunca prestou.

Meu pai me amava. Ele me *amava* antes que eu tivesse idade para entender que não era assim que a maior parte dos pais amava suas filhas. *Nosso segredinho*, sussurrava ele em meu ouvido, me acariciando em lugares que não era para ele tocar. *Não podemos contar para ninguém, nem para a mamãe, senão vão estragar tudo. Vão te tirar de mim, porque não vão entender meu amor por você.*

Não sei que idade eu tinha quando ele me estuprou pela primeira vez. Sete, talvez? Oito? Minha infância é tal confusão de lembranças reprimidas que mal consigo recordar. Na noite em que aconteceu, estava caindo uma tempestade, disso eu me lembro, e os raios iluminavam meu quarto feito quadros de um filme de terror. Acordei com meu pai na minha cama, em cima de mim, me esmagando a ponto de eu não poder respirar. Eu não o impedi, porque eu achava meu pai perfeito, então talvez fosse para doer mesmo. Ele me olhou nos olhos com uma expressão que eu nunca tinha visto antes, e sorriu. *Você já está uma mocinha*, disse ele. *Eu te amo muito.*

Eu nunca disse nada para ninguém, nem uma palavra. Meu pai nunca me machucaria, era o que eu me dizia. Ele me ama. Isso deve ser culpa minha. Às vezes, eu olhava no olho da minha mãe durante o café da manhã, e ela olhava para outro lado e se servia de outra vodca.

Então, um mês antes de eu completar onze anos, tive a primeira menstruação. Uma semana depois, certo dia voltei da escola e meu pai tinha ido embora de casa.

Ele te abandonou.

Meu pai *nunca* iria...

Ele te deixou.

É como se a menina de dez anos dentro de mim tapasse os ouvidos. Mais fácil acreditar que ele tinha morrido do que me abandonado. Se ele tivesse me deixado, é porque nunca tinha me amado. E, por mais que soe doentio, eu preciso acreditar que ele me amava para poder suportar o horror.

Minha mãe projeta o corpo na cadeira. Por um breve momento, quando seu rosto insano fica bem próximo do meu, seus olhos arregalados de pavor, vejo quem ela era, a mãe que podia ter sido.

– Você precisa acabar com isso! – diz ela com ferocidade. – Faça o que não tive força pra fazer. *Acabe* com isso.

Não tem mais por que ficar fingindo. Eu vim a ela por um motivo, porque ela é a única pessoa com quem posso desabafar a respeito de todas as minhas cicatrizes.

– Se eu for à polícia, a vida de Bella acaba – respondo. – Sujeitá-la a esse grau de exposição. A um tribunal. Quem sabe que efeito isso pode ter nela...

– Polícia, não. Você mesma deve dar um jeito nele.

Cai um silêncio repentino. Eu já vi o pior dela, e ela o meu.

– Você sabe o que tem que ser feito, Carol – minha mãe diz, sub-repticiamente. – Você sabe o que tem que fazer. Você veio aqui para ouvir isso. Você é mais forte do que eu era. – Suas mãos tremem e ela segura firme nos braços da cadeira, uma espuminha de saliva se formou no canto de sua boca. – Você precisa fazer aquilo de que não fui capaz.

Isso já me passou pela cabeça. Rápida e hipoteticamente. O pensamento despachado assim que descobri. Quase assim que descobri.

– Não posso – digo incisivamente.

– Pode, sim. Você tem talento pra isso. Leva jeito. Com seu coração de gelo. – Ela ri uma risada chocha. – Sei como é. – Ela começa um vaivém com a cadeira em cima do piso de linóleo, sem parar, fazendo os pneus de borracha gemerem, até me dar vontade de gritar. – Fiquei sabendo da história do gato – acrescenta ela, seus olhos repentinamente cheios de júbilo. – Envenenado com anticongelante. Louise acha que foi você.

Desvio os olhos.

– Era um gato idoso.

– Nós tínhamos um gato – diz minha mãe, astuta. – Mijou no seu casaco novo, lembra? O fedor não saía de jeito nenhum. Mesmo eu lavando três vezes. – O vaivém continua, *nhec, nhec*. – Achei o gato no quintal uma semana depois, duro que nem pau de vassoura. A boca espumando. Parecia veneno.

– O assunto aqui não é gato – digo. – É o meu *marido*. Não posso...

– Agora somos só nós duas – sibila ela, venenosa. – Não tem por que fingir para mim. Você é capaz. De salvar a menina. E aí você tirava ele de perto *dela* de vez.

Fico encarando minha mãe. Ela é o retrato da minha alma guardado no sótão, cada vez mais horroroso e deformado por meus pecados, enquanto minha pele continua jovem, limpa e macia. Vim aqui para encarar a verdade nua e crua de quem eu sou, por baixo do verniz de cultura. Aqui, posso admitir para mim mesma o que não posso admitir em nenhum outro lugar. *Adoro ele, odeio ele, odeio ele, adoro ele.* Se eu não puder tê-lo, ninguém mais pode.

Ele não merece viver. Não depois do que fez com Bella. Não depois do que fez comigo.

Pego o cobertor da minha mãe, que caiu no chão, e escondo as pontas com cuidado sob suas coxas. Eu levo a cadeira para a posição favorita dela, sob a janela, travo os freios, e abro a janela alguns centímetros para refrescar o quarto de ar tão parado. No dia em que minha mãe tentou se matar, cheguei da escola mais cedo do que disse à polícia. Ela devia ter acabado de chutar a cadeira para morrer. Fiquei um minuto inteiro no vestíbulo, observando-a se debater, dando repelões dignos de uma marionete. Ela se urinou enquanto lutava com o nó ao redor do pescoço; ainda lembro do som do líquido batendo no chão de ladrilhos. Preferi esperar e ela viu que esperei.

Eu me inclino e beijo de leve sua testa.

– Estou feliz que tenham cortado sua forca – respondo. – A morte teria sido um fim bom demais para você.

Dois dias antes da festa

39
Louise

Encosto na entrada do estacionamento do Hotel Burgh Island e procuro no carro o papel em que anotei o código de segurança do portão de ferro. Com um suspiro pachorrento, Bella o localiza e me entrega, e eu me debruço pela janela para digitar os números.

– Você pode levar nossas malas enquanto eu acordo Tolly? – pergunto, esperando o portão se abrir. – E tente não arrastá-las pelo chão. Parece que choveu mais cedo.

Depois de estacionar, saio e alongo minhas costas doídas enquanto Bella abre o porta-malas. É uma viagem de quatro horas da nossa casa até a costa de Devon, mas não há trem direto, então a única opção era virmos de carro. Contemplo a estreita faixa d'água que nos separa da ilha, inspirando fundo o ar fresco e salino. O mar cintila sob o sol de fim de tarde, e gaivotas rodopiam e grasnam pelo céu. Londres e a Whitefish parecem estar bem longe daqui. É uma delícia escapar disso tudo. Estou feliz por ter vindo um dia antes das outras pessoas; preciso reiniciar meu sistema e me recobrar antes de estar pronta para a festa.

Quando estou retirando meu filho sonolento da cadeirinha, um homem com forte sotaque irlandês nos acena do outro lado do estacionamento.

– Vocês são o grupo dos Page?

– Sr. Connelly?

– Todo mundo me chama de Ryan – diz o irlandês, se aproximando e pegando as malas de Bella. Estamos no meio do verão, mas ele usa botas de borracha, calças de veludo cotelê e um gorro de tricô grosso com pompom na ponta. — A maré subiu, então vou levar vocês no trator marinho.

Os olhos de Tolly se iluminam feito fogos de artifício quando ele vê o trator marinho estacionado na areia. Parece algo saído de uma série de época, com uma escada de metal conduzindo a uma plataforma coberta sobre imensas rodas de trator. Ele se solta da minha mão e galga os degraus, debruçando-se sobre a grade da plataforma para contemplar melhor a vista.

— A gente vai andar por cima da água! — grita ele. — Mamãe, mamãe! A gente vai entrar pelo mar! A gente vai passar embaixo d'água? — acrescenta ele, se voltando para Ryan, que assumiu o volante no meio do trator marinho.

— Não seja burro — suspira Bella. — Não é um submarino.

Eu a olho com reprovação, e ela revira os olhos, mas põe o braço nas costas do irmãozinho e aponta o hotel enquanto Ryan nos leva de margem a margem. A água não tem mais que alguns palmos de profundidade, mas, em uma maré alta como esta, a ilha fica completamente isolada, e vejo que correntes perigosas ondulam sob a superfície.

O trajeto não demora mais do que cinco minutos, e Ryan nos ajuda a descer a escada de metal quando chegamos à ilha, servindo de guia na trilha íngreme que leva até o hotel.

— Esse é o Pilchard Inn — diz ele, apontando para um pequeno pub colado à costa, junto ao cais minúsculo. — Ele é assombrado pelo Tom Crocker, líder de um perigoso bando de piratas no século XIV. — Ele se abaixa para falar com Tolly, cujos olhos estão enormes como pratos. — O Crocker e os piratas que comandava saquearam navios por anos, até apanharem ele. — Ele aponta o alto da colina às nossas costas, e começa a falar num tom baixo, sepulcral. — Ele foi levado a chutes e pontapés até o ponto mais alto da ilha, onde foi enforcado e declarado morto. Dizem que... — os olhos dele vão passando pelo rosto de cada um de nós —... que sua alma penada volta a andar pela ilha no aniversário de sua morte, todo ano. As pessoas o veem na porta do Pilchard Inn, esperando o regresso de sua tripulação.

— Que ótimo — murmura Bella. — Agora o Tolly não vai dormir à noite.

— Você está seguro, rapazinho — Ryan ri, endireitando o corpo e bagunçando o cabelo de Tolly. — O aniversário do Pirata Tom é só em agosto. Ele não vai aparecer enquanto você estiver aqui.

Fico ligeiramente aliviada quando Ryan nos deixa na recepção. Ele parece bonzinho, até, mas não quero vê-lo colocando mais minhocas na cabeça de

Tolly. Um carregador leva nossas malas para os quartos, e eu me viro para as crianças:

— Pensei em tomar um chá antes de fazermos algo – digo. – Alguém aqui está com vontade de comer alguma coisa?

— Sorvete! – grita Tolly.

Bella sorri:

— Sorvete eu aceito.

Ela anda na frente e chegamos ao espetacular pátio *art déco* com palmeiras, com seu domo de vidro altíssimo, e nos acomodamos em poltronas azul-claras em formato de concha, com vista para o mar. O garçom chega com dois cardápios, e luto para conter um sorriso. Os sapatos dele são de bico finíssimo e comprido, seu colete é rosa fúcsia com bordados, e sua careca brilhosa é circundada por grossos caracóis grisalhos que chegam até os ombros. Ele mais parece um figurante de *The Rocky Horror Picture Show*.

O garçom anota nosso pedido – chá completo para mim, e sorvete para os meninos – e se retira.

— Pelo jeito o pessoal daqui não sai muito da ilha – diz Bella secamente.

— Sssh – repreendo, tentando não dar risada.

Quando eles terminam o sorvete, damos uma caminhada pela ilha, que é maior do que eu me lembrava. A combinação da viagem longa com o ar marinho nos deixou cansados, de forma que, depois de um leve jantar no restaurante do andar de cima, ponho Tolly para dormir na cama de casal que ele vai dividir comigo, enquanto Bella e eu saímos à varanda para olhar o pôr do sol.

— Entendi porque a Vó Cé queria que a festa fosse aqui – diz Bella, apoiando-se na grade e observando a faixa de areia que, mais cedo, atravessamos no trator marinho, e que começa a ser revelada pela maré vazante. – Deve ter sido um lugar legal para se vir em lua de mel. Como se o resto do mundo não existisse.

— Sensação boa, não é?

— Você conversou com ela? – pergunta Bella depois de um tempo. – Sabe, sobre o meu pai e a Caz?

Seguro na mão dela.

— Não se preocupe. Eu disse que tudo bem por mim se eles viessem.

Mamãe agora deve estar achando que estou concordando com o plano diabólico dela para tirar o Andrew da outra, mas a verdade é que mal pensei nele nos últimos dias. Sinto como se tivesse despertado de uma obsessão febril.

Não acredito que me deixei levar de novo por esse dramalhão de telenovela que pensei ter encerrado há tantos anos. De repente, todo o meu conflito com Caz parece de uma tremenda mesquinhez.

Bella estava certa: Caz não é o inimigo. Nunca foi. Meu rosto enrubesce toda vez que penso na minha corrida maluca até Londres com o coitado do Bagpuss a meu lado, no banco do carona. É claro que Caz não o envenenou! Ela pode ser muita coisa, mas sociopata ela não é. Ele só deu azar. Deve ter ido um pouco mais longe que o habitual da nossa casa e encontrou anticongelante em uma das fazendas próximas. A loucura toda com Caz me deixou paranoica. Ela não se portou bem há quatro anos, ao ter um caso com um homem casado, mas sei melhor que ninguém que você não escolhe por quem se apaixona. Se a culpa é de alguém, é do Andrew. Foi *ele* quem me prometeu fidelidade.

– Vou só dar uma olhada em Tolly – digo a Bella. – Já volto.

Volto ao quarto, sorrindo ao ver Tolly todo esparramado no centro da cama, de braços e pernas abertos feito uma letra X. Cubro-o com a coberta, e ele se vira, mas não acorda. Neste momento, vendo-o de perfil, fico abalada com sua enorme semelhança com o pai. Tolly é a cara dele, cuspida e escarrada. Têm exatamente o mesmo nariz, boca e queixo.

Nunca contei ao Patrick que Tolly é filho dele. Ninguém sabe a verdade, nem mesmo Andrew. Ele sabe que Tolly não é o seu filho biológico, claro, mas não tem ideia de quem é o pai, e sempre tratou Tolly como se fosse seu filho. Talvez um dia, no momento certo, eu conte a Patrick, mas não até Tolly ter idade para entender.

Ironicamente, foi por meio de Caz que Patrick e eu nos conhecemos; foi talvez um fechamento de ciclo cármico, que começou quando Chris Murdoch apresentou Andrew a Caz. Depois que descobri o celular secreto de Andrew e fiquei sabendo que ele estava tendo um caso, fiquei desesperada para descobrir tudo o que podia sobre essa mulher, a amante. Em parte, querendo descobrir algo horrível sobre ela, algo que a condenasse, uma fraqueza que eu poderia usar para minar suas tentativas de roubar meu marido; mas também porque eu tinha um desejo visceral e masoquista de saber quem ela era: desde o número de seus sapatos até o restaurante preferido. Era como uma casquinha de ferida que eu não conseguia parar de cutucar, mesmo que doesse. Então descobri que ela trabalhava na Whitefish, e usei meu cargo no

Daily Post para cultivar Patrick como contato, um informante involuntário. Mas logo o nosso relacionamento ficou bem mais pessoal.

O dia em que me vi de pé do lado de fora de sua casa, a mãe dele me dando tchauzinho pela janela, foi o dia em que percebi que estava indo longe demais. Patrick me pediu para reconsiderar, depois que terminei com ele, mas, quando eu não quis, ele levou perfeitamente na esportiva. Nos encontramos diversas vezes em ambientes profissionais nos anos seguintes, e ele sempre foi afetuoso e cordial, mas nunca tentou forçar a barra. Se ele sentia a mesma tensão subjacente do caso mal-acabado que eu sentia, nunca deu sinal. Ele agiu da mesma forma comigo durante o breve período em que trabalhei para a Univest na Whitefish, embora, na semana passada, quando falei que ia sair, ele tenha parecido de fato triste:

– Vou sentir sua falta – disse ele. – Gostava de ter você por aqui.

Eu devia manter contato com ele, penso agora, dando uma bitoca na bochecha de Tolly e voltando à varanda, onde Bella está sentada em uma das desconfortáveis cadeiras de ferro, concentrada no celular. Se e quando eu decidir me abrir sobre o Tolly, vai ser muito mais fácil se Patrick e eu formos amigos.

Bella olha para mim quando saio:

– Mãe, Taylor pode vir à festa no sábado?

– Não vai ser meio chato para ela? – pergunto, surpresa.

– Por favor, mãe.

– Se ela quer tanto assim, sei que a Vó Cé não vai achar ruim. – Uma ideia me ocorre. – Aliás, Bella, por que você não diz para ela vir para cá amanhã em vez de sábado? Tia Min e tio Luke vão trazer os meninos deles de manhã, e aí você vai ficar em certa desvantagem sem ela.

– E o jantar da Vó Cé amanhã? Pensei que ia ser coisa só de família?

– Dá para encaixar mais uma.

Ela faz que sim, mas não está tão empolgada quanto pensei que ficaria. Claramente tem algo a mais que a preocupa. Ela para de olhar o celular e o larga na mesinha lateral, enfiando as mãos por dentro das mangas compridas de sua eterna camiseta preta, como lhe é habitual. Imediatamente fico de orelha em pé: o celular raramente está fora de suas mãos, ou seja, ela está tomando coragem para me contar alguma coisa.

– Mãe – diz ela, mas para e morde o lábio.

Fico esperando. Por um momento, acho que ela mudou de ideia e não vai dizer mais nada, mas de repente as palavras vêm aos borbotões:

– Mãe, você é a favor do aborto?

Fico atônita. De todas as perguntas que esperava que ela fizesse, isso nem passava perto das minhas conjecturas. Meu estômago se embrulha, e preciso fazer um esforço tremendo para o choque não aparecer no rosto. *Deus do céu, não vai me dizer que minha filha de dezesseis anos está grávida.*

– Por que a pergunta? – retruco, conseguindo dar um jeito de deixar o tom neutro.

– É para um debate na escola – murmura ela, sem me olhar nos olhos. – Temos que dizer os prós e os contras. Você acha que é, tipo, igual a tirar uma vida?

– É uma questão complicada – enrolo, meu pensamento aceleradíssimo. Como é que isso se conecta com o que ela me contou sobre Taylor? Será que Bella também gosta de meninos, afinal de contas? Será por isso que disse que as coisas com Taylor eram complicadas? – Você sabe que pode me contar tudo, Bella – digo, firme. – Estou aqui para você, não importa o que...

– Eu não estou grávida, mãe!

Eu teria com certeza notado se minha filha estivesse grávida, não? Mas andei tão obcecada na minha rixa com Caz que deixei tudo em segundo plano. Ai, meu Deus, e a Bella *tem* andado muito enjoada ultimamente. Aquelas olheiras profundas dela, a perda de peso – a mesma coisa que me aconteceu quando eu a estava esperando, até o enjoo matinal amainar. Mas simplesmente não acredito que ela não tenha me contado nada. Sei que temos nossos problemas, mas ela não teria guardado um segredo desses de mim, teria?

– Tudo bem – digo.

Bella trança os dedos no colo, o corpo teso feito um arco prestes a disparar. Está claro que ela precisa que eu faça mais do que isso.

– Foi por isso que você pegou aquele dinheiro emprestado? – indago com delicadeza. – Para interromper uma gravidez?

– Você acha isso errado?

– Não acho bom encarar o aborto de forma leviana, se é disso que está falando – digo com cuidado, sabendo que estou pisando em ovos. – Mas acho que, em certas circunstâncias, pode ser a coisa certa para a criança e para a mãe.

Uma lágrima tomba na mão dela, e sinto meu coração apertado. Ela também não passa de uma criança. Eu me agacho junto a ela.

– Bella, querida, conversa comigo. Não vou te julgar. Só quero ajudar. Sou sua mãe, eu te *amo*, não importa o que aconteça.

– Taylor acha que quem faz aborto vai pro inferno – diz ela, infeliz. – Os pais dela são católicos, super-rígidos...

– Ninguém vai para inferno nenhum! – exclamo, irada. – Bella, católicos podem ser rígidos, mas também acreditam no perdão. Não acredito que Taylor andou te dizendo tanta asneira. É claro que você não vai para o inferno!

– Eu não, mãe! – Ela ergue seu rosto banhado em lágrimas. – Quem estava grávida era a *Taylor*. Não eu.

Eu me odeio por isso, mas não consigo evitar uma breve e egoísta descarga de alívio. Sinto uma pena desesperadora da amiga dela, claro, mas minha preocupação principal é minha filha.

– Ai, Bell. Que pena. Coitada da Taylor.

– Você não vai contar nada, vai?

– Claro que não. – Eu hesito. – Imagino que ela não tenha contado aos pais?

– Já te disse, eles são super-rígidos. Não iam perdoá-la nunca.

– É um segredo e tanto para se esconder, minha querida. Você ficaria surpresa como uma mãe sabe perdoar...

– Não! Você não pode contar nada!

– Tudo bem. Não vou trair sua confiança. – Suspiro, mais triste do que poderia ter imaginado ao pensar em uma menina tão nova passando por uma experiência traumática como o aborto sem a mãe ao lado. – E o pai do bebê? Onde estava numa hora dessas?

– Não sei. Não sei nem quem é. Ela só disse que ele é casado. Acho que é amigo do pai dela; mais um motivo para ela não poder contar para os pais.

Torço para o meu choque não aparecer no meu rosto. Taylor só tem dezessete anos. Ter um caso com um homem casado com o dobro da idade dela, fazer aborto escondido – é demais para uma menina ainda na escola. Não importa o quanto Taylor pareça adulta, ela não passa, legal e moralmente, de uma *criança*. Que tipo de homem engravida uma adolescente vulnerável? Bella tem razão: não é de admirar que a menina esteja com medo de contar aos pais.

Se fosse a minha filha que ele tivesse largado grávida, eu matava ele.

Véspera da festa

40
Min

Mais parece que estou tentando juntar um bando de gatos. Assim que consigo deixar um dos garotos limpo e apresentável, outro derruba pasta de dentes na camiseta nova ou rasga a calça dando estrelas pelo corredor.

— Luke, você fica de olho no Archie enquanto vejo o que os gêmeos estão aprontando — ofego, encurralando nosso filho mais novo no canto do quarto de hotel e tomando um pote de graxa de cortesia das suas mãos. — Archie, quero que você sente nessa cadeira e não se mexa até eu vir buscar você.

De repente, um grito no banheiro.

— Mãe! O rolo de papel caiu na privada!

— Sidney! Não vá pegar de volta!

— Mããããe! Minha mão ficou cheia de cocô!

Luke ergue uma das mãos tal qual um guarda de trânsito:

— Pode deixar comigo, Min.

— Sidney tá cheio de cocô! — berra Archie, dando um pulo e correndo pelo corredor para encontrar os irmãos. — Ai, que nooojo!

Abro a mala de emergência. Quinze anos de maternidade com quatro filhos me ensinou a trazer mudas de roupa de reserva, uma garrafa secreta de gim, e um monte de lenço umedecido. Encontro a camisa polo extra de Sidney, e levo-a para Luke, que conseguiu despir nosso filho até a cintura no banheiro. É muita generosidade de Celia nos brindar com um fim de semana com tudo pago em um hotel cinco estrelas, mas vou ficar de orelha em pé pelas próximas quarenta e oito horas, tentando garantir que os enfeites *art déco* caríssimos não sejam usados para praticar tiro ao alvo, e que nenhum dos meus filhos caia do precipício, nem se afogue no mar. Teria sido muito mais relaxante, de diversas maneiras, se ela simplesmente tivesse decretado uma festa só para adultos.

No fim das contas, conseguimos deixar os quatro garotos vestidos e calçados, ainda que eu esteja incerta que a camiseta do Whitesnake de Dom possa ser considerada apropriada para uma noite formal, mas, comparada ao moletom cheio de palavrões que ele estava usando antes, já é algum progresso. Ponho um vestido de noite azul-marinho passável, de linho, e entro no banheiro para ajeitar meu cabelo, que frisou com a umidade.

– Vai um drinque rápido antes de descermos? – pergunta Luke, aparecendo no umbral.

– Quem vai olhar os meninos?

– Subornei o Dom e o Jack para vigiar os outros dois por cinco minutos. Dez paus para cada, e vou fazer vista grossa para uma cerveja mais tarde.

– Neste caso, me vê um duplo.

Luke me entrega um grande copo de gim-tônica cheio de gotículas que ele estava escondendo atrás de si.

– Achei mesmo que você ia pedir isso.

Torço meu cabelo rebelde em um chignon solto, aplico os últimos detalhes da maquiagem e vou para junto de Luke na varanda. A brisa é um pouco mais fria do que eu esperava, e fico feliz quando meu marido me envolve em um abraço, nós dois observando o mar feito Kate e Leo na proa do *Titanic*. Observamos as ondas de crista branca quebrando em rochedos escondidos entre nós e o litoral, e me arrepio sem querer. Só de pensar em um navio batendo em uma daquelas rochas mortíferas no escuro, os pobres tripulantes perdidos nas correntes traiçoeiras, me dá uma tontura estranha, como se eu tivesse acabado de espiar da beira de um precipício.

– Animada para o fim de semana? – pergunta Luke, com um beijo suave em meu pescoço.

Dou um suspiro.

– Estou animada para ele ser uma boa lembrança, bem segura, no passado.

Luke me puxa para junto de si para me acalmar. Descanso minha cabeça contra seu peito, torcendo para meu mau pressentimento estar errado. Lou saiu da casa de Andrew e deixou o emprego no escritório da esposa dele, dois passos na direção certa. Até onde sei, ela não voltou a revê-lo a sós, então não deve ter se repetido a história daquele beijo desastrado e malfadado, mas a última coisa de que ambos precisam é serem confinados juntos em uma ilha durante um fim de semana como este. Desejo pela centésima vez que Celia não tivesse nos envolvido nesta encrenca com suas intromissões. Segundo Luke, Lou de fato telefonou para a mãe ontem e disse que *queria* que Andrew e aquela mulher viessem para cá. Não quero atribuir nenhuma motivação sinistra para essa repentina virada, mas como não fazê-lo? Há uma semana ela estava acusando a mulher de envenenar o gato dela, e agora quer que ela venha às bodas da mãe?

– Pare de se preocupar – murmura Luke. – Está estampado na sua cara.

– Não dá para evitar – digo, de mau humor. – Alguma coisa ruim vai acontecer, estou com um mau pressentimento.

– Relaxa, vidente. Vai ficar tudo bem.

Estou prestes a rebater o que ele disse, quando vejo Andrew e sua esposa chegando ao hotel principal, vindos da Casa da Praia abaixo de nós. Momentos depois, Tolly e Kit correm pelo gramado para recebê-los, os dois brandindo cata-ventos vagabundos de plástico.

– Lou está ótima – diz Luke, surpreso, quando sua irmã sai ao terraço para recebê-los. – Ela fez alguma coisa no cabelo?

– Marquei um horário para ela com o Stephen na quarta – digo, observando. Ele tem razão: Stephen tirou pelo menos uns quinze centímetros e fez luzes, e o chanel fio reto ficou ótimo nela. Está usando o vestido vermelho deslumbrante que a azucrinei para comprar. Agora, quisera eu não ter feito isso. Mesmo daqui de cima, não deixo de perceber a reação de surpresa de Andrew ao vê-la bonita assim, e pela cara de bunda da sua mulher, ela também não deixou de perceber. Nem precisa ser vidente para sentir que vem confusão por aí.

– Vamos lá – diz Luke. – Melhor descermos antes que os meninos comecem de novo. Dez pratas para cada um não compram muito tempo de paz.

Arregimentamos as tropas e descemos ao bar da Palm Court, onde todos já estão à nossa espera. Eu me ocupo de arrancar os celulares das mãos de Dom e Jack antes que a avó brigue com eles, então por um momento não percebo Bella e a amiga sentadas discretamente junto ao piano, conversando entretidas.

E de repente eu as percebo *mesmo*, e tudo faz sentido – um sentido medonho, estarrecedor.

41
Caz

— Pode me passar minhas abotoaduras? – pede Andy, mexendo com as pontas das mangas.

Eu as entrego.

— Presumo que a família inteira vá estar presente?

— É claro. – Ele ajeita a gravata no espelho. – Isso não é nenhum problema, é?

— Para mim, não.

Eu o deixo terminar de se arrumar e saio ao deque, me apoiando na grade e contemplando a faixa de praia ampla e vazia à minha frente. Uma brisa cálida levanta meu cabelo e a maré lambe os rochedos lá embaixo, e sou brevemente embalada pelo sussurro das ondas batendo no cascalho cor de mel. O resto da família Roberts está no hotel principal, lá em cima, mas por algum motivo Celia nos colocou aqui, na Casa da Praia, que fica num lugar separado e é o alojamento mais impressionante de todos. Aninhada no rochedo da ilha Burgh, a casa tem vista panorâmica e deslumbrante para o mar, e privacidade absoluta. Eu mesma não poderia ter escolhido lugar mais adequado aos meus propósitos. Parafraseando o famoso slogan de *Alien – O oitavo passageiro*, de Ridley Scott: na praia, ninguém pode te ouvir gritar.

Andy enfim sai na varanda, seu ar aprazível e jovial. Os verdadeiros monstros não são aquelas pessoas esquisitas e repugnantes, com cabelo engordurado e olhar mortiço, à sua espreita em becos escuros. São agradáveis homens de família, bonitos e charmosos, que vivem ao nosso redor, acima de qualquer suspeita.

— Pronta? – pergunta ele.

Sorrio:

– Animada.

Mas é tudo que posso fazer para não recolher o braço que ele toma. Basta ele me tocar que sinto ânsia de vômito. *Só mais umas horas*, fico me dizendo. Só mais umas horas e tudo estará terminado.

Estranhamente, para uma decisão tão importante, não me lembro de chegar a tomá-la. Não tive nenhum debate interno, nenhum dilema moral. Se um caminhão está prestes a atropelar seu filho, você se joga na frente e pronto. Se arremessam uma garrafa contra você, você se abaixa. Não há dúvida, não há alternativas a considerar. Seu instinto de sobrevivência entra em ação, querendo você ou não. *Você mesma deve dar um jeito nele*, disse minha mãe. A minha parte mãe do Kit e esposa do Andy se horroriza com o que precisa ser feito, mas a outra parte minha, o lado obscuro, mais honesto, apenas reconhece que é inevitável: *sim, claro*. É assim que minha história termina, assim que sempre terminou. Não dei um jeito no meu pai, mas posso dar um jeito em Andy.

Subimos a trilha que vai para o hotel, à beira do penhasco, e sinto uma estranha leveza, um distanciamento, como se estivesse me assistindo de longe. Lá vai Caz, em seu vestido de seda cinza, feito uma coluna grega, de braço dado com seu belo marido vestindo *smoking* com abotoaduras de ouro. Lá vem seu lindo filhinho, correndo pela grama para chegar a eles, seu meio-irmão ruivinho dando gritos atrás dele, ambos felizes empunhando cata-ventos de plástico de tema marítimo. Olha só a Caz se agachando, exclamando perante o brinquedo do filho. Olha o marido pegando uma criança em cada braço, rodopiando com elas antes de largá-las, às risadas e tropeções, no chão. A perfeita família moderna, fotogênica e harmoniosa.

Irmão postiço, me corrijo mentalmente. Não tenho ideia de quem seja o pai biológico de Tolly, mas com certeza, Andy não é.

– Mamãe! – grita Kit, empunhando o cata-vento em minha direção. – Olha o que a Vó Cé me deu!

– Que lindo, querido. Você e Tolly estão se divertindo?

– Ele me deixou brincar com o minidrone dele! – exclama meu filho. – Ele voa lá no alto e obedece a nossa mão! E ele diz que posso brincar com o cachorrinho robô dele depois. Posso ter um cachorrinho robô, mãe?

– Vamos ver – digo para não me comprometer.

– O Kit pode ficar no meu quarto hoje? – pergunta Tolly.

Sorrio para o garotinho e afago seus fartos cachos. Que cabelo lindo; será que puxou ao pai?

— Claro, se sua mãe deixar.

Louise está de pé no umbral que dá para a Palm Court, um sorriso despreocupado plantado no rosto com a intenção de encantar Andy. Ela de fato se empenhou muito na aparência para este fim de semana. Cortou o cabelo, adotando um chanel invertido afiadíssimo que faz seu cabelo claro parecer bem mais farto, e a deixa mais jovem. Detecto a mão de Min Roberts por trás do cabelo e do lindo vestido escarlate que ela está usando. Louise quase nunca usa cores fortes. Sua paleta usual favorece os cinzas insípidos e os tons neutros barrentos, que Celia sem dúvida deve chamar de "ardósia", "*off-white*" e "areia", mas que o resto do mundo conhece como "bege" mesmo. Olho de esguelha para Andy, e vejo seus olhos quase pulando da órbita de tão arregalados.

Ela vem para o terraço quando estamos chegando junto dela. Andy faz menção de lhe dar um beijo na bochecha, mas, por algum motivo, Louise sutilmente finge não perceber e foge dele.

Meus olhos se estreitam. O que será que ela sabe, essa mulher que foi casada com meu marido por mais de uma década? Terá alguma ideia do que ele fez com a filha deles? Eu diria que não é possível, nenhuma mulher jamais deixaria isso acontecer com a filha, mas é claro que sei, por amarga experiência, que é possível sim.

— O que vocês estão achando da Casa da Praia? — me pergunta Louise enquanto olhamos os meninos correrem um atrás do outro pelo gramado. — É um lugar maravilhoso. Sei que dá trabalho andar tanto até a parte principal do hotel, mas vale a pena, não?

Não vou admitir para Louise, mas na verdade estou achando que é um dos lugares mais lindos em que já me hospedei. Segundo o folheto que encontrei no quarto, Agatha Christie escreveu e ambientou dois de seus romances no Hotel Burgh Island. ("A pronúncia correta é Ilha 'Bér', querida", disse-me Celia maldosamente quando liguei para confirmar que viríamos.) Quando os livros viraram filmes, foram filmados aqui: eu me lembro de Hercule Poirot atravessando a praia na maré baixa sobre o trator marinho. A imagem romantizada ficou comigo, mas jamais imaginei que iria me hospedar aqui. Às vezes me esqueço do quanto mudei de vida em apenas dez anos.

— Cadê a Bella? — pergunta Andy, estalando os dedos para chamar um garçom para a parte externa. Geralmente, odeio quando ele faz isso, mas hoje, mal percebo. — Ela vem jantar conosco, não vem?

— Ela foi à angra encontrar a amiga que vem de trator marinho — diz Louise.

– Pensei que hoje ia ser só gente da família? – retruca Andy, irritado.

Louise dá de ombros:

– Bella queria um pouco de apoio moral. Kit e Tolly têm um ao outro, e fica meio chato para ela sozinha, então minha mãe disse que tudo bem se a amiga dela viesse mais cedo.

A mandíbula dele trava:

– Que amiga?

Louise é distraída pelo garçom discretamente postado junto a seu cotovelo, aguardando nosso pedido:

– Vamos beber lá dentro – diz ela com fineza, mas com autoridade. – Minha mãe detesta ficar ao ar livre no verão.

Entramos no hotel com ela. Faço um ar de espanto involuntário quando entramos, impressionada com a beleza refinada do domo de vidro *art déco* acima de nós.

– Pois é, não é lindo? – Louise ri, como se o crédito por aquela beleza de tirar o fôlego fosse todo dela.

A recepção do hotel emana um burburinho de conversas e risadas. Momentos depois, Celia e Brian Roberts entram na Palm Court, seguidos por Bella e Taylor. Sinto como Andy fica tenso ao meu lado. Celia sempre o deixou meio nervoso. Suspeito que o medo dele seja ela enxergar, sob suas abotoaduras, sapatos sob medida e verniz pretensioso de classe média, o garoto de classe operária que no fundo ele continua sendo.

– Andrew, querido, que bom te ver – diz Celia, ignorando-me completamente e beijando Andy no rosto. – Está maravilhoso com esse bronzeado. Min e Luke estão terminando de arrumar os meninos para o jantar; já estão descendo. Champanhe, imagino? – diz ela ao garçom, sem se incomodar em esperar confirmação de ninguém. – Uma garrafa de Krug, por favor. Seis taças.

Ela está da cabeça aos pés em ouro pálido, com uma echarpe etérea de chiffon que vai até o fim das costas. Para uma mulher de quase setenta anos, ela está ótima, magra feito um galgo, braços definidos e musculosos após suas horas diárias de jardinagem. Parece uma estatueta do Oscar, e emana a mesma afabilidade e receptividade que uma.

– Sete taças para o champanhe – corrige Louise. – Caz não está linda nesse vestido, Celia? É um Armani?

O olhar penetrante de Celia me varre da cabeça aos pés.

– Que boa ideia. Esse visual de brechó chique está muito *in* hoje em dia.

Sorrio. Não importa. Celia não importa. Pairo livre feito um pássaro sobre todos eles, esse clã Roberts tão cheio de códigos secretos, sorrisos maliciosos e ar de superioridade inefável. Podem falar o que quiserem, pensar o que quiserem. Em poucas horas, o reino deles vai ruir.

De repente Andy me puxa para o lado:

– O que aquela menina está fazendo aqui? – sibila ele, indicando Taylor. – Pensei que hoje ia ser só a família?

– Louise já te disse – respondo, me livrando da mão dele no meu braço. – Seria chato para Bella se não tivesse mais ninguém da idade dela.

Ele parece que vai dizer mais alguma coisa, mas então Min e Luke chegam com sua legião de filhos, e sou poupada de maiores contatos. O garçom traz o champanhe, e bebo o meu rápido demais. Não tenho dúvidas a respeito do que pretendo fazer, mas vai demandar coragem física. O abismo entre intenção e ação é significativo e sangrento. Não quero falhar por falta de coragem.

Ironicamente, desta vez é Louise quem toma conta para eu não ficar na Sibéria social, na ponta da mesa com as crianças, provavelmente para ganhar pontos com Bella, ou seja, não tenho escolha senão conversar com os outros adultos com educação em vez de ser deixada a sós com os meus pensamentos. Talvez seja melhor assim. Quanto menos tempo eu tiver para pensar sobre o que vou fazer mais tarde, melhor.

Não sou a única que está nervosa. Andy está todo brusco, lançando olhares furtivos para Louise quando pensa que não estou vendo. Bella e Taylor mal comem, cochichando juntas e revolvendo a comida nos seus pratos. Eu me pergunto se Bella confidenciou tudo à amiga. Percebo Louise olhando para elas com uma expressão preocupada também. Ela sabe mais do que quer deixar transparecer. Como é que pode não fazer *nada* a respeito? Ela é mãe da Bella! Devia proteger a filha. Se sabe o que Andy fez e não tomou providência nenhuma, merece queimar no mesmo inferno que ele.

O jantar parece interminável, e fico aliviada quando chega ao fim. Os seis garotos desaparecem escada acima num tumulto, mas para minha surpresa Bella e Taylor decidem ficar com os adultos e tomar o café conosco. Passamos ao bar da Palm Court, sentando em um grupo de cadeiras com vista para o mar. O céu parece feito de nanquim, cravejado de estrelas, e uma lua cheia repousa sobre seu manto de veludo negro. A pedido de Celia, o garçom deixa o bule e as xícaras em uma mesinha ao lado, e as duas meninas ajudam a servi-lo.

– Pedimos outra garrafa de Krug? – diz Celia, segurando a mão de Brian. – Sei que não é comum misturar café com champanhe, mas é nosso aniversário de casamento.

– Por que não? – diz Brian, simpático.

– Posso tomar um pouco? – pede Bella à mãe.

Louise dá um pulo, como se estivesse muito longe.

– Sim, se você quiser – diz ela, ausente.

Não sei se tomei muito vinho no jantar, ou se é a distração com o que pretendo fazer depois, e com o por quê. Quando paro para pensar, já terminei de falar:

– Grávida não pode beber – digo a Bella sem pensar.

Minha vontade é de desdizer minhas palavras, de rebobinar a fita, mas é tarde demais. Todo mundo se vira para Bella, olhares arregalados. Até Celia fica sem palavras.

– Eu não estou grávida! – grita Bella. – *Não estou!* – repete ela, já que o silêncio horrorizado persiste.

– Claro que não está! – exclama Louise, furiosa. – Me desculpe, Bella – acrescenta ela, levantando de um repelão. – Eu tentei ser compreensiva, tentei mesmo, mas essa foi a gota d'água. Não posso mais ficar no mesmo cômodo que essa mulher nem mais um minuto. Ou ela é maldosa, ou louca. Não quero estragar sua noite, mãe, mas preciso de um pouco de ar. De manhã nos falamos.

Bella me olha fixamente, pálida, tremendo de raiva e se sentindo traída. Por um momento, penso que ela vai dizer alguma coisa, mas ela simplesmente pega Taylor pela mão e as duas saem sem dizer nada. Sinto o estômago embrulhado quando todos as acompanham. Tudo o que eu queria era ajudar Bella. Ela nunca vai me perdoar por isso.

Mas ser perdoada não importa. A única coisa que importa é salvar Bella do monstro que é o seu pai.

Volto pé ante pé ao salão onde jantamos e vou até nossa mesa, ainda com nossos pratos e copos sujos. Não há ninguém para me ver surrupiar com cuidado a faca de churrasco que Louise usou, cheia de digitais dela, e escondê-la na minha bolsa.

LOUISE PAGE
PARTE 1 DO DEPOIMENTO GRAVADO

Data: 25/07/2020

Duração: 51 minutos

Local: Delegacia de Polícia de Kingsbridge

Realizado por agentes de polícia de Devon & Cornwall

(cont.)

POLÍCIA   Então essa foi a última vez que você viu seu ex-marido com vida? Na praia, ontem à noite?

LP   Sim.

POLÍCIA   A que horas foi isso?

LP   Não sei. Cerca de onze da noite?

POLÍCIA   Você não o viu no café da manhã de hoje?

LP   Não. Eu não o vi até ir para a Casa da Praia e... encontrá-lo... [Chora, soluça.]

POLÍCIA   Receba minhas mais sinceras condolências, sra. Page. Posso lhe oferecer alguma coisa? Está com dor?

POLÍCIA   O médico já examinou o braço dela, senhor. Ele disse que a sra. Page está apta a prestar depoimento.

LP   A gente pode fazer isso depois, por favor? Preciso ver meus filhos. Acabaram de perder o pai... [Chora.]

POLÍCIA   Sinto muito, sra. Page. Vamos tentar terminar o mais rápido possível, mas precisamos muito conversar com você agora, enquanto tudo está recente na sua memória.

LP   Eu não vou conseguir esquecer nunca.

POLÍCIA   Sinto muito, mas só para esclarecer, o sr. Page não veio ao hotel nenhuma vez?

LP	Eu não vi nenhum dos dois a manhã inteira.
POLÍCIA	Os "dois" a que você se refere são Andrew e Caroline Page?
LP	Sim.
POLÍCIA	Você ficou surpresa em não vê-los?
LP	Depois da noite passada, não. Andrew geralmente faz um *cooper* de manhã, e meio que presumi que Caz estava só fora de circulação. [Pausa.] Todo mundo se aborreceu com o que ela falou.
POLÍCIA	O comentário dirigido a sua filha?
LP	Sim.
POLÍCIA	O sr. Page se aborreceu com a esposa?
LP	Não sei dizer.
POLÍCIA	Vocês não conversaram sobre isso, mesmo tendo se falado pouco depois?
LP	Não.
POLÍCIA	Conversaram sobre o quê, então?
LP	Nada, na verdade. [Pausa.] Só sobre os planos para a festa dos meus pais no dia seguinte. Minha mãe havia lhe pedido para fazer um discurso na festa, e ele queria algumas anedotas para usar na hora do brinde.
POLÍCIA	Sua mãe tinha pedido ao seu ex-marido para fazer um brinde, em vez de pedir ao seu irmão? Isso lhe pareceu estranho?
LP	Não. Luke é muito tímido, enquanto que o Andrew costuma falar em público. E ele é — era — muito próximo da minha mãe. Ah, meu Deus. [Chora.] Desculpe. Estou bem.
POLÍCIA	Você e o sr. Page foram à praia juntos na noite passada?
LP	Não, eu saí do hotel primeiro. Eu queria esfriar a cabeça. Andrew apareceu na praia cinco ou dez minutos depois.
POLÍCIA	E quando retornaram ao hotel? Voltaram juntos?
LP	Eu voltei primeiro. Queria ver se Tolly estava na cama. De qualquer forma, eu estava na parte principal do hotel

	e Andrew estava na Casa da Praia, então fomos em direções diferentes.
POLÍCIA	Você viu mais alguém quando voltou para o hotel?
LP	Não. Todo mundo tinha ido dormir.
POLÍCIA	Inclusive a sra. Page?
LP	Não sei. Não a vi.
POLÍCIA	Porque você foi à Casa da Praia hoje de manhã?
LP	[Silêncio.]
POLÍCIA	Sra. Page?
LP	Eu precisava conversar com Andrew.
POLÍCIA	Sobre o quê?
LP	[Pausa.] Nossa filha. Achei que Caz fosse estar na praia, e que seria um bom momento para conversar com ele.
POLÍCIA	Por que você achou que ela estaria na praia?
LP	Eu a vi. Bem, achei que a vi. Ela tem um biquíni vermelho vivo, não dá para não vê-la.
POLÍCIA	Você admite que queria encontrar seu ex-marido sozinho?
LP	Não é segredo que Caz e eu não nos damos. As coisas têm estado… [Pausa.] Pensei que seria melhor se ela não estivesse lá. Fui até a Casa da Praia… [Chora.] Desculpe. Não dá.
POLÍCIA	Tudo bem. Sei que é difícil, sra. Page, mas preciso que você me conte exatamente o que aconteceu em seguida.
LP	[Chora.]
POLÍCIA	Aceita um lenço de papel?
LP	Sim, obrigada. Desculpe. [Pausa.] Eu não paro de revê-lo ali, *no chão*.
POLÍCIA	Quando chegou à Casa de Praia, você bateu na porta?
LP	Não. Eu ia bater, mas ouvi gritos lá dentro, e percebi que Caz estava lá, afinal de contas, então parei.
POLÍCIA	Você ouviu gente falando alto? Você identificou quem era?

LP	Andrew e Caz.
POLÍCIA	Tem certeza? O sr. Page estava vivo logo que você chegou à Casa de Praia?
LP	Sim.
POLÍCIA	Você conseguiu distinguir o que diziam?
LP	Não muito. Quer dizer, estavam com raiva. Ouvi partes. A maioria, da Caz. "Como você pôde fazer isso?", esse tipo de coisa.
POLÍCIA	Você tem alguma ideia do que ela quis dizer com isso?
LP	Não.
POLÍCIA	O que você fez?
LP	Eu não quis me intrometer nessa história, então dei meia-volta e comecei a retornar para o hotel. Estava quase na metade quando ouvi um grito.
POLÍCIA	Era de homem ou de mulher?
LP	Soava como de mulher, mas talvez possa ter sido de Andrew. Não sei, nunca ouvi grito de homem antes. Foi horrível. No começo meio que fiquei paralisada. E aí ouvi mais um grito, e voltei correndo, e aí quando entrei…
POLÍCIA	A porta estava destrancada?
LP	Devia estar. Entrei correndo e vi… e vi… [Chora.]
POLÍCIA	Não tem pressa, sra. Page.
LP	Me desculpe. [Pausa.] Andrew estava no chão, e Caz estava com uma faca na mão, meio curvada sobre ele. Havia sangue por todo lado. E aí ela meio que veio *para cima de mim*.
POLÍCIA	Ela te atacou?
LP	Tentei chegar até Andrew, para ver se ele estava bem, e acho que escorreguei no… no sangue — devo ter machucado meu braço nessa hora — e tentei tirar a faca de Caz, aos gritos. Foi tudo muito rápido.
POLÍCIA	Você chegou a *ver* a sra. Page esfaquear o marido?
LP	Ele já estava no chão quando cheguei. Se eu tivesse [inaudível] talvez conseguisse… [Chora.]

POLÍCIA	Havia mais alguém presente?
LP	Não.
POLÍCIA	E você não viu mais ninguém entrar nem sair da Casa da Praia?
LP	Não. Foi *ela* que matou ele! Perguntem a ela! Façam isso!
POLÍCIA	O problema, sra. Page, é que ela está contando a mesma história que você, com uma diferença. Ela diz que foi *você* quem matou ele.

42
Louise

O que entrega é a forma que ela prepara o café dele. Ela não pergunta como ele gosta do café, simplesmente põe uma leve pitada de creme e dois cubos de açúcar, exatamente como Andrew gosta, algo que você só saberia caso já o tivesse preparado muitas vezes, algo que só saberia se o conhecesse intimamente.

Vendo-a entregar o pires e a xícara a ele, entendo, nesse instante, e sem a menor dúvida: Bella estava dizendo a verdade quando falou que era Taylor que tinha engravidado, e não ela. E que o pai da criança, o homem casado predador que engravidou uma menina de dezessete anos, é Andrew.

Foi isso que ele quis contar quando veio à minha casa e alegou ter sido um idiota. E era com ela que estava tendo um caso: com a melhor amiga de sua filha, uma adolescente.

Fico quase agradecida quando a gafe de Caz rompe meu choque paralisante. Aproveitando a desculpa, fujo do hotel e corro até o alto do penhasco, sem olhar por onde ando. Fico agradecida à lua cheia que ilumina o caminho, contornando as rochas e descendo para a lagoa quase que por instinto. Há algo de primitivo no som das ondas quebrando no escuro, no ar salgado, e fico na praia vazia deixando o som me levar, na onda da minha raiva, em uma liberação tão intensa que é quase erótica.

Agora que entendi, não consigo compreender como não percebi antes. Tudo estava perfeitamente evidente nas olhadas furtivas e culpadas que Andrew endereçou a Taylor a noite toda. Estava escrito na cara da menina pálida de paixão toda vez que ela olhava para ele. Mas é óbvio que Bella não tem a menor ideia do que aconteceu entre eles, e peço a Deus para continuar assim. A dupla traição partiria seu coração.

Andrew sempre gostou de mulher: *mulheres*, e não meninas. Ele nunca conseguiu dizer não a um rostinho bonito. Mas Taylor não passa de uma adolescente! Ela tem trinta anos a menos que ele! Sei que ele é narcisista, mas isso é baixo até para ele. O relacionamento deles pode até ser lícito, mas, moral e eticamente, ele acaba de cometer um ato inaceitável para qualquer outro pai e mãe que conheço.

Não escuto Andrew chegando pelas minhas costas, e dou um pulo ao me voltar e vê-lo a poucos metros de mim. Nos olhamos em silêncio por um bom tempo. Ele percebe instantaneamente pela minha expressão que já sei de tudo. Você não mora com uma pessoa por uma década e meia sem aprender a ler em seu rosto que o dia da prestação de contas chegou.

Medo, culpa e cálculo frio passam pela expressão de Andrew, mas percebo de repente que não vi nenhuma vez *surpresa* nele desde a gafe de Caz. Nem *choque*. Ele já devia saber da gravidez. Que filho da puta. Ele *sabia*, e em vez de se responsabilizar e de ajudar Taylor a decidir o que fazer, ou ao menos pagar o aborto da pobre menina, ele a deixou se virar sozinha. Agora ele só se importa mesmo é em não ser pego. Acho que nunca odiei alguém tanto como o odeio agora.

– Sai de perto de mim – digo, com uma voz dura e impiedosa.

– Lou, deixe-me explicar...

– Não há nada que você possa dizer – corto –, *nada* que justifique uma coisa dessas.

Não consigo imaginar como já pude achá-lo bonito um dia. Ele não tem substância, não tem nenhum valor. Exatamente as qualidades que o tornam um apresentador de televisão tão genial também escondem o fato de ele ser um ser humano hediondo.

– Fui um imbecil, eu sei – apela Andrew. – Você não sabe, Lou, você não estava lá. Não planejei nada do que aconteceu. Se eu pudesse voltar atrás, juro por Deus que voltaria. Foi o maior erro de toda a minha vida. – Ele percebe pela minha expressão pétrea que a sua estratégia inicial simulando um *mea culpa* não está funcionando, e muda de tática abruptamente, assumindo um tom carregado de acusação. – Veja bem, todo mundo erra. Você me deixou pensar que era o pai de Tolly quando...

– Taylor tem *dezessete* anos! – interrompo, irada. – Ela é uma criança!

– Ela sabia muito bem o que estava fazendo – diz ele, com um toque de deboche e aborrecimento na voz. – Não era a primeira vez dela, acredite.

Minha fúria e minha indignação transbordam de uma vez. Dou-lhe um tapa forte no rosto, e mesmo no escuro vejo a marca vermelha que minha mão deixou.

– Não se atreva! – grito. – *Você* é o responsável! Ela tem a idade da sua filha! Isso não é *affair*, é *abuso*! O que você ia achar se um amigo seu tivesse feito o mesmo com Bella?

Ele faz cara de asco:

– Que comentário nojento.

– Ah, você acha mesmo? – pergunto, incrédula. – Como pôde fazer uma coisa dessas, Andrew? Ela ainda está na escola! Como pôde pensar que estava tudo bem com isso?

Por fim, ele tem a mercê de parecer desconsolado.

– Olha, foi coisa de poucas vezes – murmura ele. – Ela estava sempre por perto, me olhando. Ela me pediu para lhe mostrar os estúdios, mas deixou claro o que realmente queria. Não é como se a menina não estivesse a fim. – Com um ar ferido, ele passa a mão na lateral do rosto. – Porra, você quase quebra meu nariz, Louise. Não posso ir trabalhar segunda com o meu rosto desse...

Meu Deus do céu, se estivéssemos no alto do penhasco em vez de na praia, juro que eu o empurraria.

– A menina ficou *grávida*! – sibilo. – E você a largou para se virar sozinha. Bella que pagou pelo aborto dela, sabia? Sua filha de dezesseis anos precisou marcar o aborto do próprio meio-irmão ou irmã! Dá para imaginar como ficará a cabeça dela se ela descobrir?

– Ela não vai descobrir se você não contar – diz Andrew, mal-humorado. – Agora o problema está resolvido, não está? A menina vai superar. Já falei para ela que estamos terminados. Não sei por que ela veio aqui neste fim de semana, para falar a verdade. É bom ela não estar querendo contar para Caz – diz ele com perfídia. – Agora que ela abortou, vai ser a palavra dela contra a minha.

Fico literalmente sem reação. Esse homem é um completo sem-vergonha, incapaz de sentir remorso. Nunca pensei que sentiria pena de Caz, mas estou sentindo, por ser casada com esse amoral desgraçado.

– Taylor é uma *criança* – repito com amargura. – Você não deve contar com ela para guardar seu segredo para sempre. Não sei nem se ela deve fazer isso.

— Olha, Lou. Eu entendo — diz Andrew com rapidez. — Mas não precisa ficar com ciúmes. Ela não significou nada, de verdade. Foi só um casinho bobo. — Ele dá um passo em minha direção, concentrando todo charme que consegue no olhar que me lança. — Você é a única mulher com que já me importei...

— Para — interrompo, sentindo o estômago embrulhado. — Para agora. Não quero saber de nada. Fica longe da Taylor ou vai ter que se ver *comigo*.

Eu o deixo plantado na praia, cheia de um ódio tão visceral que sinto seu amargor no fundo da garganta. Sinto-me suja por associação, como se precisasse ir para casa e me esfregar bem no banho até me ver limpa dele. Não faz muitos dias, eu dormi com esse homem! Servi de cúmplice para ele, como venho servindo há tantos anos. Isso me torna parte de sua trama suja.

Meu pé resvala em um pedregulho solto e eu escorrego, o tornozelo virando enquanto tropeço. Demoro um pouco até me equilibrar de novo, e, quando o faço, de repente vejo minha mãe escondida à sombra do penhasco.

— Mãe! Que susto — exclamo. — O que você está fazendo aqui embaixo?

— Fiquei preocupada com você — diz mamãe. Sua delicada echarpe dourada flutua na brisa. — Você sumiu. Min disse que achou que viu você na praia, então vim ver se estava tudo bem. Essa trilha pode ser perigosa, especialmente à noite.

Sua expressão é ilegível, mas há algo nos olhos dela que me faz parar para pensar. Vozes vão longe por cima da água. O que será que ela ouviu?

— Há quanto tempo você está aí? — pergunto-lhe.

— Tempo suficiente — diz mamãe.

CAROLINE PAGE

PARTE 1 DO DEPOIMENTO GRAVADO

Data: 25/07/2020

Duração: 48 minutos

Local: Delegacia de Polícia de Kingsbridge

Realizado por agentes de polícia de Devon & Cornwall

(cont.)

POLÍCIA	Tem certeza de que já pode continuar, sra. Page?
CP	Estou bem.
POLÍCIA	Você não está com dores...
CP	Disse que estou bem. Podemos acabar logo com isso?
POLÍCIA	Você havia ido nadar, pelo que disse. Alguém mais pode confirmar isso?
CP	Não sei. Estava muito cedo. Não falei com ninguém, mas talvez alguém possa ter me visto do hotel.
POLÍCIA	A que horas você saiu da Casa de Praia?
CP	Não olhei.
POLÍCIA	Uma aproximação, sra. Page?
CP	Não sei. Umas oito, acho. Andy ainda estava dormindo quando saí.
POLÍCIA	E você nadou por quanto tempo?
CP	Por vinte minutos, acho. Mas fiquei na lagoa por algum tempo, depois. [Pausa.] Andy e eu brigamos ontem à noite, por causa de uma coisa que falei no jantar. Uma bobagem...
POLÍCIA	Teria sido a sugestão de que sua enteada, Bella, poderia estar grávida?
CP	[Pausa.] Sim.
POLÍCIA	Por que você pensava isso? [Pausa.] Sra. Page?

CP	Foi só um mal entendido bobo.
POLÍCIA	E foi sobre isso que discutiram?
CP	Em parte.
POLÍCIA	Isso foi no hotel, ou quando vocês voltaram para o quarto?
CP	Quando voltamos para o quarto. Mas isso foi mais tarde, depois que Andy voltou da praia.
POLÍCIA	Por que seu marido foi à praia?
CP	Ele foi atrás de Louise. Ela ficou tão furiosa com o que eu disse que saiu à toda do hotel, e Andy foi atrás dela para acalmá-la. Mas eu os ouvi discutindo aos gritos na praia quando estava voltando para a Casa da Praia…
POLÍCIA	Você os ouviu gritar um com o outro? Estavam discutindo?
CP	Parecia, pelo som.
POLÍCIA	Você distinguiu o motivo da briga?
CP	Não, estavam longe demais, não consegui ouvir.
POLÍCIA	Então você voltou sozinha para a Casa da Praia?
CP	Sim. Kit estava no hotel principal com o filho de Louise. Fui para a cama, mas ainda estava acordada quando Andy voltou.
POLÍCIA	A que horas foi isso?
CP	Cerca de meia hora depois de mim, por volta da meia-noite.
POLÍCIA	E você disse que aí vocês discutiram também? Sobre o quê?
CP	Basicamente Louise.
POLÍCIA	Por que a discussão sobre Louise?
CP	[Inaudível.]
POLÍCIA	Para a gravação, sra. Page.
CP	Desculpe. Falei que disse que ele precisava ter cuidado. Ela é obcecada pelo Andy, nunca conseguiu aceitar o fim do casamento. [Pausa.] Olha, não pretendo que você acredite só porque estou dizendo. Ninguém nunca acredita. Ela tem ficha na polícia, pode procurar.
POLÍCIA	Louise Page já ameaçou seu marido, pelo que você sabe?
CP	Não, ela é esperta demais para isso. Mas…

POLÍCIA	Se pudermos nos ater apenas aos fatos, sra. Page.
CP	Por fim, Andy disse que ia dormir no sofá. [Pausa.] Foi a última vez que conversei com ele.
POLÍCIA	Sei que isso deve ser difícil para você, mas pode me dizer o que aconteceu quando você voltou à Casa da Praia hoje de manhã, depois de nadar?
CP	Eu ouvi uma gritaria enquanto voltava da lagoa. Parei um minuto para entender de onde estava vindo, e aí percebi que era da Casa da Praia...
POLÍCIA	Tem certeza?
CP	Não tem outro lugar de que possa ter vindo. Você já viu o quanto ela é isolada. Então comecei a correr, e ouvi um berro. Foi horrível. Entendi que algo horrível estava acontecendo. Quando cheguei, a porta estava escancarada e vi Louise ali, parada, e Andy no chão, com sangue por todo lado.
POLÍCIA	Seu marido ainda estava vivo?
CP	Não sei. Tentei chegar a ele, mas ela veio com a faca para cima de mim...
POLÍCIA	A sra. Page estava com a faca na mão?
CP	Sim. Tentei desarmá-la, mas escorregamos e caímos, e machuquei o braço. Ela gritava alto, enquanto lutávamos pela posse da faca. E aí alguém entrou ruidosamente no quarto, acho que um dos zeladores, e ela me largou.
POLÍCIA	Você chegou a ver mais alguém? Mais alguém entrando ou saindo da Casa da Praia?
CP	Não.
POLÍCIA	Sra. Page, você sabia que Louise Page diz que foi você quem matou ele? Diz que foi *ela* quem ouviu gritos, e que flagrou *você* com a faca na mão.
CP	Bem, é claro que ela disse isso, não é? Mas por que eu o mataria?
POLÍCIA	Você está muito calma, sra. Page, se não se importa com a observação.
CP	Porque eu sabia que, mais cedo ou mais tarde, algo desse tipo ia acontecer. [Pausa.] Louise sempre disse que, se não pudesse ficar com ele, ninguém mais ia ficar. Pelo visto ela falava sério, não?

O dia da festa

43
Caz

Fico perto do sofá, observando Andy dormir. Dizem que as pessoas parecem indefesas e inocentes enquanto dormem, de guarda baixa, mas só consigo ver o mentiroso que ele é. Ele já me traiu tantas vezes, de tantas maneiras. Sempre fiquei em segundo, e Louise em primeiro. Segunda esposa, segunda escolha. Sempre. Mas não é esse o porquê de eu estar fazendo isso. Aceitei meu lugar na vida de Andy assim que me casei com ele. Faço isso por justiça. Porque eu devia ter feito isso há anos, em outro tempo e lugar, a outro homem.

Minha mãe não tinha força para fazer o que precisava ser feito, mas eu tenho. Devia ter feito ontem à noite, mas a comoção com o furo que dei prejudicou meus planos. Ainda tenho um pouco de instinto de autopreservação: se precisar, vou para a cadeia, mas não é minha primeira escolha. Vou ser suspeita de qualquer forma, mesmo; o cônjuge é sempre a primeira pessoa de que a polícia suspeita. Mas, neste caso, há duas cônjuges. Só preciso mesmo criar uma dúvida razoável. Minha intenção original era fazer isso durante a noite, agindo em um período em que ninguém soubesse direito onde o outro estava, mas, graças à confusão que eu mesma provoquei, não foi possível. Então Andy ganhou mais doze imerecidas horas de vida.

Ele nem falou comigo quando finalmente chegou em casa ontem à noite. Seu desdém é mais constrangedor do que uma briga. Vou dizer à polícia que brigamos; é mais crível.

Seria fácil matá-lo agora, enquanto ele dorme, mas preciso ser vista em público nesta manhã, para marcar um período claro em que Andy esteve sozinho criando um álibi para mim. Então vou fazer força para ser lembrada enquanto desço à praia. Jogo uma túnica escarlate por cima do meu biquíni vermelho, e vou andando malemolente pela trilha que leva ao hotel. Em geral, eu não daria a mínima para os dois tenistas de meia-idade se aquecendo para jogar, mas hoje faço questão de comentar que o tempo está ótimo e desejar-lhes boa sorte. Dois garçons entediados ajeitando cadeiras no terraço obtêm a graça de um amplo sorriso. Sinto seus olhares me acompanhando até eu terminar de descer os degraus de madeira que levam à lagoa.

A pequena praia está surpreendentemente cheia para esta hora da matina, com muitos banhistas já no mar. Tiro a túnica e entro na lagoa, mergulhando e nadando por baixo d'água até os pulmões doerem. Mesmo em julho, a água é fria. A adrenalina percorre minhas veias. *Não sou mais uma vítima.* Por fim voltei ao comando da minha própria vida, e a sensação é ótima.

Quando saio das ondas, uma mulher mais ou menos da minha idade está descendo pela escada de madeira com um biquíni vermelho muito parecido com o meu. É um inesperado golpe de sorte: uma loura de biquíni vermelho se parece muito com outra. Mais um sinal de que os deuses estão do meu lado. Espero ela nadar até a plataforma flutuante na lagoa e se estirar ao sol, depois escondo meu cabelo molhado sob um boné bem comum e ponho um vestido jeans simples tirado da minha sacola de praia, que agora abriga a túnica vermelha chamativa. Dúvida razoável. Só preciso disso.

Quando estou subindo as escadas que levam de volta à Casa da Praia, vejo Celia Roberts se afastando rapidamente do hotel, de jeans e camiseta que deveriam ser peças jovens demais para ela, mas não são, a echarpe de chiffon dourado trançada estilosamente em seu pescoço. Me escondo rápido para sair de vista quando chego ao alto da escadaria, e ela desaparece na lateral do terraço sem me ver.

Por um breve momento, penso em chegar e contar a ela o que Andy fez a Bella. Instintivamente, sei que ela é a única que entenderia o que precisa ser feito agora, e que seria implacável o suficiente para fazê-lo. Ela gosta do Andy, talvez até o ame; mas seu amor de protetora por seus filhos e netos é muito mais primitivo e mais forte. Talvez perder um filho transforme a pessoa de um modo imprevisível.

Mas descarto a ideia. Talvez ela não acredite em mim, e não posso correr o risco de ela pôr tudo a perder. Espero até ter certeza de que ela não vai voltar, e me apresso em retornar à Casa da Praia. Andy ainda está roncando no sofá, dormindo a ressaca da meia garrafa de uísque que consumiu ontem à noite. Vou ao banheiro e visto de volta a túnica vermelha com que fiz tanto esforço para ser vista, e respiro fundo para me acalmar enquanto tiro a faca de churrasco de Louise da minha bolsa. É isso. A hora é esta.

Agora que o momento chegou, sinto-me estranhamente calma, de cabeça fria. A decisão está tomada; a sentença foi proferida. Agora só me resta executá-la.

Meu álibi está longe de ser forte, o horário da minha ida e volta à lagoa é impreciso, mas tenho apenas que torcer para as digitais de Louise na arma do crime serem suficientes para gerar confusão. Não quero incriminá-la. Não exatamente. Mas ela e eu estamos juntas nisso, quer ela saiba, quer não. É a filha dela que estou protegendo. Ambas temos motivo; ambas temos os meios e a oportunidade. Se não souberem dizer qual de nós matou, vão ter que soltar as duas. Dúvida razoável. É só disso que eu preciso.

Volto ao meu marido adormecido e observo seu pescoço, imaginando a faca cortando a pele macia, o vívido jato carmim de seu sangue arterial jorrando para fora tal como sua vida e suas mentiras. Não pode ser tão difícil assim encontrar a jugular. Não sou da área médica, mas aprendi a aferir a pressão em um curso de primeiros socorros na Whitefish há um ou dois anos. Presumo que se corte no mesmo lugar.

Seguro a faca mais forte. Estou tão perto que chego a sentir o bafo de uísque azedo dele. Agora é o momento perfeito. Andy merece isso. Não pensei duas vezes no caso do gato, e Bagpuss merecia muito mais continuar vivo. *Agora. Ataque agora.*

Minha mão treme. Exalo com força. Não consigo. *Droga, não consigo!*

Sou tomada pelo ódio com toda a força e o impulso de uma contração de parto normal. Largo a faca com estrépito na mesa lateral e saio para a varanda, me desprezando pela minha fraqueza. Falhei com Bella. Não sou melhor que minha mãe. A fúria serpenteia por dentro do meu corpo, apertando meu peito com tanta força que não consigo respirar. Chego a apertar a grade para me obrigar a não pular por cima dela. Odeio Andy com toda a força do meu ser, mas o amor é mais forte, até mesmo agora.

Não sei quanto tempo passo ali: um minuto ou vinte. Volto a mim com o som de uma porta batendo, como que por força do vento. E então um estertor baixo, horrível, áspero, mortal.

Dou meia-volta. Andy está de pé no meio da sala, de costas para mim. Neste instante, ele cambaleia para trás, tateando o pescoço feito uma vítima de filme de terror alternativo. Gotas de sangue pavorosamente vermelho escorrem por entre seus dedos. Vejo a faca, a faca que larguei eras atrás, se projetando de sua garganta feito um brinquedo grotesco.

E aí vejo Bella.

Seu rosto se volta para mim feito o de uma marionete enquanto continuo na varanda, paralisada de horror. Ela me olha sem expressão, catatônica pelo choque, enquanto Andy desaba de joelhos no chão entre nós duas, gargarejando e engasgando com o próprio sangue. Olho pasma para ela, consternada, e corro para junto de Andy. A vida já se esvai de seu olhar.

– Deus do céu, Bella, *o que aconteceu*?

Ela apenas olha para mim. E então dá um grito, alto, um som anormal que me dá um arrepio na espinha. É como se ela estivesse pegando fogo por dentro.

Agindo mais rápido do que eu pensava ser possível, fico de pé de um pulo e a agarro pelos braços, forçando-a a retroceder pela porta da frente, para longe do pai morrendo ensanguentado no chão. Bella não queria fazer uma coisa dessas. Ela deve ter finalmente perdido o controle, e a faca estava *bem ali*. Onde a deixei. Ela fez o que eu não consegui fazer. O que eu *queria* fazer. Eu me recuso a deixar outra vida ser arruinada por esse monstro.

– Vá embora – digo com rudeza, empurrando-a para a porta. Tem sangue no short e na parte de cima de seu biquíni; minhas próprias mãos ensanguentadas deixam manchas medonhas nos seus braços nus. – Vá para a praia – digo a ela. – Vá nadar no mar. Você precisa tirar o... você precisa se *limpar*.

Ela olha para mim com uma expressão apática. Não faço a mínima ideia se ela me entendeu ou não.

– Bella, você nem pisou aqui – insisto com urgência. – Deixa que vou resolver isso. Foi um acidente, não foi sua culpa. Vá nadar no mar, depois volta para o hotel, entendeu? *Você nem pisou aqui.*

Por fim ela começa a descer para a areia, aos tropeções. Bato a porta e corro para a sala de estar. Sinto o vômito apontar na garganta quando me debruço sobre o corpo de Andy, mas agora não tenho tempo para emoção; ele não é mais o homem que amei, pai do meu filho, e sim um problema a ser resolvido, uma crise a ser contornada. Arranco a faca de seu pescoço, limpando o cabo na minha túnica para tirar as digitais de Bella. Alguém deve ter ouvido o grito dela. Não vai demorar muito até darem o alerta. Tenho no máximo alguns minutos para fazer parecer que ela não esteve aqui.

Não consigo nem mesmo esse tempo.

Sou golpeada por trás, uma pancada entre as escápulas tão forte que me deixa sem ar. Caio por cima do corpo de Andy, instintivamente protegendo a cabeça com as mãos. Vislumbro o rosto de Louise, torcido de fúria, mas não tenho chance de me explicar. Ela me bate de novo com o abajur, e eu grito de agonia quando o mármore pesado esmaga meu braço. De repente estou recebendo uma série de golpes perigosos e vejo que nossa luta é de morte. Ela conta com o elemento-surpresa; ela está ganhando. Talvez ela consiga me matar.

Louise ergue o abajur para me golpear de novo, mas quando me encolho de pavor, de repente ela escorrega no sangue de Andy. O abajur cai de sua mão e ela perde o equilíbrio, caindo de costas com força.

Recuo rápido do seu alcance antes que ela se recobre da queda. Uma dor lancinante percorre meu ombro quando me apoio na parede para levantar do chão, ofegante, o braço pendendo inútil ao meu lado.

A faca está entre nós duas, no chão. Eu me atiro para pegá-la, mas Louise chega nela ao mesmo tempo, empurrando-a para longe da minha mão. A faca desliza para fora do nosso alcance, indo parar em uma cintilante poça de sangue rubro junto do corpo de Andy.

Respiro em breves ofegos dolorosos. Acho que ela deve ter quebrado algumas costelas minhas também. Ouço gritos lá fora, e, à distância, o som de correria. O som vai longe sobre a água; os gritos de Bella foram lancinantes.

Louise também ouve as vozes. Ela recua agachada e tira o cabelo do rosto com a parte interna do pulso, manchando o rosto de escarlate. Estamos ambas encharcadas do sangue de Andy.

Olho na direção da praia, rezando para Bella ter chegado ao hotel sem ser vista, e que mantenha a cabeça no lugar. Estou quase desmaiando com a dor no meu ombro, mas me obrigo a me concentrar. Só há um jeito de salvarmos Bella agora. Mas, para fazer isso, vamos precisar confiar uma na outra. *Se não souberem dizer qual de nós matou, vão ter que soltar as duas.*

– Louise – digo rápido. – Não temos muito tempo.

Cinco meses depois

44
Louise

Leio o e-mail duas vezes, depois fecho meu laptop e vou para a cozinha. É o que eu esperava, mas ainda é difícil ver por escrito, preto no branco. Me servindo de uma taça de vinho branco, me apoio de leve no janelão da cozinha, olhando para a rua movimentada lá embaixo. Uma multidão fazendo compras de última hora para o Natal se atropela nas calçadas molhadas de chuva, cheia de sacolas, e ouço "Merry Christmas", do Slade, tocando em uma das lojas próximas. Adoro estar de volta a Londres, no centro de tudo. Nem sequer sinto que cheguei a sair daqui.

Depois da morte de Andrew, há cinco meses, eu não quis nem pensar em continuar em Sussex. Nossa casa tinha lembranças demais de nossa vida em comum, de tudo que deu tão estrepitosamente errado. Além disso, sem o apoio financeiro dele, eu precisaria de uma renda maior do que a que eu podia obter trabalhando como autônoma ou professora. A mudança para Londres me permitiu assumir uma posição de editora em tempo integral do *Daily Sketch*. Mas não consegui lidar com a venda da casa, ainda não, então eu a deixei no Airbnb, o que está rendendo bem mais do que achei possível, e aluguei um dois-quartos minúsculo na ponta mais fuleira de Primrose Hill. Bella não queria deixar os amigos e a escola faltando um ano para a universidade, então ela resolveu morar com meus pais durante a semana, e vir ficar comigo nos fins de semana. Não que Tolly e eu a vejamos muito; ela tem se ocupado bastante de tudo que esta cidade tem a oferecer a uma adolescente. Ela merece, depois de tudo por que passou.

Abruptamente, ponho minha taça de lado e volto ao computador, abrindo de novo o e-mail. *Re: Investigação criminal 47130060126. Com pesar informamos que...*

As palavras se embaralham à minha vista. *O promotor responsável na Procuradoria da Coroa... difícil decisão de não levar o caso aos tribunais. A palavra de uma contra a da outra... ausência de material de terceiros que corrobore a versão de qualquer uma das partes... caso permanecerá em aberto....*

Ela se safou. Caz matou e não vai pagar pelo seu crime.

Caz mentiu para mim. Na hora eu já sabia, e agora continuo sabendo. Minha filha não matou o pai, nem mesmo num momento de loucura e desespero. Não que eu não acredite que ela seja incapaz de cometer um ato desses; sei melhor que a maioria das pessoas o pouco que separa o *normal* do *louco*. Em momentos extremos, todos podemos ser levados a fazer coisas que jamais pensamos ser de nossa natureza. Mas também sei que Bella jamais conseguiria mentir para mim, não sobre algo dessa magnitude. Não por cinco meses; não para mim. Eu perceberia.

Só que ela mentiu para mim sobre por onde andou naquela manhã agourenta, penso, inquieta. Ela não estava nadando na lagoa, como me disse. Eu a vi saindo da Casa da Praia, poucos instantes antes de eu chegar lá.

Bella ficou *traumatizada*, é isso. Ela deve só ter apagado o horror da cabeça. Não tem por que contar a ninguém. Afinal, a culpada é Caz.

Bella sempre se recusou a contar o que aconteceu naquele dia a quem quer que fosse, e, aconselhada pelo terapeuta que contratamos para ajudá-la a lidar com o brutal assassinato do pai, nunca insisti. Não sei o que ela viu na Casa da Praia, mas uma coisa com certeza ela viu: eu, coberta de sangue do pai dela, sendo levada numa viatura da polícia. É claro que isso a marcou, mas ela já está se recuperando. O terapeuta dela é muito talentoso, muito gentil, e Bella está quase voltando ao que era. Quase.

Engulo uma golada de vinho. Tantos meses passados, e o cheiro metálico do sangue ainda não saiu das minhas narinas. Ainda vejo o fervor messiânico no olhar de Caz enquanto ela fabricava aquela historinha ridícula para salvar a própria pele, acusando Andrew das perversidades mais hediondas.

– Só tem um jeito de tirá-lo das costas de Bella – diz ela, quase febril, nos poucos momentos antes de os zeladores rebentarem a porta. – Se uma de nós culpar a outra. Não vão poder provar qual das duas foi, mas vão ficar tão entretidos tentando provar alguma coisa que nem vão olhar para Bella.

Lá embaixo, na rua escura, os pisca-piscas reluzem. Um moço com roupa de Papai Noel entra em uma viela atrás de uma loja de departamentos, arrancando sua longa barba branca e enfiando-a no bolso para poder acender um cigarro. Saio da janela. Ninguém nunca é o que parece.

A dúvida de sempre me atormenta; me sirvo de uma nova taça de vinho. Estou arrependida de ter deixado meus filhos passarem o fim de semana com meus pais. Até hoje, ainda não sei por que Caz inventaria uma mentira tão escabrosa sobre Bella, a não ser que mentir seja tão costumeiro para ela que nem saiba mais falar a verdade. Por que simplesmente não culpar um invasor? Para que alegar que foi Bella?

Ponho minha taça vazia dentro da pia e começo a esfregar freneticamente bancadas que já estão limpas. Quem sabe o motivo para Caz mentir tanto, penso, amargurada; talvez ela seja tão delirante que acredite mesmo que o que disse é verdade. Mas foi *ela* que matou Andrew. Foi ela que o assassinou, tão certo quanto foi ela que envenenou meu gato. Eu a peguei com a boca na botija, coberta do sangue dele! Para mim não há dúvida de que foi ela. Não há dúvida. E graças a mim, ela ficou impune! Fui eu que contaminei a cena do crime; minhas digitais e meu DNA estavam por toda parte. Como um júri poderia decidir qual de nós duas havia dado o golpe fatal? Se não fosse pelo nosso histórico de rivalidade, a polícia poderia até ter concluído que éramos comparsas.

Por um momento fugaz, imagino o que eu faria caso Bella *fosse* a culpada. Meu primeiro instinto seria proteger minha filha, claro, mas será que encobrir seu crime seria mesmo o melhor a fazer, no fim das contas? Eu perverteria seus parâmetros morais, que nunca mais seriam os mesmos. Nossos atos, acidentais ou não, têm consequências. Mesmo que eu acreditasse em Caz, seria incapaz de topar seu plano de uma jogar a culpa na outra para salvar Bella, ainda que, a julgar pelo modo com que a Procuradoria lidou com a coisa, o estratagema teria funcionado. Mas é fácil ser baluarte moral em teoria. Ninguém sabe de verdade a atitude que vai tomar até a hora do vamos ver.

Já minha mãe não tem essas peias.

– É claro que você encobriria o que ela fez – disse ela com energia, quando contei o que Caz havia me contado. – Você é *mãe*. Toda mãe faria de tudo para proteger os filhos. *Moralidade* nem entra nessa conta.

Ela tem sido uma rocha, minha mãe. Ela também sofreu com a perda de Andrew, eu sei, mas tem se preocupado apenas com Bella e Tolly. Graças especialmente a ela, meus filhos estão se saindo melhor do que ousei imaginar. Sou a única que parece não estar superando a morte de Andrew. Eu o desprezo pelo que ele fez com Taylor, mas eu *nunca* o teria matado, deixando meus filhos sem pai. Ninguém merece morrer como ele morreu, engasgado no próprio sangue.

Talvez se a polícia tivesse conseguido *provar* que foi Caz quem matou, se eu soubesse, sem sombra de dúvida, que Bella não estava envolvida...

Endireito as costas e atiro a esponja na pia, com raiva. Toda vez que me deixo entrar nessa espiral doida, estou fazendo o que Caz quer. Ela me contou essa história ridícula para me atormentar, e estou deixando-a fazer isso.

Graças a Deus nunca mais vou ter que ver essa mulher de novo. Ela se mudou para Nova York com Kit assim que a polícia devolveu o seu passaporte. Está trabalhando em uma agência muito inovadora, pelo que me diz Patrick. Com certeza ela vai longe. Quanto mais longe de mim, melhor.

Apanho os brinquedos de Tolly do chão da sala e os devolvo a seu quarto, a tempestade de dúvidas e medo se dissipando aos poucos, como toda vez que penso em Patrick hoje em dia. Ele e Tolly se tornaram bons amigos nos três meses desde que Patrick e eu começamos a nos ver de novo. Se ele fez a conta da idade de Tolly com nosso caso, não me falou nada, mas as coisas estão indo tão bem entre nós que talvez eu logo conte para ele. Tolly precisa de um pai, e Patrick precisa de um filho, mesmo que ainda não saiba disso.

Bella se dá bem com ele também. Pensei que ela seria muito hostil à ideia de eu voltar a namorar, especialmente pouco tempo depois da morte do pai, mas, para minha surpresa, ela me incentivou:

– Já faz quatro anos que você se separou, mãe – disse ela, quando experimentei tocar no assunto. – Já era tempo de você conhecer outra pessoa.

Guardo os tênis *Star Wars* de Tolly bem alinhados na parte de baixo do seu guarda-roupa, e tento fechá-lo, mas a porta prende em alguma coisa. Ajoelhando, puxo com dificuldade a alça de lona de uma pequena bolsa de viagem de debaixo da rodinha da porta. Bella a pegou emprestada da minha mãe quando ela se hospedou aqui no fim de semana passado. Deve estar cheia de roupa suja. Preciso lembrar de fazê-la devolver a bolsa à minha mãe na semana que vem.

Abrindo o armário de roupa suja no corredor, esvazio o conteúdo da bolsa no chão. Dela cai um par de jeans encardidos, o moletom que Bella perdeu há duas semanas e que motivou uma intensa caçada, e meia dúzia de camisetas sujas e meias despareadas. Nenhuma das peças é preta. Essa fase finalmente passou, graças a Deus, além de sua amizade com Taylor. Acho que ela conheceu alguém, ainda que não tenha me contado nada ainda; ela vive trocando mensagem com uma menina chamada Alice. Parece bem menos intenso que seu relacionamento com Taylor, bem menos perigoso. Torço para que ela logo queira trazê-la aqui em casa e nos apresentar.

Jogo tudo dentro da máquina de lavar, e sacudo bem a bolsa para ver se não ficou nenhuma meia. Um par amarrotado de shorts jeans cai no chão; cheiram a mofo, como se tivessem sido guardados úmidos. Devem estar na bolsa desde o verão passado. Nenhum de nós voltou à praia desde que Andrew faleceu. Esse fantasma todos nós vamos ter que enfrentar em algum momento, mas agora não.

De repente, enquanto estou dobrando a bolsa vazia, perco o fôlego. Presa no zíper, está uma longa e emaranhada tira de chiffon dourado-clara. Deve ter ficado esquecida no fundo da bolsa de lona da minha mãe, junto com os shorts.

Desfraldo o tecido delicado entre meus dedos. *A echarpe de chiffon da minha mãe.* Ela a estava usando no hotel, naquela manhã fatídica. Lembro que Bella brincou com ela no café da manhã: *Você vai ficar usando essa echarpe dourada o fim de semana todo, Vó Cé?*

Você só comemora bodas de ouro uma vez, disse minha mãe, rindo. *Melhor aproveitar bastante, não é?*

Estampado no chiffon, desbotado porém inconfundível, está o esguicho arterial cor de ferrugem do sangue do meu marido.

45
Celia

Vamos combinar: se algum homem já mereceu ser assassinado, esse homem era Andrew Page.

Não eram poucas as mulheres em sua vida com motivo para isso. Louise, Caroline, Bella, Taylor, até Min; qualquer uma delas poderia tê-lo executado. Adolescentes podem ser muito sentimentais, muito apaixonadas. São uma tempestade de hormônios e sensações com que não sabem lidar. Louise sabe disso melhor que ninguém. Aquela situação toda com Roger Lewison aos dezenove anos de idade; ela se autoesfaqueou na casa dele aquela noite, mas poderia muito bem ter sido a esposa dele. Ou o próprio Roger.

Agora ela pode estar se convencendo de que jamais teria matado o pai de seus filhos a sangue-frio, mas vi seu olhar na noite anterior à morte dele, voltando da praia. Ela pode mentir para si mesma, mas para mim, não. Sou sua mãe. Ela foi à Casa da Praia naquela manhã por um motivo. A sorte é que eu cheguei primeiro.

Não matei Andrew para castigá-lo, ainda que com certeza ele merecesse. Eu o matei para salvar minha filha, e minha neta, delas mesmas. Qualquer mãe teria feito o mesmo. E eu já vivi minha vida. Que acabou quando Nicky faleceu. Agora só estou marcando passo até chegar o fim.

Perder um filho te transforma de maneiras inimagináveis. Quem você achava que era antes deixa de existir. Uma sombra recobre o mundo, mesmo com você sendo obrigada a continuar vivendo nele. Não dá para imaginar o tamanho da dor a não ser que você mesma tenha vivido isso. É o maior medo de todo pai e mãe, o maior pesadelo. Mas o seu maior medo de perder um filho não passa disso: de um medo. O seu medo é a minha história.

Daqui de onde estou, tudo parece diferente; até mesmo o cheiro é diferente. Provavelmente não há uma parte sua que possa se relacionar com esse sentimento. Isso é bom, acredite. Não é uma sensação desejável para ninguém. Não é um mundo desejável para ninguém. Estou presa em uma cela; você não pode nem sequer vir me visitar.

Sei como é enterrar meu próprio filho. Sei como é ter que escolher uma roupa para usar para o enterro do meu filho. Sei como é ter que se obrigar a puxar ar para poder conseguir respirar. A sensação de ter que continuar vivendo quando não há mais nada por que viver. Sei como é encaixotar todos os pertences do meu filho. Sei como é levar flores para o seu túmulo. Nunca vou conseguir esquecer o cheiro de terra recém-escavada. Sei como é todo mundo sentir pena de você e, ao mesmo tempo, ficar aliviado por não estar no seu lugar.

O luto te deixa oca e estilhaçada, mas quando os pedaços voltam a se aglutinar em uma aproximação disforme e deturpada da pessoa que você já foi, você se vê mais forte. Capaz de fazer *qualquer coisa* para proteger seus entes queridos.

Eu me recuso a perder Louise ou Bella. Elas podem estar sofrendo por Andrew, mas vão seguir com a vida. Os seres humanos são feitos para absorver a dor e enfim encontrar a cura. Exceto pela perda de um filho. Disso, não nos curamos.

Andrew dormia quando cheguei à Casa da Praia naquele dia. A faca estava bem à mão, na mesa junto dele; nem precisei usar a que trouxera. Sua morte não foi instantânea: de algum modo ele conseguiu ficar de pé quando eu saía, mas acho que ele merecia um pouco de dor, um momento de *reconhecimento*, antes de morrer. Eu não tinha percebido Caz na varanda, só soube depois, achava que ela ainda estava na lagoa, mas ela não me viu passar discretamente na direção da praia. Devo ter me desencontrado de Bella por questão de segundos, por ela ter vindo pelo outro lado. Estou tão sentida por tê-la feito ver aquela cena: o pai em seus últimos estertores, todo ensanguentado. Mas poderia ser bem pior que isso. Sua amiga, Taylor, havia acabado de lhe contar que Andrew era o pai de seu filho. O que poderia ter acontecido se Bella tivesse encontrado a faca antes de mim?

Não sei se ela me viu sair da Casa da Praia. Ela nunca falou nada, mas também nunca revelou a ninguém que esteve lá nesse dia. Não sei se ela suspeita de mim, de Caz, ou até da mãe dela, mas, caso suspeite, não vai abrir a boca.

Afinal, todas as mulheres da família Roberts sabem guardar segredo.

Nota da autora

Oi! Muitas vezes me perguntam de onde tiro a inspiração para os meus livros, mas a verdade é que não preciso ir muito longe. Sempre fui fascinada por aquela linha tênue entre o que é definido como um comportamento "normal" e a área onde se fica completamente fora da casinha.

Por exemplo: vamos pensar naquele cara que te vê em uma cafeteria num dia e faz questão de estar lá na próxima vez que você entrar: isso seria romântico? Ou será que ele estaria te perseguindo?

E cortar a calça de um ex que já te traiu, bem na altura da virilha: nada mais do que ele merece, certo? Ou você estaria à beira da loucura?

A maioria de nós já esteve – ou vai estar – presa em um triângulo amoroso em algum momento, seja no papel de quem foi traído, seja no papel de quem (sssh!) traiu.

Alguns triângulos amorosos são um tanto mais complexos. Talvez haja uma ex-namorada ou ex-mulher de personalidade difícil, que se recusa a desistir do relacionamento e acaba se mantendo presente na sua vida em todas as oportunidades. Ou talvez *você* seja a ex, tendo que lidar com uma nova namorada possessiva que tem ciúmes da história que você compartilha com o homem "dela".

Adoro passear por esse limite sombrio, em que situações cotidianas como essas de repente se transformam em algo muito mais perigoso e sinistro.

Muito obrigado por ter reservado seu tempo para ler *Ex/Mulher*, espero sinceramente que tenha gostado tanto quanto eu gostei de escrevê-lo (sendo muito franca, confesso que algum tipo de catarse esteve envolvido neste processo!).

Se você quiser compartilhar suas opiniões sobre o livro comigo ou com a editora Trama, saiba que nós vamos adorar te ouvir.

Te desejo tudo de melhor, e fique seguro!

Tess

Agradecimentos

Tenho a grande sorte de ter duas editoras a quem agradecer por deixarem este livro muito melhor do que eu conseguiria sozinha: Rachel Faulkner-Willcocks, que trabalhou no original até o momento em que sua linda bebê chegou, antes do previsto, e Tilda McDonald, que assumiu o bastão com desenvoltura e conduziu o livro à linha de chegada. É uma bênção ter a ajuda das duas.

Agradeço também a Rebecca Ritchie, que é, sem dúvida, a melhor agente do mundo. Obrigada por segurar a minha mão, apaziguar meus medos e defender minha escrita com unhas e dentes.

Agradeço a Sabah Khan, genial e incansável assessora de imprensa, e a Helena Newton pelo seu copidesque. Seu olho de lince impediu alguns erros clamorosos de chegarem à versão final.

E agradeço a todos da Avon e da HarperCollins por seu incansável apoio nos bastidores, realizando todo o serviço pesado e desglamorizado que de fato faz o livro chegar à mão do leitor.

Agradeço a Georgie Stewart, por ler o original a toda velocidade para verificar se eu havia acertado os detalhes do mundo da publicidade; e à Wikipédia, por certos detalhes técnicos de medicina. Se houver algum erro, ele foi apenas meu.

Agradeço, também, aos leitores do NetGalley e aos diversos blogueiros e amantes da leitura que resenham meus romances e lhes dão impulso para viajar pelo mundo. Isso faz muita diferença, juro.

E agradeço a todos os meus leitores no mundo todo, a todos os que compram ou vendem ou emprestam livros, fazendo de tudo para que uma história bem escrita chegue ao público que merece. Vocês são exigentes, e estão mais do que certos nisso.

Por fim, mas não menos importante, agradeço à minha família, Erik, Henry, Matt e Lily, por entrar na montanha-russa que é a vida com uma escritora insegura, paranoica e narcisista, por segurar firme e nunca soltar a mão.

DIREÇÃO EDITORIAL
Daniele Cajueiro

EDITOR RESPONSÁVEL
André Marinho

PRODUÇÃO EDITORIAL
Adriana Torres
Mariana Bard
Júlia Ribeiro

REVISÃO DE TRADUÇÃO
Huendel Viana

REVISÃO
Daiane Cardoso
Thaís Carvas

DIAGRAMAÇÃO
Futura

Este livro foi impresso em 2022
para a Trama.